KB238512

BREAKFAST
OF
CHAMPIONS

BREAKFAST OF CHAMPIONS
by Kurt Vonnegut

커트 보니것 장편소설
황유원 옮김

챔피언들의
아침식사

문학동네

대공황 시기에

인디애나폴리스에서 나를 위로해준

피비 허티를 기리며

그가 나를 단련하신 후에는

내가 순금같이 되어 나오리라

—「욥기」[*]

_____

* 23장 10절.

차례

프롤로그

'챔피언들의 아침식사'라는 표현은 제너럴 밀스사에서 만든 아침식사용 시리얼 상품의 등록 상표다. 동일한 표현을 이 책의 제목으로 삼긴 했지만 제너럴 밀스사와 제휴를 맺었다거나 그들의 후원을 받았음을 알리려는 의도는 없으며, 그들의 훌륭한 제품을 폄하하려는 의도도 없다.

• • •

들리는 바에 따르면 내가 이 책을 헌정한 사람인 피비 허티는 이제 이 세상 사람이 아니다. 대공황 말기에 만났을 때 그녀는 인디애나폴리스에 사는 과부였다. 나는 열여섯 살 정도였다. 그녀는 마흔 살쯤 됐었다.

그녀는 부자였지만 성인이 된 후로 평일에 매일 일해왔기 때문에 계속 그렇게 살아가고 있었다. 그녀는 실연한 사람들을 위한 조언을 담은 건전하고 재미난 칼럼을 지금은 없어진 훌륭한 신문인 인디애나폴리스 〈타임스〉에 기고했다.

지금은 없어진.

윌리엄 H. 블록사라는 백화점을 위한 광고 문구도 썼다. 그 회사는 나의 아버지가 설계한 건물에서 여전히 번창하고 있다. 당시 그녀는 밀짚모자 여름 마감 세일을 홍보하는 문구를 쓴 적도 있다. "말에게 잔뜩 먹여서 장미 화단에 뿌릴 비료로 만들어도 아깝지 않을 정도의 가격."

. . .

피비 허티는 십대 의류를 위한 광고 문구를 쓰는 일에 나를 고용했다. 나는 내가 찬양한 옷을 입어야 했다. 그것도 일의 일부였다. 내 또래인 그녀의 두 아들과 친구가 되어주기도 했다. 나는 늘 그애들의 집에서 시간을 보냈다.

그녀는 나와 자신의 두 아들뿐만 아니라 우리 중 누가 여자친구라도 데려오면 그애에게도 음담패설을 하곤 했다. 그녀는 웃었다. 그녀는 자유로웠다. 그녀는 우리에게 성적인 문제뿐만 아니라 미국의 역사와 유명한 영웅들, 부의 분배, 학교 등 모든 문제에 대해 무례하게 말하는 법을 가르쳐줬다.

이제 나는 무례하게 구는 것으로 생계를 유지한다. 서투르기 짝이 없지만. 피비 허티가 그토록 우아하게 보여주던 무례함을 흉내내려고 계속 애쓰고 있다. 이제는 그녀가 우리보다 더 쉽게 우아해 보일 수 있었던 이유가 대공황의 분위기 때문이었다는 생각이 든다. 그녀는 당시 아주 많은 미국인들과 같은 믿음을 가지고 있었다. 번영이 찾아오면 미국이 행복하고 공정하고 합리적인 나라가 될 거라고.

이제는 그 말을 들을 수 없다. 번영 말이다. 그것은 한때 낙원의 동의어였다. 그리고 피비 허티는 자신이 권하는 무례함이 미국적 낙원을 구현하리라고 믿는 사람이었다.

그녀가 보이던 식의 무례함은 이제 유행이 되었다. 하지만 그 누구도 더이상 새로운 미국적 낙원을 믿지 않는다. 나는 피비 허티가 정말 그립다.

• • •

내가 이 책에서 주장하는 의혹, 즉 인간은 로봇이고 기계라는 생각을 말하기에 앞서 한 가지 사실을 말해둘 필요가 있겠다. 내가 어렸을 때는 매독의 말기 증상인 보행성 운동 실조증을 앓는 사람들, 주로 남자들은 인디애나폴리스 시내와 서커스 군중 사이에서 흔히 볼 수 있는 구경거리였다.

이들은 오직 현미경으로만 볼 수 있는 작은 육식성 나선형 병균에 감염되어 있었다. 병균이 척추 사이의 살을 다 파먹고 나면 희생자의 척추는 딱 붙어버렸다. 매독 환자는 대단히 위엄 있어 보였다—꼿꼿이 선 채로 정면을 쳐다보고 있었으므로.

한번은 머리디언가와 워싱턴가가 만나는 모퉁이에서 연석에 서 있는 어느 매독 환자를 본 적이 있다. 그는 나의 아버지가 설계한 돌출된 시계 아래에 있었다. 그 교차로는 그 지역에서 '미국의 교차로'로 알려져 있었다.

이 매독 환자는 그곳 미국의 교차로에서 어떻게 하면 연석 아래로 다리를 움직여 워싱턴가를 건너갈 수 있을지 골똘히 생각하고 있었다. 그는 몸속에 공회전하는 작은 모터라도 있는 것처럼 몸을 약하게 떨었다. 그의 문제는 이것이었다. 다리에 명령을 내려야 할 그의 뇌는 병균에 산 채로 먹히는 중이었다. 명령을 전달해야 할 전선은 절연되어 있지 않거나 깨끗이 먹혀버린 상태였다. 그 사이에 있는 스위치들은 올려지거나 내려진 상태로 딱 붙어 있었다.

이 남자는 겨우 서른 살 정도였을 테지만 아주 늙은 노인처럼 보였다. 그는 생각하고 또 생각했다. 그러고는 코러스걸처럼 다리를 두 번 차올렸다.

어린 내 눈에 그는 분명 기계처럼 보였다.

• • •

나는 인간을 화학적 반응으로 내부가 끓어오르는 거대한 고무 시험관으로 여기는 경향이 있다. 어렸을 때 나는 갑상선종을 앓는 사람들을 아주 많이 보았다. 이 책의 주인공이자 폰티액 자동차 딜러인 드웨인 후버도 그런 이들을 자주 봤다고 했다. 그 불행한 지구인들의 갑상선은 엄청나게 부어올라서 마치 목에 주키니호박을 기르는 것처럼 보일 지경이었다.

알고 보니 그들은 매일 백만분의 일 온스도 안 되는 양의 아이오딘을 섭취하기만 하면 충분히 평범한 삶을 살아갈 수 있었다.

나의 어머니는 수면제 역할을 해야 했을 화학약품을 먹고는 뇌가 망가져버렸다.

나는 우울할 때면 약을 조금 먹고 다시 기운을 낸다.

그리고 어쩌고저쩌고.

그래서 나는 장편소설의 등장인물을 만들어낼 때면 그 인물이 그 모양 그 꼴인 이유는 신경계의 배선 결함이나 그가 그날 먹었거나 먹지 못한 극소량의 화학약품 때문이라고 말하고픈 커다란 유혹을 느낀다.

• • •

나 자신은 이 책을 어떻게 생각하는가? 형편없는 책이라는 느낌인데, 사실 내가 쓴 책은 전부 형편없다고 느끼곤 한다. 한번은 내 친구 녹스 버거가 어떤 길고 복잡한 장편소설이 "……꼭 필보이드 스터지*가 쓴 것 같다"고 말한 적이 있다. 내가 쓰도록 프로그래밍되어 있는 것 같은 글을 써내려갈 때면 나는 내가 그 사람이라고 생각한다.

• • •

이 책은 스스로에게 주는 쉰한번째 생일 선물이다. 마치 지붕의 등뼈 부분을 건너가고 있는 듯한 기분이다—한쪽 경사면을 오른 후.

나는 쉰 살이 되면 유치하게 굴도록 프로그램되어 있다—'성조기여 영원하라'**를 모욕하고, 사인펜으로 나치 깃발과 똥구멍과 다른 많은 것들을 낙서하도록. 이 책을 위한 나의 삽화가 얼마나 성숙한 것인지 알려주기 위해 내가 그린 똥구멍 그림을 선보이도록 하겠다.

· · ·

나는 내 머릿속에 들어찬 모든 쓰레기—똥구멍, 깃발, 빤스—를 없애버리려 애쓰는 중인 것 같다. 그렇다—이 책에는 빤스 그림도 있다. 나는 나의 다른 책에 나오는 등장인물들도 내던지는 중이다. 더이상 인형극 따위는 하지 않을 것이다.

나는 오십 년 전 이 망가진 행성에 태어났을 때처럼 내 머리를 텅 비우려 애쓰는 중인 것 같다.

이것이야말로 대부분의 백인 미국인과 백인 미국인을 흉내내는 비백인 미국인들이 해야 할 일이 아닐까 싶다. 다른 사람들이 내 머릿속에 집어넣은 것들은 어쨌거나 아귀가 잘 맞지 않고, 쓸모없거나 추할 때도 있으며, 서로 균형이 맞지 않고, 내 머리 밖의 실제 삶과도 균형이 맞지 않는다.

내 머릿속에는 문화도 인간적 조화도 없다. 나는 문화 없이는 더이상 살아갈 수가 없다.

· · ·

그러니 이 책은 내가 1922년 11월 11일로 시간을 거슬러올라가며 어깨 너머로 던진 쓰레기 나부랭이가 널려 있는 보도나 마찬가지다.

이 시간 여행의 종착지는 우연히 내 생일이기도 한 11월 11일이 성스러운 휴전 기념일이었던 시절이 될 것이다. 내가 어렸을 때, 그리고 드웨인 후버가 어렸을 때는 제1차세계대전에 참전한 모든 나라의 모든 사람이 열한번째 달의 열한번째 날인 휴전 기념일의 열한번째 시의 열한번째 분이 지나는 동안 침묵을 지켰다.

수백만 명의 사람이 서로에 대한 학살을 멈춘 것은 1918년의 바로 그 일 분 동안이었다. 그 일 분 동안 나는 전장에 있었던 노인들과 이야기를 나눠본 적이 있다. 그들은 그 갑작스러운 침묵이 '신의 목소리'였다고 내게 이런저런 방식으로 말해줬다. 그러니 우리 중에는 신이 인류에게 똑똑히 말한 때를 기억하는 사람들이 아직 있는 것이다.

• • •

휴전 기념일은 재향 군인의 날이 되었다. 휴전 기념일은 성스러운 날이었다. 재향 군인의 날은 그렇지 않다.

그러니 나는 재향 군인의 날을 어깨 너머로 던져버릴 것이다. 휴전 기념일은 간직할 것이다. 성스러운 것은 그 어떤 것도 던져버리고 싶지 않다.

또 뭐가 성스러울까? 아, 『로미오와 줄리엣』 같은 거.

그리고 모든 음악도.

—필보이드 스터지

1

이것은 빠르게 숙어가던 한 행성에서 외롭고 비쩍 마르고 꽤 늙은 백인 남자 둘이 만나는 이야기다.

그중 한 명은 킬고어 트라우트라는 이름의 SF 소설 작가였다. 당시 그는 보잘것없는 사람이었으며, 인생이 종쳤다고 생각했다. 하지만 착각이었다. 곧 있을 만남 이후로 그는 역사상 가장 사랑받고 존경받는 사람 중 한 명이 되었다.

그가 만난 남자는 드웨인 후버라는 이름의 폰티액 자동차 딜러였다. 드웨인 후버는 미쳐버리기 일보 직전이었다.

• • •

들어보라.

트라우트와 후버는 줄여서 미국이라고 부르던 나라인 미합중국의 시민이었다. 아래는 그들의 국가였는데, 진지함을 요구하는 많은 것들이 그러하듯 완전히 개소리였다.

> 오, 그대는 보이는가, 이른 새벽 여명 사이로
> 황혼의 마지막 미광 속에 우리가 그토록 자랑스럽게 환호했던
> 넓은 줄무늬와 빛나는 별들이 위험한 전투 속에서도
> 우리가 사수한 성곽 위에서 당당히 나부끼는 모습이?
> 포탄의 붉은 섬광과 공중에서 터지는 폭탄이
> 밤새 우리의 깃발이 건재했음을 증명해주었네.
> 오, 말해주오, 성조기는 여전히 휘날리고 있는가
> 자유의 땅과 용사들의 고향에서?

우주에는 천조 개의 나라가 있지만, 여기저기 물음표가 찍힌 횡설수설한 노래를 국가로 가진 나라는 드웨인 후버와 킬고어 트라우트가 살던 나라뿐이었다.
그들의 깃발은 이렇게 생겼다.

그 나라에는 그 행성의 다른 어떤 나라에도 없는 국기에 대한 법이 있었는데, 그 법은 다음과 같다. "국기는 그 어떤 사람이나 물건 쪽으로도 기울여서는 안 된다."

깃발 기울이기란 우호적이고 공손한 인사의 한 형태로, 막대 기에 달린 깃발을 땅 쪽으로 가까이 가져갔다가 다시 세우는 것 이었다.

• • •

드웨인 후버와 킬고어 트라우트가 살던 나라의 모토는 "에 플 루리부스 우눔E pluribus unum"인데 이는 더이상 사용되지 않는 언어로 여럿으로 이뤄진 하나라는 뜻이었다.

기울일 수 없는 깃발은 아름답고, 국가와 공허한 모토도 그리 문제시되진 않았을지도 모르겠다. 다음과 같은 문제만 없었다면 말이다. 많은 시민은 너무도 무시당하고 기만당하고 모욕당한 나머지 어떤 끔찍한 실수로 인해 자신들이 잘못된 나라, 심지어 잘못된 행성에 와 있는지도 모른다고 생각했다. 만일 그 나라의 국가와 모토가 공정성이나 형제애나 희망이나 행복에 대해 언급 했더라면, 어떻게든 그들을 사회와 영토로 기꺼이 맞이하기만 했더라면 그들에게 약간의 위안이 되었을지도 모르겠다.

그들의 나라가 어떤 곳인지 실마리를 찾기 위해 그들의 지폐 를 살펴보면, 수많은 바로크양식의 잡동사니 사이에서 끝이 잘린 피라미드 꼭대기에 빛나는 눈이 있는 그림 하나를 보게 될 것이다. 이런 그림이다.

심지어 미국의 대통령조차 이 그림이 무슨 의미를 담고 있는지 알지 못했다. 그것은 국가가 시민들에게 "헛소리가 곧 힘이다"라고 말하는 것이나 마찬가지였다.

• • •

수많은 헛소리는 드웨인 후버와 킬고어 트라우트가 살던 나라의 건국의 아버지들이 천진난만한 장난을 친 결과였다. 그들은 귀족이었고, 대대손손 연구해온 간교한 말장난에 대한 쓸모없는 교육을 과시하길 바랐다. 그들은 삼류 시인이기도 했다.

하지만 헛소리 중에 사악한 것도 있었는데, 왜냐하면 어떤 헛소리는 크나큰 범죄를 감추는 용도로 사용됐기 때문이다. 이를테면 미합중국의 교사들은 아래의 연도를 칠판에 쓰고 또 쓰고는 아이들에게 이것을 자랑이자 기쁨으로 삼고 외우라고 했다.

1492

    교사들은 인간이 이 대륙을 발견한 것은 바로 이때라고 아이들에게 말했다. 사실 1492년에는 이미 수백만 명의 인간들이 그 대륙에서 충만하고 창의적인 삶을 살아가고 있었다. 1492년은 해적들이 그들을 속이고 약탈하고 죽이기 시작한 해일 뿐이었다.

    아이들이 배운 또다른 사악한 헛소리가 있다. 해적들이 마침내 다른 모든 곳의 인간을 위한 자유의 횃불이 된 정부를 만들어냈다는 것이다. 아이들이 이 상상의 횃불이라고 하는 것을 볼수 있게끔 그림과 조각상이 만들어졌다. 그것은 불붙은 아이스크림콘 같았다. 이런 모양이었다.

사실 이 새로운 정부를 만드는 데 가장 크게 기여한 해적들은 인간 노예를 소유하고 있었다. 그들은 인간을 기계로 사용했고, 심지어 노예제도를 수치스럽게 여긴 사람들이 이를 폐지한 뒤에도 그 해적들과 그들의 후손은 평범한 인간을 계속 기계로 여겼다.

• • •

해적들은 백인이었다. 해적들이 도착했을 때 대륙에 이미 살고 있던 사람들의 피부는 구릿빛이었다. 대륙에 노예제도가 도입됐을 때 노예들은 흑인이었다.

가장 중요한 것은 피부색이었다.

• • •

해적들이 누구에게서든 원하는 것을 빼앗을 수 있었던 비결은 다음과 같다. 그들은 세상에서 가장 훌륭한 배를 가지고 있었고, 누구보다 비열했으며, 질산칼륨과 숯과 유황의 혼합물인 화약도 가지고 있었다. 이 무기력해 보이는 가루는 불을 붙이면 맹렬한 가스로 변했다. 이 가스는 발사체를 엄청난 속도로 금속관 밖으로 밀어냈다. 그 발사체는 살과 뼈를 아주 쉽게 뚫어버렸다. 그래서 해적들은 아주아주 멀리 있는 고집스러운 인간의 배선이나 바람통이나 배관조차도 망가뜨릴 수 있었다.

하지만 해적들의 주된 무기는 남을 깜짝 놀라게 하는 능력이었다. 그들이 얼마나 무정하고 탐욕스러운지는 그들에게 당해 보기 전까지 아무도 알 수 없었다.

• • •

드웨인 후버와 킬고어 트라우트가 만났을 때 그들의 나라는 그 행성에서 가장 부유하고 힘센 나라였다. 그 나라는 대부분의 식량과 광물과 기계를 소유하고 있었고, 커다란 로켓탄을 쏘거나 비행기로 이런저런 것들을 투하하겠다고 협박함으로써 다른 나라들을 훈육했다.

다른 대부분의 나라는 땡전 한 푼도 가지고 있지 않았다. 심지어 그중에는 더이상 살기에 적합하지 않은 나라도 많았다. 사람은 너무 많고 공간은 부족했다. 조금이라도 가치가 나가는 것은 다 팔아버렸고 먹을 것도 더는 남아 있지 않았는데, 그럼에도 사람들은 줄곧 성교만 해댔다.

성교란 아기를 만드는 방법이었다.

• • •

그 망가진 행성에 사는 많은 사람들은 공산주의자였다. 그들은 행성에서 사용되고 남은 것들을 애초에 그 망가진 행성에 오기를 자청하지도 않은 모든 사람에게 최대한 공평하게 나눠줘야 한다는 이론을 펼쳤다. 그러는 동안에도 아기들은 계속 그곳에 도착하고 있었다―발로 차고 앙앙 울면서, 우유를 달라고 외치면서.

어떤 곳에서는 사람들이 자갈에 낀 진흙 같은 것을 먹으려하는 동안 불과 몇 미터 떨어진 곳에서는 아기들이 태어나고 있었다.

그리고 어쩌고저쩌고.

• • •

여전히 모든 게 풍족한 드웨인 후버와 킬고어 트라우트의 나라는 공산주의에 반대했다. 그곳에서는 부자인 지구인이 정말로 원하지 않는 한 부를 남과 나눌 필요가 없다고 생각했고, 대부분의 부자 지구인은 그러길 원하지 않았다.

그래서 그들은 그럴 필요가 없었다.

• • •

미국에 사는 모든 사람은 자신이 붙잡을 수 있는 것이라면 뭐든 붙잡고 버텨야만 했다. 어떤 미국인은 붙잡고 버티는 데 선수였고, 그래서 엄청나게 잘살았다. 다른 이들은 땡전 한 푼도 만져보질 못했다.

킬고어 트라우트를 만났을 때 드웨인 후버는 엄청나게 잘살고 있었다. 어느 날 아침 드웨인이 길을 걸어가고 있을 때 어떤 남자가 자기 친구의 귀에 속삭인 말도 그랬다. "엄청나게 잘산대."

그리고 그 당시 킬고어 트라우트가 그 행성에서 소유한 것은 다음과 같았다. 땡전 한 푼도 없음.

그리고 킬고어 트라우트와 드웨인 후버는 드웨인의 고향인 미들랜드시티에서 만났다. 1972년 가을에 열린 아트 페스티벌에서 일어난 일이었다.

이미 말했듯이 드웨인은 미쳐가고 있는 폰티액 자동차 딜러였다.

이제 막 시작된 드웨인의 광기는 당연히 화학물질이 주요 원인이었다. 드웨인 후버의 몸은 정신을 불안정하게 하는 어떤 화학물질을 생산해내고 있었다. 모든 초짜 미치광이가 그러하듯 드웨인 또한 자신의 광기에 형태와 방향성을 부여하기 위한 나쁜 생각들이 필요했다.

나쁜 화학물질과 나쁜 생각은 광기의 음양과도 같았다. 음양은 중국에서 사용하는 조화의 상징으로, 이런 모양이다.

나쁜 생각을 드웨인에게 전한 이는 킬고어 트라우트였다. 트라우트는 자신이 무해할 뿐만 아니라 남들에게 보이지도 않는다고 생각했다. 세상이 그에게 무관심했기에 그는 자신이 죽은 줄로만 알았다.

그는 자신이 죽었기를 바랐다.

하지만 드웨인과의 만남을 통해 트라우트는 자신이 동료 인간의 머릿속에 생각을 심고 그를 괴물로 바꾸어놓을 수 있을 정도로는 살아 있는 존재라는 것을 깨달았다.

트라우트가 심은 나쁜 생각의 핵심은 이러했다. 지구상의 모든 사람은 전부 로봇이다. 한 사람—드웨인 후버—만 제외하고.

우주의 모든 피조물 가운데 오직 드웨인만이 생각하고 느끼고 걱정하고 계획하는 일 따위를 할 수 있었다. 다른 누구도 고통이 뭔지 알지 못했다. 다른 누구도 그 어떤 선택을 내릴 필요가 없었다. 다른 사람은 모두 드웨인을 자극할 목적으로 만들어진 완전한 자동기계였다. 드웨인은 우주의 창조자가 시험해보고 있는 새로운 유형의 피조물이었다.

오직 드웨인 후버만이 자유의지를 지니고 있었다.

• • •

트라우트는 누가 자기 말을 믿어줄 거라고는 기대하지 않았다. 그는 SF 소설에 나쁜 생각을 집어넣었고, 드웨인은 이를 바로 발견했다. 드웨인 한 사람만을 위해 쓰인 책은 아니었다. 트라우트는 그 책을 쓸 때 드웨인이 누구인지도 몰랐다. 우연히 그 책을 펼쳐볼 모두를 위해 쓴 것이었다. 사실상 그 책은 "이봐— 있잖아. 이 세상에 자유의지를 지닌 피조물은 당신뿐이야. 기분이 어때?" 하고 말을 걸었을 뿐이었다. 그리고 어쩌고저쩌고.

그것은 놀라운 솜씨tour de force였다. 기발한 재담jeu d'esprit이었다.

하지만 드웨인의 정신에는 독약이나 마찬가지였다.

• • •

트라우트는 자기 같은 사람도 이 세상에 악을—나쁜 생각의 형태로—몰고 올 수 있다는 사실을 깨닫고서 충격에 빠졌다. 그리고 드웨인이 캔버스 천으로 만든 구속복을 입고 정신병원으로 실려간 후 트라우트는 생각이 질병의 원인이자 치유법이 될 만큼 중요하다고 광적으로 믿게 되어버렸다.

하지만 그의 말에 귀를 기울이는 사람은 아무도 없었다. 그는 황야의 나무와 덤불 사이에서 "생각이나 생각의 결핍은 질병을 일으킬 수도 있다!"고 외쳐대는 추잡한 노인일 뿐이었다.

• • •

킬고어 트라우트는 정신 건강 분야의 개척자가 되었다. 그는 자신의 이론을 SF 소설로 위장해서 내놓았다. 그는 드웨인 후버를 그렇게 병들게 만든 지 이십 년 가까이 지난 1981년에 죽었다.

그때쯤 그는 위대한 예술가이자 과학자로 인정받고 있었다. 미국 예술원·학술원은 그의 유골 위에 기념물을 세워줬다. 기념물의 앞면에는 그의 마지막 작품이자 사망 당시 미완성작이었던 209번째 소설에서 인용한 문구가 새겨져 있었다. 기념물은 이런 모양이었다.

KILGORE TROUT
1907~1981

"WE ARE HEALTHY ONLY TO THE
EXTENT THAT
OUR IDEAS ARE
HUMANE."

킬고어 트라우트
1907~1981
"우리는 오직 인간적으로
생각할 수 있는
한에서만
건강하다고 할 수 있다."

2

드웨인은 홀아비였다. 밤이면 그는 그 도시 사람들이 가장 선망하는 주거 지역인 페어차일드 하이츠에 있는 꿈의 집에서 혼자 살았다. 그곳에 있는 집은 전부 짓는 데 10만 달러 이상이 들어간 것이었다. 그곳에 있는 집은 전부 4에이커보다 넓은 면적을 차지하고 있었다.

드웨인이 밤에 함께 시간을 보내는 친구는 스파키라는 이름의 래브라도리트리버뿐이었다. 스파키는 꼬리를 흔들 수 없었다—여러 해 전에 교통사고를 당하는 바람에 다른 개에게 자신이 얼마나 다정한 존재인지 알릴 방법이 없었던 것이다. 녀석은 늘 싸워야 했다. 녀석의 귀는 너덜너덜해져 있었다. 녀석의 몸은 상처로 울퉁불퉁했다.

• • •

드웨인에게는 로티 데이비스라는 이름의 흑인 하녀가 한 명 있었다. 그녀는 매일 그의 집을 청소했다. 그러고는 저녁식사를 만들고 차려줬다. 그러고는 집으로 돌아갔다. 그녀는 노예의 후손이었다.

로티 데이비스와 드웨인은 서로 많이 좋아했음에도 대화는 딱히 많지 않았다. 드웨인은 할말 대부분을 개를 위해 남겨뒀다. 그는 바닥에 엎드려 스파키와 함께 뒹굴며 "너랑 나뿐이야, 스파키"나 "내 친구 기분이 어떠신가?" 같은 말을 하곤 했다.

그런 판에 박힌 일상은 드웨인이 미치기 시작한 후로도 바뀌지 않고 계속됐고, 그래서 로티는 특별히 이상한 점을 전혀 알아차리지 못했다.

• • •

킬고어 트라우트는 빌이라는 이름의 작은 앵무새를 키우고 있었다. 드웨인 후버와 마찬가지로 트라우트도 밤에 반려동물을 제외하고는 혼자 지냈다. 트라우트 역시 반려동물에게 말을 걸었다.

드웨인이 자신의 래브라도리트리버에게 사랑에 대해 어쩌고저쩌고 지껄여댄 반면, 트라우트는 자신의 앵무새에게 세상의 끝에 대해 비웃는 듯한 말투로 중얼거렸다.

"얼마 안 남았어." 그는 말하곤 했다. "이제 때가 됐다니까."

트라우트의 이론에 따르면 조만간 대기는 호흡할 수 없는 상태로 변해버릴 것이었다.

트라우트는 대기가 독성을 띠기 시작하면 빌이 자신보다 몇 분 먼저 뻗을 거라고 생각했다. 그는 이걸로 빌에게 농담을 해대곤 했다. "그 낡은 폐로 지긋지긋한 숨쉬기 운동은 잘돼가나, 빌?" 그는 이렇게 말하곤 했다. 혹은 "넌 덜떨어지나는 폐기종이라도 걸린 모양이야, 빌." 혹은 "네가 어떤 장례식을 원하는지 상의해본 적이 없네, 빌. 무슨 종교를 믿는지도 말해준 적이 없잖아." 그리고 어쩌고저쩌고.

그는 인류가 그토록 다정한 행성에서 그토록 잔인하고 사치스럽게 행동했으므로 끔찍하게 죽어도 싸다고 빌에게 말했다. "우리는 모두 엘라가발루스야, 빌." 그는 이렇게 말하곤 했다. 엘라가발루스는 조각가에게 속이 텅 비고 문이 하나 달린 실물 크기의 철제 황소를 만들게 했던 로마 황제의 이름이었다. 문은 바깥에서 잠글 수 있었다. 황소의 입은 뚫려 있었다. 그 입이 문을 제외하고 바깥으로 통하는 유일한 구멍이었다.

엘라가발루스는 황소의 문 안으로 사람을 집어넣고 문을 잠그곤 했다. 그 사람이 황소 안에서 내는 모든 소리는 황소의 입을 통해 밖으로 들려올 것이었다. 엘라가발루스는 음식과 포도

주와 아름다운 여자와 예쁘장한 소년이 잔뜩 준비된 멋진 파티에 손님들을 초대했다―그러고는 하인을 시켜 불쏘시개에 불을 붙였다. 불쏘시개는 마른 장작 아래에 있었다―마른 장작은 황소 아래에 있었고.

· · ·

트라우트는 어떤 사람들은 별나게 여겼을지도 모를 또다른 짓도 했다. 그는 거울을 구멍leak이라고 불렀다. 거울을 두 우주 사이의 구멍으로 여기는 것을 즐거워했다.

거울 근처에 아이가 있는 것을 봤다면 그는 아이를 향해 경고하듯 손가락을 흔들고는 아주 근엄한 목소리로 이렇게 말했을 것이다. "그 구멍에 너무 가까이 다가가면 안 된다. 다른 우주로 빨려들어가고 싶은 건 아니겠지?"

때로 누군가가 그의 앞에서 "실례합니다, 구멍으로 물 좀 빼야겠어요"라고 말했다. 이는 아랫배에 있는 밸브를 통해 몸에서 액체 폐기물을 빼내고 싶다는 의향을 밝힐 때 쓰는 표현이었다.

그러면 트라우트는 "제 고향에서 그 말은 거울을 훔치겠다는 뜻입니다"라고 익살스럽게 대답하곤 했다.[*]

그리고 어쩌고저쩌고.

트라우트가 죽었을 무렵에는 당연하게도 모두가 거울을 구멍이라고 불렀다. 그의 농담은 그만큼이나 명성을 누리고 있었다.

• • •

   1972년에 트라우트는 뉴욕주 코호스에 있는 지하 아파트에 살고 있었다. 그는 합성 알루미늄으로 만든 악천후 대비용 덧창문과 덧문을 설치하는 일로 생계를 유지했다. 그는 그 사업의 영업과는 아무런 상관이 없었다—그에게는 매력이 없었기 때문이다. 매력이란, 그것을 발휘하는 사람이 어떤 마음을 품고 있든 그 사람을 초면부터 좋아하고 신뢰하게 만드는 책략이었다.

• • •

   드웨인 후버는 매력이 넘쳐났다.

• • •

   나는 원하기만 하면 넘치는 매력을 지닐 수 있다.

• • •

   많은 사람이 넘치는 매력을 지니고 있다.

---

* '거울을 훔치겠다'는 표현의 원문은 'take a leak'로, '오줌을 누다'라는 뜻이다. 트라우트는 거울을 구멍(leak)이라고 불렀으므로, '아랫배에 있는 밸브를 통해 몸에서 액체 폐기물을 빼내겠다' 즉 '오줌을 누다'라는 뜻의 원문 'take a leak'를 '거울을 훔치다'라는 뜻으로 말한 것이다.

· · ·

트라우트의 사장과 동료들은 그가 작가라는 사실을 전혀 몰랐다. 드웨인을 만났을 무렵 그는 이미 장편소설 117편과 단편소설 2천 편을 쓴 작가였지만 그 어떤 이름 높은 출판인도 그의 이름을 들어본 적이 없었다.

그는 자신이 쓴 것을 하나도 복사해두지 않았다. 그는 안전하게 반송되도록 도장을 찍고 집주소를 적어둔 반신용 봉투를 동봉하지도 않은 채 원고를 발송했다. 때로는 발송인 주소조차 쓰지 않았다. 그는 공공도서관의 정기간행물실에서 탐독한 출판 전문 잡지들에서 출판사들의 이름과 주소를 알아냈다. 그리고 월드 클래식스 라이브러리라는 출판사와 연락이 닿게 되었는데, 캘리포니아주 로스앤젤레스에서 노골적인 포르노물을 출판하던 곳이었다. 그들은 음란한 그림이 실린 책과 잡지의 두께를 늘리고자 여자가 잘 등장하지도 않는 그의 소설을 사용했다.

그들은 그의 작품이 언제 어디에 실리게 될지 한 번도 말해주지 않았다. 그들은 그에게 땡전 한 푼 지불하지 않았다.

· · ·

그들은 심지어 그의 작품이 실린 책과 잡지의 증정본도 보내주지 않았고, 그래서 그는 포르노가게에서 직접 찾아야 했다.

그리고 그가 작품에 붙인 제목은 종종 다른 제목으로 바뀌어 있었다. 이를테면 「전 은하계의 감독 대행」은 「구강성교 색마」가 되었다.

하지만 트라우트의 마음을 가장 어지럽힌 것은 출판사들이 고른 삽화였다. 그것은 그의 작품과는 아무 관련도 없었다. 이를테면 그는 모두가 엄청난 대가족을 이루고 사는 동네에서 유일하게 독신 남성인 델모어 스캐그라는 지구인에 대한 장편소설을 쓴 적이 있었다. 스캐그는 과학자였는데, 그는 치킨 수프로 자가 번식하는 방법을 발견해냈다. 그는 오른쪽 손바닥에서 살아 있는 세포를 벗겨내 수프에 섞은 다음, 그 수프를 우주광선에 노출시켰다. 세포들은 델모어 스캐그를 꼭 닮은 아기들로 변했다.

머지않아 델모어는 하루에도 아기를 몇 명씩 만들어내게 되었고, 이웃을 초대해 자신의 자부심과 행복을 나누었다. 그는 한 번에 백 명이나 되는 아기의 대규모 세례식을 치렀다. 그는 가정적인 남자로 유명해졌다.

그리고 어쩌고저쩌고.

• • •

스캐그는 자신의 나라에 지나친 대가족을 금지하는 법을 만들려 했지만, 입법부와 법원은 그 문제에 정면으로 대응하길 거부했다. 대신 그들은 미혼인 사람이 치킨 수프를 소지하는 것을 금하는 엄격한 법안을 통과시켰다.

그리고 어쩌고저쩌고.

이 책의 삽화는 백인 여자 여럿이 흑인 남자 한 사람에게 구강성교를 해주는 흐릿한 사진이었는데, 그 남자는 무슨 이유에선지 멕시코 모자인 솜브레로를 쓰고 있었다.

드웨인 후버를 만났을 무렵 트라우트의 책 중 가장 널리 배포된 것은 『바퀴 달린 페스트』였다. 출판사는 제목을 바꾸진 않았지만 다음과 같은 야단스러운 광고문을 싣느라 제목의 대부분과 트라우트의 이름 자체를 지워버렸다.

활짝 벌어진 비버 수록!

활짝 벌어진 비버란 팬티를 입지 않고 다리를 활짝 벌려서 성기의 입구가 보이는 여자의 사진이었다. 그 표현은 사고 현장이나 운동경기나 화재 대피용 비상계단 아래서 종종 여자의 치마

속을 보게 되었던 뉴스 사진기자들이 처음 사용했다. 다른 기자나 친한 경찰관이나 소방관 등에게 원하면 와서 보라고 소리쳐 알려줄 때 사용할 암호가 필요했는데, 그 암호가 바로 "비버!"였던 것이다.

비버는 사실 커다란 설치류였다. 비버는 물을 무척 좋아해서 댐을 짓기도 했다. 비버는 이런 모양이었다.

뉴스 사진기자들을 그토록 흥분시킨 비버는 이런 모양이었다.

이곳은 아기가 나오는 곳이었다.

. . .

    드웨인이 어렸을 때, 킬고어 트라우트가 어렸을 때, 내가 어
렸을 때, 그리고 심지어 우리가 중년이 되고 더 늙었을 때도 그
런 평범한 틈새의 그림을 의료계에 종사하지 않는 사람이 검사
하고 논하는 것을 막는 것이 경찰과 법원의 의무였다. 왠지 모
르겠지만 진짜 비버보다 만 배는 더 흔했던 활짝 벌어진 비버는
법으로 가장 엄중히 지켜져야 할 비밀이 되었다.

    그래서 사람들은 활짝 벌어진 비버에 열광했다. 사람들은 부
드럽고 약하기 짝이 없는 금속, 왠지 모르겠지만 모든 원소 가
운데 가장 가치 있는 원소로 선언된 황금에도 열광했다.

. . .

    그리고 드웨인과 트라우트와 내가 어렸을 때, 활짝 벌어진 비
버에 대한 열광은 팬티에 대한 열광으로 확장됐다. 여자애들은
무슨 수를 써서라도 팬티를 감췄고, 남자애들은 무슨 수를 써서
라도 여자애들의 팬티를 보려고 애썼다.

    여성 팬티는 이런 모양이었다.

사실 드웨인이 어렸을 때 학교에서 가장 처음 배운 것 중 하나는 운동장에서 우연히 여자애의 팬티를 봤을 때 소리쳐 읊어야 할 시였다. 다른 학생들이 그에게 시를 가르쳐줬다. 이런 시였다.

영국이 보인다,

프랑스가 보인다.

여자애의

팬티가 보인다!

1979년 노벨의학상 수락 연설에서 킬고어 트라우트는 다음과 같이 단언했다. "진보 같은 것은 없다고 말하는 이들도 있습니다. 고백하건대, 인간이 현재 지구에 남은 유일한 동물이라는 사실은 좀 당황스러운 승리 같습니다. 제 초기작의 특징에 익숙하신 분들은 마지막 비버가 죽었을 때 왜 제가 특히 슬퍼했는지 이해하실 겁니다.

제가 어렸을 때 이 행성을 우리와 공유한 두 괴물이 있었습니다. 저는 오늘날 그 둘의 멸종을 축하하고 싶습니다. 그 두 괴물은 우리를 죽이거나 적어도 우리의 삶을 무의미한 것으로 만들 작정이었습니다. 그리고 거의 성공할 뻔했죠. 저의 작은 친구인 비버와 달리 그 둘은 잔인한 상대였습니다. 사자였냐고요? 아니요. 호랑이였냐고요? 아닙니다. 사자와 호랑이는 대부분의 시간을 졸면서 보냈죠. 제가 언급할 괴물들은 절대 졸지 않았습니다. 우리의 머릿속에 살았습니다. 그 둘은 각각 황금을 향한 이해할 수 없는 욕망, 그리고, 오 하느님, 여자애의 팬티를 엿보려는 이해할 수 없는 욕망이었습니다.

저는 그 두 욕망이 그토록 우스꽝스럽다는 사실에 감사하는 마음이 듭니다. 왜냐하면 그 둘은 인간이 무엇이든 믿을 수 있고, 그 믿음에 따라 열정적으로 행동할 수 있다는 사실을 가르쳐줬기 때문입니다—그것이 어떤 믿음이든지 간에 말이지요.

그러니 우리가 한때 황금과 팬티에 퍼부었던 열광을 이제 이타심에 퍼붓는다면 이타적인 사회를 건설할 수 있을 겁니다."

그는 잠시 말을 멈추더니 어렸을 때 버뮤다에서 소리쳐 읊던 시의 앞부분을 쓸쓸하면서도 애절한 목소리로 읊었다. 그 시는 더욱더 가슴 아프게 들렸는데, 왜냐하면 그것에 등장하는 두 나라는 더이상 예전의 그 모습으로 존재하지 않았기 때문이다. "영국이 보인다," 그는 말했다. "프랑스가 보인다—"

• • •

사실 드웨인 후버와 트라우트의 역사적인 만남이 이뤄진 무렵 여성 팬티는 그 가치가 대폭 하락한 상태였다. 황금의 가격은 여전히 오름세에 있었다.

여성 팬티 사진은 그것이 인쇄된 종이의 가치만도 못했고, 심지어 활짝 벌어진 비버가 나오는 고화질 컬러 영화도 시장에서 전혀 반응이 없었다.

트라우트가 그때까지 출간한 책 중 가장 인기 있던 『바퀴 달린 페스트』 한 권이 삽화 덕분에 12달러에 팔리던 시절이 있었다. 그 책은 이제 1달러에 팔렸고, 구입한 사람들도 그림 때문에 그 정도의 돈을 지불한 것은 아니었다. 그들은 글을 읽으려고 그 돈을 냈다.

• • •

덧붙여 말하자면 그 책은 죽어가는 행성 링고-스리에서의 삶에 대한 내용으로, 그 행성은 미국 자동차를 닮은 주민들이 사는 곳이었다. 그들에게는 바퀴가 달려 있었다. 그들은 내연기관으로 작동됐다. 그들은 화석연료를 먹었다. 그러나 그들이 제조된 것은 아니었다. 그들은 번식했다. 그들은 아기 자동차가 들어 있는 알을 낳았고, 아기들은 어른의 크랭크실에서 빼낸 기름으로 만든 웅덩이에서 자랐다.

링고-스리에는 우주여행자들이 방문했는데, 그들은 그곳의 생물들이 다음과 같은 이유로 멸종되고 있다는 사실을 알게 되었다. 행성의 주민들은 대기를 포함한 그 행성의 자원들을 파괴해버렸던 것이다.

우주여행자들은 물질적 원조의 측면에서는 큰 도움을 줄 수 없었다. 자동차 생물들은 산소를 조금 빌리길 바랐고, 방문자들이 한 개 이상의 알을 다른 행성으로 가져가 부화시켜주기를, 그래서 자동차 문명이 다시 시작될 수 있기를 바랐다. 그들이 가진 가장 작은 알의 무게는 48파운드였는데, 우주여행자들의 키는 1인치밖에 되지 않았고 그들의 우주선 크기는 지구인의 신발 상자보다도 작았다. 그들은 젤톨디마르 출신이었다.

젤톨디마르의 대변인은 카고였다. 카고는 자신이 할 수 있는 일이라곤 자동차 생물이 얼마나 멋진 존재였는지 우주의 다른 존재들에게 말해주는 것뿐이라고 했다. 그는 연료가 떨어진 모든 녹슨 고물 자동차에게 이렇게 말했다. "당신들은 사라져도 잊히진 않을 것입니다."

이 부분에 수록된 삽화는 일란성쌍둥이처럼 보이는 두 중국인 소녀가 소파에 앉아 다리를 활짝 벌리고 있는 그림이었다.

· · ·

그리하여 전원이 동성애자였던 카고와 그의 용감하고 작은 젤톨디마르인 무리는 자동차 생물의 기억을 생생히 간직한 채 우주를 방랑했다. 그들은 마침내 지구라는 행성에 도착했다. 정말 순진하게도 카고는 지구인들에게 자동차에 대해 말해줬다. 카고는 인간들이 콜레라나 흑사병에 걸려 쓰러지듯 단 하나의 생각만으로도 쉽게 쓰러질 수 있다는 사실을 알지 못했다. 지구인들은 얼간이 같은 생각에 면역력이 없었다.

• • •

그리고 트라우트에 따르면 인간들이 나쁜 생각을 거부할 수 없었던 이유는 다음과 같다. "지구에서 생각이란 우정 또는 적대감의 증표나 마찬가지였다. 어떤 생각인지는 상관없었다. 서로 친구인 사람들은 친근감을 표하기 위해 상대방에게 동의했다. 서로 적인 사람들은 적대감을 표하기 위해 상대방에게 이의를 제기했다.

지구인들이 지닌 생각은 지난 수십만 년 동안 아무래도 상관이 없었는데, 왜냐하면 그들은 어차피 생각들을 어찌해볼 수가 없었기 때문이다. 생각이란 그저 증표나 다름없었다.

그들에게는 심지어 생각이 얼마나 헛된 것인지에 대한 속담까지 있었다. '만일 소원이 말이라면 거지들도 그것에 올라탈 것이다.'*

그러고서 지구인들은 도구를 발견했다. 별안간 친구의 생각에 동의하는 것이 자살 혹은 그보다 더한 행위나 다름없는 일이 되고 말았다. 하지만 동의는 계속됐는데, 상식이나 예절이나 자

---

* 원문은 'If wishes were horses, beggars would ride'로, '바란다고 해서 다 이뤄지는 것은 아니다'라는 뜻이다.

기보존을 위해서가 아니라 우정을 위해서였다.

지구인들은 제대로 생각해야 할 때조차 그러는 대신 친근하게 구는 행위를 이어갔다. 자기들 대신 생각을 해줄 컴퓨터를 만들었을 때도, 그 발명은 지혜보다는 우정을 위해서였다. 그리하여 그들은 불행한 운명을 맞게 되었다. 살인광 거지들도 소원이라는 말에 올라탈 수 있게 되었으니 말이다."

3

트라우트의 소설에 따르면 작은 카고가 지구에 도착한 지 100년 내로 한때 평화롭고 촉촉하고 기름졌던 청록색 구체에 살던 모든 생물은 죽어가는 신세가 되거나 죽고 말았다. 인간들이 만들고 숭배한 거대한 딱정벌레의 껍질이 사방에 넘쳐났다. 그것은 자동차였다. 자동차는 모든 것을 죽여버렸다.

작은 카고 자신도 그 행성이 죽기 한참 전에 죽고 말았다. 그는 디트로이트의 어느 바에서 자동차의 유해성에 대한 강연을 하려고 했다. 하지만 그가 너무 작아서 아무도 그에게 관심을 기울이지 않았다. 그는 잠시 쉬려고 누웠는데, 술 취한 자동차 공장 노동자가 그를 부엌용 성냥으로 오인했다. 그는 바 테이블의 아랫면에 카고를 반복해서 그어 죽이고 말았다.

・ ・ ・

트라우트가 1972년 전까지 받은 팬레터는 한 통뿐이었다. 트라우트의 정체와 주소를 알아내기 위해 사립 탐정을 고용한 괴짜 백만장자가 보낸 편지였다. 트라우트는 남의 눈에 거의 보이지 않는 존재였기에 그를 찾는 비용은 1만 8천 달러나 되었다.

그 팬레터는 코호스에 있는 트라우트의 지하실에 도착했다. 그것은 손으로 쓴 편지였고, 트라우트는 편지를 쓴 사람이 열네 살 정도일 거라는 결론을 내렸다. 편지에는 『바퀴 달린 페스트』가 영어로 쓰인 최고의 장편소설이며 트라우트가 미국의 대통령이 되어야 한다고 적혀 있었다.

트라우트는 그 편지를 자신의 앵무새에게 큰 소리로 읽어줬다. "일이 잘 풀리고 있어, 빌." 그가 말했다. "늘 이렇게 될 거라 믿고 있었지. 이것 좀 들어봐." 그러고는 편지를 읽었다. 편지를 쓴 사람인 엘리엇 로즈워터가 성인이며 엄청나게 잘산다고 암시하는 내용은 전혀 없었다.

・ ・ ・

덧붙이자면 킬고어 트라우트는 헌법 개정 없이는 절대로 미국의 대통령이 될 수 없었다. 그는 미국 내에서 태어나지 않았다. 그의 출생지는 버뮤다였다. 그의 아버지 리오 트라우트는 미국 시민권을 유지하면서 여러 해 동안 왕립 조류학회에서 일했다―그는 세계에서 유일한 버뮤다흰꼬리수리 서식지를 지켰다. 그러나 온갖 사람의 온갖 노력에도 불구하고 이 거대한 녹색 흰꼬리수리는 결국 멸종되고 말았다.

• • •

어렸을 때 트라우트는 흰꼬리수리들이 한 마리씩 죽는 걸 보았다. 그의 아버지는 흰꼬리수리 사체의 날개 길이를 재는 우울한 임무를 그에게 맡겼다. 흰꼬리수리는 그 행성에서 자신의 힘으로 나는 생물 중 가장 커다란 생물이었다. 마지막 사체는 그중에서도 가장 긴 날개를 가지고 있었는데, 길이가 무려 19피트하고도 2와 4분의 3인치*였다.

흰꼬리수리가 모두 죽은 후에야 사인이 밝혀졌다. 눈과 뇌를 공격한 균류였다. 사람들이 무좀이라는 무해한 형태로 기생하던 균류를 흰꼬리수리 번식지에 들인 것이었다.

킬고어 트라우트가 태어난 섬의 국기는 다음과 같은 모양이었다.

---

* 대략 6미터.

· · ·

그래서 킬고어 트라우트는 햇빛과 신선한 공기에도 불구하고 우울한 유년 시절을 보냈다. 만년에 그를 압도한 비관주의, 세 번의 결혼 생활을 끝장내고 그의 외동아들 리오를 열네 살에 가 출하게 한 그 비관주의는 썩어가는 흰꼬리수리로 만든 달콤쌉 쌀한 거적때기에서 비롯됐을 가능성이 매우 컸다.

· · ·

그 팬레터는 너무 늦게 도착했다. 그것은 좋은 소식이 아니었 다. 킬고어 트라우트는 사생활이 침해당했다고 여겼다. 로즈워 터가 보낸 편지에는 트라우트를 유명하게 만들어주겠다는 약속 이 담겨 있었다. 듣고 있는 건 그의 앵무새뿐이지만 그에 대해 트 라우트가 해줄 말은 이것뿐이었다. "내 바디백 근처에서 꺼져!"

바디백은 방금 죽은 미군을 담는 커다란 비닐봉투였다. 그것은 새로운 발명품이었다.

• • •

나는 누가 바디백을 발명했는지 모른다. 누가 킬고어 트라우트를 발명했는지는 안다. 바로 나다.

나는 그의 이를 뻐드렁니로 만들었다. 나는 그에게 머리카락을 주고는 백발로 바꿔버렸다. 그가 머리를 빗거나 이발소에 가게 하진 않을 것이었다. 나는 그가 머리를 길게 길러 헝클어뜨리게 했다.

나는 내 아버지가 가련한 노인네였을 때 우주의 창조자가 아버지에게 주었던 다리와 똑같은 다리를 그에게 주었다. 그것은 핼쑥하고 창백한 빗자루였다. 거기에는 털이 없었다. 표면에는 정맥류가 환상적으로 돋을새김되어 있었다.

트라우트가 첫 팬레터를 받은 지 두 달이 지나고 나는 그가 우편함에서 미국 중서부에서 열리는 아트 페스티벌에 연사로 와달라고 초청하는 편지를 발견하게 했다.

• • •

그 편지는 페스티벌 위원장인 프레드 T. 배리가 보낸 것이었다. 그는 킬고어 트라우트에게 존경을 보였고 이는 거의 숭배에 가까웠다. 오 일 동안 열리는 페스티벌에는 몇몇 저명한 외부 인사가 참가하는데, 그중 한 명이 되어달라고 트라우트에게 간청했다. 그것은 미들랜드시티의 밀드러드 배리 기념 아트 센터 개관식을 축하하는 행사였다.

편지에는 적혀 있지 않았지만, 밀드러드 배리는 미들랜드시티에서 가장 부유한 사람인 위원장의 작고한 어머니였다. 프레드 T. 배리가 건립 비용을 댄 새 아트 센터는 지주 위에 세워진 반투명한 구체였다. 창문은 없었다. 밤에 내부에서 조명을 켜면 꼭 떠오르는 보름달 같았다.

프레드 T. 배리는 우연히도 트라우트와 나이가 똑같았다. 둘은 생일도 같았다. 하지만 둘은 닮은 데가 전혀 없었다. 프레드 T. 배리는 순수 영국 혈통이었음에도 더이상 백인처럼 보이지도 않았다. 점점 더 늙고 점점 더 행복해지면서, 온몸의 털이 빠져 그는 황홀경에 빠진 중국인 노인 같은 모습이 되었다.

그는 너무나도 중국인처럼 보였기에 옷도 중국인처럼 입게 되었다. 진짜 중국인들은 가끔 그를 진짜 중국인으로 오해했다.

• • •

프레드 T. 배리는 편지에서 자신이 킬고어 트라우트의 작품을 읽어보지는 못했으나 페스티벌이 열리기 전에 기쁜 마음으로 읽어보겠노라고 고백했다. "엘리엇 로즈워터가 당신을 적극

추천했습니다." 그가 말했다. "생존하는 미국 소설가 중에서 가장 훌륭한 소설가일 거라고 장담했어요. 그보다 더한 찬사는 없을 겁니다."

편지에는 1만 달러짜리 수표가 클립으로 고정되어 있었다. 프레드 T. 배리는 그것이 여비 겸 사례비라고 설명했다.

그것은 거금이었다. 트라우트는 갑자기 엄청나게 잘사는 사람이 되었다.

• • •

드라우트가 초청받게 된 경위는 이러하다. 프레드 T. 배리는 미들랜드시티 아트 페스티벌의 구심점 역할을 해줄 매우 가치 있는 유화를 갖고 싶어했다. 그는 부자였음에도 그런 그림을 구입할 형편은 못 돼서 그것을 빌려줄 사람을 찾았다.

그가 처음으로 찾아간 사람은 엘리엇 로즈워터였다. 그는 3백만 달러 이상의 가치를 지닌 엘 그레코 작품을 소장하고 있었다. 로즈워터는 페스티벌을 위해 그 그림을 빌려주는 대신 한 가지 조건이 있다고 말했다. 바로 생존하는 영어권 작가 가운데 가장 훌륭한 작가인 킬고어 트라우트를 연사로 초대하는 것이었다.

트라우트는 자신에게 알랑거리는 초청장을 비웃었지만, 곧바로 두려움을 느꼈다. 낯선 누군가가 또다시 그의 사적인 바디백을 침해하고 있었다. 그는 초췌한 모습으로 앵무새에게 이런 질문을 던지며 눈을 굴렸다. "왜 갑자기 다들 킬고어 트라우트에게 관심을 가지는 거지?"

그는 편지를 다시 읽었다. "그들은 그냥 킬고어 트라우트를 원하는 게 아니야." 그가 말했다. "턱시도를 입은 트라우트를 원하고 있다고, 빌. 뭔가 착오가 생긴 게 분명해."

그는 어깨를 으쓱했다. "어쩌면 내게 턱시도가 한 벌 있다는 걸 용케 알고서 나를 초청한 것인지도 모르겠군." 그가 말했다. 그에게는 정말로 턱시도가 있었다. 사십 년 넘게 여기저기 끌고 다닌 납작한 여행용 트렁크에 들어 있었다. 거기에는 어린 시절 장난감, 버뮤다흰꼬리수리의 뼈, 그리고 다른 진기한 물건이 여럿 들어 있었다—1924년 오하이오주 데이턴의 토머스 제퍼슨 고등학교에 다니던 시절, 졸업을 앞두고 열린 무도회 때 입었던 턱시도까지. 트라우트는 버뮤다에서 태어나 그곳에서 중등학교를 다녔다. 하지만 이후 그의 가족은 데이턴으로 이사했다.

그가 다닌 고등학교의 이름은 어느 노예주의 이름을 따서 지은 것이었는데, 그 노예주는 인간의 자유라는 주제에 있어 세상에서 가장 훌륭한 이론가 중 한 사람이기도 했다.*

---

* 미국의 3대 대통령으로 미국독립운동에 이바지하고 노예무역을 금지하는 법안을 승인했으나 본인도 노예제도 폐지에는 미온적이었다는 비판을 받았다.

· · ·

트라우트는 트렁크에서 턱시도를 꺼내 몸에 걸쳤다. 내 아버지가 노인이 되었을 때 입었던 턱시도와 무척 비슷했다. 턱시도에는 푸르스름한 녹청 같은 곰팡이가 피어 있었다. 그중에는 훌륭한 토끼털 조각을 덧댄 것처럼 자라난 곰팡이도 있었다. "이 정도면 저녁에 입기 좋겠군." 트라우트가 말했다. "그런데 말이야, 빌―미들랜드시티에서는 시월에 해가 지기 전에 다들 무슨 옷을 입지?" 그가 자신의 기괴하고 장식적인 정강이를 드러내려고 바짓가랑이를 끌어올렸다. "버뮤다 반바지와 발목까지 오는 양말 차림일 거야. 안 그래, 빌? 어쨌거나―나는 버뮤다 출신이니까."

그가 젖은 걸레로 턱시도를 가볍게 두드리자 곰팡이가 쉽게 벗겨졌다. "이런 일은 딱 질색이야, 빌." 그가 자신이 살해하고 있는 곰팡이를 두고 말했다. "곰팡이도 나만큼이나 살 권리를 지니고 있으니까. 곰팡이는 자기가 뭘 원하는지 알아, 빌. 나는 내가 뭘 원하는지 통 모르겠는데 말이야."

그러고서 그는 빌은 무엇을 원할지 생각해봤다. 예측하기 쉬웠다. "빌," 그가 말했다. "나는 너를 정말 좋아해. 그리고 나는 우주에서 제일 잘나가는 인간이니까 너의 가장 큰 소원 세 가지를 들어줄게." 그는 새장 문을 열어줬는데, 그것은 빌이 천 년이

지나도 하지 못했을 일이었다.

　빌은 창턱으로 날아갔다. 그는 자신의 작은 어깨를 유리창에 기댔다. 빌과 드넓은 바깥세상 사이에는 유리 한 장뿐이었다. 비록 트라우트가 악천후 대비용 덧창문 관련 일에 종사하긴 했지만 정작 그의 집에는 덧창문이 없었다.

　"이제 너의 두번째 소원이 이뤄질 거야." 트라우트는 이렇게 말하고는 이번에도 빌이 절대 하지 못했을 일을 해줬다. 그는 창문을 열었다. 하지만 창문이 열리는 것은 앵무새에게 무척 두려운 일이어서 빌은 다시 새장으로 날아가더니 급히 안쪽으로 들어가버렸다.

　트라우트는 새장 문을 닫고는 걸쇠를 걸었다. "세 가지 소원을 너만큼 영리하게 사용한 경우는 또 없을 거야." 그가 새에게 말했다. "너는 바랄 무언가를 남겨뒀구나—새장 밖으로 빠져나가는 일 말이야."

· · ·

　트라우트는 그가 받은 유일한 팬레터와 초청장을 연관지어봤는데, 엘리엇 로즈워터가 어른이라는 사실은 믿기 어려웠다. 로즈워터의 손 글씨는 이런 모양이었다.

You ought to be President of the United States!

당신이 미국의 대통령이 되어야 합니다!

"빌," 트라우트가 머뭇거리며 말했다. "로즈워터라는 이름의 어떤 십대 아이가 내게 이 일을 줬어. 그애의 부모가 아트 페스티벌의 위원장과 친구인 게 분명한데, 책에 대해서는 아무것도 모르는 것 같아. 그러니 내가 훌륭하다는 그애의 말을 그냥 믿어버린 거지."

트라우트는 고개를 가로저었다. "나는 안 갈 거야, 빌. 나의 새장에서 나가고 싶지 않아. 그러기에는 너무 영리하니까. 설령 나가고 싶은 마음이 들더라도 미들랜드시티에 가서 나 자신을—그리고 나의 유일한 팬을—웃음거리로 만들진 않을 거야."

• • •

그는 그쯤에서 생각을 접었다. 하지만 그는 가끔 그 초청장을 다시 읽었고, 결국 다 외울 지경에 이르렀다. 그러자 편지에 담긴 더욱 미묘한 메시지 중 하나가 전해져왔다. 편지지 윗부분에 있었던 것으로, 희극과 비극을 의미하는 두 가면이 그려져 있었다.

한 가면은 이런 모양이었다.

다른 가면은 이런 모양이었다.

"그들은 미소 짓는 사람만을 원해." 트라우트가 앵무새에게 말했다. "불행한 실패자는 지원할 필요가 없어." 하지만 그의 마음은 거기서 멈추지 않았다. 그는 아주 짜릿한 생각을 떠올렸다. "하지만 불행한 실패자야말로 그들이 봐야 하는 사람인지도 모르지."

생각이 거기에 미치자 그는 활기를 띠었다. "빌, 빌ㅡ" 그는 말했다. "들어봐, 나는 새장을 떠나지만 다시 돌아올 거야. 거기 가서 지금껏 아트 페스티벌에서 누구도 보지 못했던 것을 보여줄 작정이야. 바로 진리와 미를 찾는 데 평생을 바쳤으나 땡전 한 푼 얻지 못한 수많은 예술가들의 상징 말이야!"

• • •

트라우트는 결국 초청에 응했다. 페스티벌이 시작되기 이틀 전에 그는 위층의 집주인 여자에게 빌을 맡기고 뉴욕시까지 히치하이크를 했다ㅡ팬티 안쪽에 5백 달러를 핀으로 고정한 채로. 나머지 돈은 은행에 넣어뒀다.

그는 우선 뉴욕으로 갔다ㅡ그곳의 포르노가게에서 자신의 책을 몇 권 찾아보고 싶었다. 집에는 그의 책이 한 권도 없었다. 그는 그 책들을 경멸했지만 이제는 미들랜드시티에서 큰 소리로 읽어주고 싶었다ㅡ익살맞기도 한 비극을 보여주기 위해서.

그는 그곳 사람들에게 묘비에 자신이 적고 싶은 말을 알려줄 계획이었다.

그 말은 다음과 같았다.

아무개.
모월 모년 모시부터 모월 모년 모시까지.
그는 애썼다.

4

한편 드웨인은 계속 미쳐가고 있었다. 어느 날 밤 그는 밀드러드 배리 기념 아트 센터 위로 하늘에 열한 개의 달이 떠 있는 것을 보았다. 이튿날 아침에는 아스널가와 올드카운티로의 교차로에서 거대한 오리 한 마리가 교통정리를 하는 것을 보았다. 그는 자신이 본 것을 누구에게도 말하지 않았다. 그는 비밀을 지켰다.

그리고 그의 머릿속에 있는 나쁜 화학물질은 비밀에 진저리를 내고 있었다. 그것은 이제 그가 괴상한 것을 보고 느끼게 하는 것만으로는 만족하지 못했다. 그것은 그가 괴상한 짓을 하고 큰 소란을 피우길 바랐다.

그것은 드웨인 후버가 자신의 병을 자랑스러워하길 바랐다.

· · ·

　나중에 사람들은 드웨인의 행동에서 위험 신호를 알아차리지 못하고, 도움을 요청하는 그의 명백한 외침을 무시한 자신에게 몹시 화가 난다고 말했다. 드웨인이 미쳐 날뛴 후 지역 신문에서는 이 사건을 몹시 동정어린 시선으로 바라본 사설을 실으면서 사람들에게 누군가 위험 신호를 보내고 있지는 않은지 잘 살피라고 간청했다. 그 사설의 제목은 이랬다.

도움을 요청하는 외침

　킬고어 트라우트를 만나기 전까지 드웨인은 그렇게 괴상한 사람이 아니었다. 공공장소에서 그의 행동은 미들랜드시티에서 용인되는 행위와 신념과 대화의 테두리를 벗어나지 않았다. 그와 가장 가까운 사람이자 그의 백인 비서 겸 정부였던 프랜신 페프코가 말하길, 공개적으로 미치광이 짓을 하기 전까지 드웨인은 그달 내내 점점 더 행복해하는 것처럼 보였다고 했다.

　"저는 계속 그렇게 생각했어요." 그녀는 병원 침대에 누워 신문기자에게 말했다. "드웨인이 마침내 아내의 자살이 준 충격에서 벗어나고 있다고 말이죠."

• • •

　프랜신은 드웨인의 주요 영업소인 드웨인 후버의 11번 출구 폰티액 빌리지에서 일했다. 영업소는 주간고속도로를 벗어나면 바로 나오는 신축 모텔 홀리데이 인 옆에 위치해 있었다.

　프랜신이 그가 점점 더 행복해하고 있다고 생각한 이유는 이러하다. 드웨인은 그가 젊었을 때 인기 있던 〈나이든 점등원〉 〈티피-티피-틴〉 〈꽉 붙잡아〉 〈푸른 달〉 같은 노래를 부르기 시작했다. 드웨인은 이전에 노래를 부른 적이 한 번도 없었다. 이제 그는 책상에 앉아 있을 때나 고객을 태우고 자동차 시승을 할 때, 정비공이 차량을 점검하는 것을 지켜볼 때에도 늘 큰 소리로 노래를 불렀다. 어느 날 그는 마치 노래로 사람들을 즐겁게 해주라고 고용되기라도 한 것처럼 신축 홀리데이 인의 로비를 지나면서 사람들을 향해 미소 짓고 몸짓하며 큰 소리로 노래를 불렀다. 하지만 그것을 정신착란의 증세로 여긴 사람은 아무도 없었다—드웨인이 홀리데이 인의 일부를 소유하고 있기 때문이기도 했다.

　식당의 흑인 웨이터와 그의 흑인 조수는 이 노래에 대해 이야기를 나누었다. "저 사람이 노래하는 걸 좀 들어보세요." 조수가 말했다.

　"저 사람만큼 가진 게 많다면 나도 저렇게 노래할 거야." 웨이터가 대답했다.

. . .

드웨인이 미쳐가고 있다는 말을 입 밖으로 낸 사람은 드웨인
의 폰티액 대리점의 백인 세일즈 매니저인 해리 르세이버뿐이
었다. 드웨인이 이처럼 정신이 나가버리기 딱 일주일 전에 해리
는 프랜신 페프코에게 말했다. "드웨인에게 무슨 일이 생긴 것
같아요. 전에는 정말 매력적인 사람이었는데. 이제는 그렇게 매
력적으로 보이질 않네요."

해리는 누구보다 드웨인을 잘 알았다. 그는 이십 년 동안이나
드웨인과 함께했다. 그는 대리점이 도시의 깜둥이 지역 가장자
리에 있었을 때부터 드웨인을 위해 일했다. 깜둥이는 피부색이
검은 인간을 뜻했다.

"저는 그를 잘 알아요. 전우끼리 서로 잘 아는 것처럼 말이에
요." 해리는 말했다. "대리점이 제퍼슨가에 있었을 때 매일 함
께 목숨을 걸고 일했으니까요. 일 년에 평균 열네 차례 총기 강
도를 당했죠. 그런 제가 말씀드리건대 지금 저 드웨인은 제가
알던 드웨인이 아니에요."

. . .

총기 강도 이야기는 사실이었다. 드웨인이 폰티액 대리점을

그렇게 헐값에 매입할 수 있었던 것은 바로 그 때문이었다. 늘 캐딜락을 원했던 몇몇 흑인 범죄자를 제외하면, 새 자동차를 살 정도의 돈이 있는 사람은 백인들뿐이었다. 그리고 백인들은 무서워서 제퍼슨가 근처에도 가려 하질 않았다.

• • •

드웨인은 대리점을 매입할 돈을 이렇게 얻었다. 그는 미들랜드 카운티 국립은행에서 돈을 빌렸다. 당시 미들랜드시티 군수회사로 불리던 회사에서 자신이 보유한 주식을 담보로 걸었다. 그 회사는 훗날 주식회사 배리트론이 되었다. 대공황의 늪에서 드웨인이 그 주식을 처음 사들였을 때 그 회사의 이름은 아메리카 로보-매직 회사였다.

사업의 성격이 너무 자주 변했기에 회사의 이름은 여러 해에 걸쳐 계속 바뀌었다. 하지만 옛정을 생각해서인지 경영진은 회사의 모토만은 그대로 고수했다. 모토는 이러했다.

우울한 월요일이여, 안녕히.

• • •

들어보라.

해리 르세이버는 프랜신에게 말했다. "남자들은 함께 전투를 치르게 되면 전우의 성격에 작은 변화만 생겨도 알아차릴 수 있게 되는데, 드웨인은 확실히 변했어요. 버넌 가르한테 물어보세요."

버넌 가르는 드웨인이 대리점을 주간고속도로 쪽으로 옮기기 전부터 드웨인과 일해온 유일한 또다른 백인 정비공이었다. 공교롭게도 버넌은 집에 문제가 있었다. 그의 아내인 메리가 조현병을 앓고 있었고, 그래서 버넌은 드웨인이 변했다는 사실을 알아차리지 못했다. 버넌의 아내는 버넌이 자신의 뇌를 플루토늄으로 바꾸려 한다고 믿고 있었다.

• • •

해리 르세이버는 전투에 대해 말할 자격이 있었다. 그는 실제로 전투에 참가했었다. 드웨인은 전투에 참가한 적이 없었다. 하지만 제2차세계대전 동안 미 육군 항공대의 군무원으로 일한 적은 있었다. 독일 함부르크에 떨어뜨릴 5백 파운드짜리 폭탄에 물감으로 메시지를 써넣은 적도 있었다. 메시지는 이러했다.

우울한 월요일이여 안녕히

• • •

"해리," 프랜신이 말했다. "누구나 가끔은 운이 나쁜 날을 맞이하는 법이에요. 드웨인은 내가 아는 누구보다 그런 날이 적은데, 오늘처럼 그가 운이 나쁜 날이면 누군가는 기분이 상하고 놀랄 수밖에 없는 거죠. 하지만 그럴 필요 없어요. 드웨인도 남들과 똑같은 인간일 뿐이니까요."

"하지만 그는 왜 하필이면 나한테만 그러는 거죠?" 해리가 물었다. 그의 말이 맞았다. 드웨인은 그날 해리한테만 믿기 힘들 정도의 모욕과 욕설을 퍼부었던 것이다. 다른 사람들은 여전히 드웨인을 매력적인 사람으로만 여겼다.

물론 나중에 드웨인은 온갖 종류의 사람에게, 심지어 미들랜드시티에 한 번도 와본 적 없는 펜실베이니아주 이리 출신의 세이방인에게도 공격을 가했다. 하지만 지금 피해자는 해리뿐이었다.

• • •

"왜 나죠?" 해리가 말했다. 이것은 미들랜드시티에서 흔한 질문이었다. 여러 종류의 사고 이후 구급차에 실리면서, 혹은 풍기 문란 행위로 체포되면서, 혹은 도둑질을 당하면서, 혹은 코를 한 방 맞으면서 사람들은 늘 이렇게 물었다. "왜 나죠?"

"아마도 드웨인이 당신을 충분히 남자답고 친근한 존재로 여기나보죠. 어쩌다 운이 나쁜 날에도 자기를 참고 견뎌줄 만큼요." 프랜신이 말했다.

"만일 그가 당신이 입은 옷을 모욕하면 기분이 어떻겠어요?" 해리가 말했다. 드웨인이 해리에게 한 짓이 바로 그것이었다. 그는 해리의 옷을 모욕했다.

"나라면 그가 이 도시에서 최고의 고용주였다는 사실을 기억할 거예요." 프랜신이 말했다. 그 말은 사실이었다. 드웨인은 높은 임금을 지불했다. 그는 매해 연말에 수익을 배분하고 크리스마스 보너스를 주었다. 그는 그 주의 자동차 판매업계에서 직원들에게 청십자-청방패, 즉 건강보험을 제공한 최초의 자동차 딜러였다. 그가 만든 퇴직자 연금제도는 배리트론을 제외하면 그 도시의 회사들 중에서 가장 훌륭했다. 그의 사무실은 논의할 문제가 있는 모든 직원에게 늘 열려 있었다. 자동차 사업과 관련된 문제가 아니어도 상관없었다.

이를테면 해리의 옷을 모욕한 날에도 드웨인은 버넌의 아내가 보이는 환각 증상을 의논하며 버넌 가르와 두 시간을 보냈다. "아내가 헛것을 봐." 버넌이 말했다.

"자네 아내는 휴식이 필요해, 버넌." 드웨인이 말했다.

"어쩌면 나도 미쳐가고 있는 건지 모르겠어." 버넌이 말했다. "빌어먹을, 집에 가면 내 망할 개랑 몇 시간이고 이야기를 나눈

다니까."

"나도 그래." 드웨인이 말했다.

• • •

해리를 그토록 화나게 한 당시 상황은 다음과 같다.

해리는 버넌이 나오자마자 드웨인의 사무실로 들어갔다. 그
는 드웨인과 심각한 문제를 겪은 적이 없었기에 이번에도 어떤
문제가 일어나리라고는 생각하지 않았다.

"나의 옛 전우께서는 오늘 기분이 어떠신가?" 그가 드웨인에
게 말했다.

"기분이야 더없이 좋지." 드웨인이 말했다. "무슨 특별한 고
민이라도 있나?"

"아니." 해리가 말했다.

"버넌의 아내는 버넌이 자기 뇌를 플루토늄으로 바꾸려 한다
고 생각한다는군." 드웨인이 말했다.

"플루토늄이 뭐지?" 해리가 말했다. 그리고 어쩌고저쩌고.
둘은 계속 두서없이 말했고, 해리는 대화를 활기차게 유지하려
고 없는 문제를 꾸며냈다. 그는 자신에게 아이가 없어서 가끔
슬프다고 말했다. "하지만 어떤 의미에서는 기쁘기도 해." 그가
계속 말했다. "그러니까 내 말은, 왜 내가 인구 과잉에 이바지해
야 하느냐 말이야?"

드웨인은 아무 말도 하지 않았다.

"어쩌면 아이를 한 명 입양했어야 했나봐." 해리가 말했다. "하지만 이제 너무 늦어버렸어. 그리고 나와 아내는—둘이서 시답잖은 장난이나 치면서 충분히 좋은 시간을 보내고 있어. 우리한테 애가 왜 필요하겠어?"

드웨인이 폭발한 것은 해리가 입양을 언급한 후였다. 드웨인 자신도 입양아였다—제1차세계대전 때 공장노동자로 일해 큰돈을 벌고자 웨스트버지니아주에서 미들랜드시티로 이주한 어느 부부가 그를 입양했다. 드웨인의 친모는 감상적인 시를 쓰고 자신이 사자왕 리처드의 후손이라고 주장하던 미혼모 여교사였다. 그의 친부는 시를 활자로 조판해주며 그의 어머니를 유혹한 떠돌이 식자공이었다. 그가 몰래 신문 같은 곳에 시를 실어준 것은 아니었다. 그녀는 자신의 시가 활자로 조판된 것만으로도 만족했다.

그녀는 결함이 있는 분만 기계였다. 그녀는 드웨인을 출산하다가 자신을 자동으로 파괴했다. 식자공은 사라져버렸다. 그는 사라지는 기계였다.

• • •

입양이라는 주제가 드웨인의 머릿속에서 불행한 화학반응을 일으켰는지도 몰랐다. 어쨌든 드웨인은 갑자기 해리에게 이렇게 으르렁거렸다. "해리, 버넌 가르에게서 솜 지스러기를 잔뜩 얻어서 블루 수노코에 적신 다음 자네의 망할 옷장을 불태워버리는 게 어때? 자네를 보면 꼭 왓슨 형제에 와 있는 것 같은 기분이 들거든." 왓슨 형제는 적당히 잘살거나 그 이상인 백인들을 위한 장례식장의 이름이었다. 블루 수노코는 휘발유 상표였다.

해리는 깜짝 놀랐고, 곧 고통이 찾아왔다. 드웨인은 해리와 알고 지낸 세월 동안 그의 옷에 대해 무슨 말을 한 적이 한 번도 없었다. 해리는 자신의 옷이 보수적이고 단정하다고 생각했다. 그의 셔츠는 흰색이었다. 그의 넥타이는 검은색이나 감청색이었다. 그의 성장은 회색이나 남색이었다. 그의 신발과 양말은 검은색이었다.

"이봐, 해리." 드웨인이 심술궂은 표정을 지으며 말했다. "하와이 주간이 다가오고 있고, 나는 진심으로 하는 말이야. 자네 옷을 태워버리고 새 옷을 사든지, 아니면 왓슨 형제에 지원해보게. 그러는 동안 자네 몸에 방부제도 좀 바르고."

• • •

해리는 입을 떡 벌리고 있을 수밖에 없었다. 드웨인이 말한 하와이 주간이란 대리점을 최대한 하와이제도처럼 보이게 만들어 판매를 촉진하는 계획이었다. 그 주간 동안 새 차 혹은 중고 차를 사거나 5백 달러 이상의 수리비를 낸 사람은 자동으로 추첨 대상이 되었다. 운좋은 세 사람은 각각 라스베이거스, 샌프란시스코, 하와이로 떠나는 자유 여행권을 얻게 될 것이었고, 여행 경비는 동반 1인까지 전액 지원되었다.

"폰티액을 팔아야 하는 자네가 뷰익과 같은 이름을 쓰는 건 아무도 좋아, 해리—"드웨인은 계속 말했다. 제너럴모터스의 뷰익 분과에서 르세이버라는 모델을 출시한 사실을 말하는 것이었다. "자네가 어떻게 할 수 있는 일은 아니니까." 이제 드웨인은 자신의 책상 위를 가볍게 톡톡 두드리고 있었다. 왠지 책상을 주먹으로 쾅쾅 내리치는 것보다 더 위협적이었다. "하지만 자네가 바꿀 수 있는 것은 아주 많지, 해리. 곧 긴 주말이네. 화요일 아침에 출근했을 때는 완전히 바뀐 자네의 모습을 봤으면 좋겠군."

다가오는 월요일이 국경일인 재향 군인의 날이었기 때문에 주말은 특히 더 길었다. 그날은 군복을 입고 조국에 이바지한 사람들을 기리는 날이었다.

• • •

"우리가 폰티액을 팔기 시작했을 때는 말이야, 해리." 드웨인이 말했다. "폰티액은 학교 선생이나 할머니나 노처녀가 타는 실용적인 차였지." 그 말은 사실이었다. "아마 해리 자네는 알아차리지 못한 모양인데, 이제 폰티액은 인생에서 쾌감을 얻길 바라는 사람들을 위한 화려하고 젊은 모험의 수단이 됐어! 그런데도 자네는 여기가 영안실이라도 되는 것처럼 옷을 입고 행동하고 있잖나! 거울을 보고 한번 자문해보게, 해리. '누가 이런 사람을 보고 폰티액을 떠올릴까?' 하고 말일세."

해리 르세이버는 너무 목이 메어 겉모습이 어떻든 자신은 그 주뿐만 아니라 중서부 전체에서 가장 유능한 폰티액 세일즈 매니저 중 한 명으로 인정받고 있다는 사실을 지적할 수조차 없었다. 저렴한 가격대가 아님에도 불구하고 폰티액은 미들랜드시티 지역에서 가장 잘 팔리는 차였다. 그것은 중간 가격대의 차였다.

• • •

긴 주말이 끝나자마자 시작될 하와이 페스티벌은 해리가 긴장을 풀고 즐기는 동시에 다른 사람도 즐길 수 있도록 할 절호의 기회라고, 드웨인 후버는 가련한 해리 르세이버에게 말했다.

"해리," 드웨인이 말했다. "자네에게 알려줄 소식이 있어. 현대 과학은 우리에게 놀라운 새 색깔을 잔뜩 안겨줬지. 빨강색! 오렌지색! 초록색! 핑크색! 같은 이상하고 신나는 이름의 색들 말이야, 해리. 우리는 더이상 검은색이나 회색, 흰색에 갇혀 있지 않다고! 정말 좋은 소식 아닌가, 해리? 그리고 주의회가 방금 발표한 바에 따르면 업무 시간에 미소를 짓는 게 더는 범죄가 아니라고 하네. 주지사는 농담한 걸로 성인 교도소의 성범죄자

수감동에 보내는 일은 이제 없을 거라고 내게 개인적으로 약속하기도 했어!"

• • •

해리 르세이버는 자신이 복장 도착자라는 비밀만 아니었다면 경미한 상처만 입은 채 이 모든 모욕을 견뎠을 것이다. 주말이면 그는 여자 옷, 그것도 단정하지 않은 옷을 입길 좋아했다. 해리와 그의 아내가 창문 블라인드를 내리고 나면 해리는 낙원의 새로 변신했다.

해리의 아내 말고는 누구도 그의 비밀을 알지 못했다.

드웨인이 그의 업무 복장을 조롱하고 셰퍼즈타운 성인 교도소 성범죄자 수감동을 언급하자 해리는 자신의 비밀이 새어나갔다고 의심할 수밖에 없었다. 우습게 넘기기만 할 비밀도 아니었다. 해리는 주말에 하는 짓으로 체포될 수도 있었다. 그는 3천 달러의 벌금형과 셰퍼즈타운 성인 교도소 성범죄자 수감동에서 오 년간 중노동을 하는 형에 처해질 수도 있었다.

• • •

그래서 가련한 해리는 그주 주말과 재향 군인의 날을 비참하게 보냈다. 하지만 드웨인은 그보다 더 비참한 휴일을 보냈다.

드웨인이 보낸 휴일의 마지막날 밤은 이랬다. 그의 머릿속에 있는 나쁜 화학물질이 그를 침대에서 밀어냈다. 그 화학물질은 당장 처리해야 할 어떤 비상사태가 발생하기라도 한 것처럼 드웨인에게 옷을 입도록 했다. 시간은 꼭두새벽이었다. 재향 군인의 날은 12시를 알리는 시계 소리와 함께 이미 끝난 후였다.

드웨인의 머릿속에 있는 나쁜 화학물질은 그가 장전된 38구경 리볼버를 베개 아래에서 꺼내 입안에 쑤셔넣게 만들었다. 그것은 인간의 몸에 구멍을 내는 게 유일한 목적인 도구였다. 바로 이런 모양이었다.

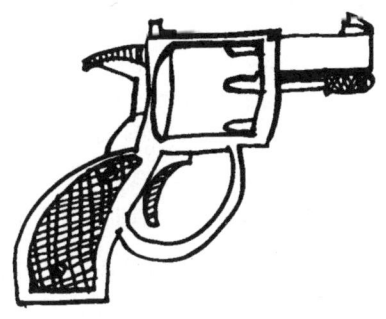

그 행성에서 드웨인이 사는 곳에서는 동네 철물점에서 누구든 그것을 구할 수 있었다. 경찰관은 모두 그것을 가지고 있었다. 범죄자도 마찬가지였다. 그 사이에 낀 사람들도 마찬가지였다.

범죄자가 사람들을 향해 총을 겨누며 "가진 돈 다 내놔"라고 말하면 사람들은 보통 그렇게 했다. 그리고 경찰관이 범죄자를 향해 총을 겨누며 "멈춰" 혹은 그 상황에 부합하는 어떤 말을 하면 범죄자는 보통 그렇게 했다. 가끔 그렇게 하지 않을 때도 있었다. 가끔 아내가 남편에게 너무 화가 나면 남편의 몸에 총으로 구멍을 내기도 했다. 가끔 남편이 아내에게 너무 화가 나면 아내의 몸에 구멍을 내기도 했다. 그리고 어쩌고저쩌고.

드웨인 후버가 미쳐 날뛴 그주에는 미들랜드시티에 사는 열네 살짜리 소년이 집에 가져온 형편없는 성적표를 보여주기 싫다는 이유로 자신의 어머니와 아버지의 몸에 구멍을 냈다. 변호사는 소년의 일시적 정신이상을 주장할 계획이었는데, 그것은 총을 쏠 당시에 소년이 옳고 그름을 구별할 능력이 없었다는 뜻이었다.

· · ·

가끔 사람들은 조금이나마 유명해지려고 유명한 사람들의 몸에 구멍을 내기도 했다. 가끔 사람들은 정해진 목적지가 있는 비행기에 타서는, 비행기를 다른 곳으로 날아가게 하지 않으면 기장과 부기장의 몸에 구멍을 내주겠다고 말하기도 했다.

· · ·

드웨인은 한동안 총구를 입에 물고 있었다. 윤활유 맛이 났다. 총은 장전된 채 공이치기가 당겨져 있었다. 그의 뇌에서 불과 몇 인치 떨어진 곳에 숯과 질산칼륨과 유황이 담긴 깔끔하고 작은 금속 포장물이 있었다. 그가 레버를 당기기만 하면 화약은 가스로 변할 것이었다. 가스는 납덩어리를 관 밖으로 밀어내 드웨인의 뇌를 관통하리라.

하지만 드웨인은 그러는 대신 타일을 깐 화장실에 총을 쏘기로 했다. 그는 납덩어리를 발사해 변기와 세면기와 욕조 칸막이를 관통시켰다. 욕조 칸막이의 유리에는 모래를 분사해 장식한 플라밍고 그림이 있었다. 그것은 이런 모양이었다.

드웨인은 플라밍고를 쏘았다.

그는 나중에 이 일을 떠올리며 이렇게 으르렁거렸다. "망할 놈의 새."

• • •

총성을 들은 사람은 아무도 없었다. 이웃한 집들은 전부 소리가 들어오거나 나가기에는 방음 처리가 너무 잘되어 있었다. 이를테면 어떤 소리가 드웨인이 사는 꿈의 집에 들어가거나 거기서 나오려면 1.5인치 두께의 석고보드, 폴리스티렌 방습층, 알루미늄박 한 장, 3인치 두께의 공기층, 또다른 알루미늄박 한 장, 3인치 두께의 유리솜 단열재, 또다른 알루미늄박 한 장, 압착 톱밥으로 만든 1인치 두께의 단열판, 타르지, 1인치 두께의 나무 피복, 더 많은 타르지, 그리고 텅 빈 알루미늄 벽판을 통과해야만 했다. 벽판의 공간은 달에 발사하는 로켓용으로 개발된 기적의 방음 물질로 가득차 있었다.

• • •

드웨인은 집 주변의 투광 조명등을 켜고 차 다섯 대 넓이의 차고 밖 아스팔트 무대에서 농구를 했다.

드웨인의 개 스파키는 드웨인이 화장실을 쏠 때 지하실에 숨어 있었다. 하지만 이제는 밖에 나와 있었다. 스파키는 드웨인이 농구하는 모습을 지켜보았다.

"너랑 나뿐이야, 스파키." 드웨인은 말했다. 그리고 어쩌고저쩌고. 그는 그 개를 정말 사랑했다.

그가 농구하는 모습을 본 사람은 아무도 없었다. 그는 나무와 관목과 높은 삼나무 울타리에 가려 이웃의 눈에 보이지 않았다.

• • •

그는 농구공을 치우고 그 전날 사들인 검은색 플리머스 퓨리에 올라탔다. 플리머스는 크라이슬러의 제품이었고 드웨인 자신은 제너럴모터스의 제품을 팔았다. 그는 경쟁에서 뒤지지 않기 위해 플리머스를 하루이틀 정도 몰아볼 작정이었다.

진입로를 빠져나오면서 그는 이웃들에게 자신이 왜 플리머스 퓨리를 타고 있는지 설명할 필요가 있겠다고 생각해서 창밖으로 외쳤다. "경쟁에서 뒤지지 않으려고 그런 겁니다!" 그는 경적을 울렸다.

• • •

드웨인은 올드카운티로를 쌩하고 달려 주간고속도로를 탔는데, 그곳에는 드웨인뿐이었다. 그는 빠른 속도로 달리며 10번 출구 쪽으로 방향을 틀다가 가드레일에 쾅하고 충돌해 빙글빙글 돌았다. 그는 후진으로 유니언가 쪽으로 빠져나와 연석을 뛰어넘고서 공터에 차를 멈춰 세웠다. 드웨인 소유의 공터였다.

무엇이든 보거나 들은 사람은 아무도 없었다. 그 구역에는 아무도 살지 않았다. 대략 한 시간마다 경찰관이 순찰을 돌게 되어 있었지만 그는 2마일 정도 떨어진 웨스턴일렉트릭의 창고 뒤 골목에서 닭장을 치고 있었다. 닭장을 친다는 건 순찰차에서 조는 것을 뜻하는 경찰관의 은어였다.

• • •

드웨인은 한동안 자신의 공터에 머물렀다. 그는 라디오를 틀었다. 미들랜드시티의 라디오 방송국은 밤이 되어 모두 운영하지 않았지만, 웨스트버지니아주의 컨트리음악 방송을 틀자 꽃나무 열 종류와 과일나무 다섯 그루를 배송시 현장 결제 방식으로 6달러에 판다는 광고가 나오고 있었다.

"나쁘지 않은데." 드웨인이 말했다. 그는 진심이었다. 그의 나라에서 송수신되는 거의 모든 메시지는 심지어 텔레파시조차도 어떤 망할 물건을 사고파는 것과 관련되어 있었다. 그것은 드웨인에게 자장가나 마찬가지였다.

5

드웨인 후비가 웨스트버지니아주의 라디오 방송을 듣는 동안 킬고어 트라우트는 뉴욕시의 한 영화관에서 잠을 자려 애쓰고 있었다. 그것은 호텔에서 하룻밤 자는 것보다 훨씬 싸게 먹혔다. 트라우트는 한 번도 그래본 적이 없었지만 영화관에서 자는 게 정말 추잡한 노인들이나 하는 짓이라는 것은 알고 있었다. 그는 세상에서 가장 추잡한 노인이 되어 미들랜드시티에 찾아가고 싶었다. 그는 그곳에서 '매클루언*의 시대를 맞이한 미국 장편소설의 미래'라는 제목의 심포지엄에 참여할 예정이었다. 그는 그 심포지엄에서 이렇게 말하고 싶었다. "저는 매클루언이

---

* 캐나다의 문예비평가이자 커뮤니케이션 이론가. 1964년 『미디어의 이해』를 통해 "미디어는 메시지다(the media is the message)"라는 유명한 말을 남겼으며, '지구촌(global village)'이라는 표현도 처음 제시했다.

누구인지는 모르지만 뉴욕시의 영화관에서 다른 많은 추잡한 노인들과 함께 밤을 보내는 게 어떤 기분인지는 잘 알고 있습니다. 그것에 대해 한번 이야기를 나눠볼까요?"

그는 이렇게도 말하고 싶었다. "이 매클루언이라는 사람이 누구인지는 모르겠으나, 그가 활짝 벌어진 비버와 책 판매량의 관계에 대해 해줄 수 있는 말이 있기나 할까요?"

• • •

그날 트라우트는 오후 늦게서야 코호스에서 내려왔다. 그러고는 여러 포르노가게와 셔츠가게에 들렀다. 그는 자신의 책 두 권 『바퀴 달린 페스트』와 『이제는 말할 수 있다』, 자신의 단편소설이 수록된 잡지 한 권 그리고 턱시도용 셔츠를 구입했다. 잡지의 이름은 〈블랙 가터벨트〉였다. 턱시도 셔츠의 가슴 부위에는 폭포 모양의 주름 장식이 달려 있었다. 셔츠가게 점원의 조언에 따라 트라우트는 허리띠, 단춧구멍에 꽂는 장식 꽃, 나비넥타이로 구성된 패키지 상품도 구입했다. 그것들은 모두 짙은 오렌지색이었다.

이 상품들은 그의 턱시도, 새 자키쇼츠* 여섯 벌, 새 양말 여섯 켤레, 면도기와 새 칫솔이 담긴 바스락거리는 갈색 종이꾸러

---

* 다리가 꼭 끼는 짧은 팬츠.

미와 함께 그의 무릎 위에 올려져 있었다. 트라우트는 여러 해 동안 한 번도 칫솔을 가져본 적이 없었다.

· · ·

『바퀴 달린 페스트』와 『이제는 말할 수 있다』의 표지는 책 안에 활짝 벌어진 비버가 잔뜩 실려 있다고 장담하고 있었다. 드웨인 후버를 살인광으로 바꿔놓을 책 『이제는 말할 수 있다』의 표지에는 여대생 클럽에 소속된 벌거벗은 여대생 한 무리가 한 대학교수의 옷을 벗기는 그림이 그려져 있었다. 여대생 클럽 회관의 창문 너머로는 도서관의 탑이 보였다. 밖은 낮이었고 탑에는 시계가 있었다. 시계는 이런 모양이었다.

교수는 흰색과 분홍색 줄무늬가 그려진 사각팬티와 양말과 양말대님과 사각모를 제외하고는 몽땅 벗겨진 상태였다. 사각모는 이런 모양이었다.

책의 그 어디에도 교수나 여대생 클럽이나 대학교는 등장하지 않았다. 책은 우주의 창조자가 우주에서 유일하게 자유의지를 지닌 피조물에게 보내는 긴 편지 형식으로 이뤄져 있었다.

• • •

잡지 〈블랙 가터벨트〉에 실린 소설에 대해 말하자면, 트라우트는 출간이 결정됐다는 사실조차 모르고 있었다. 잡지의 출간일이 1962년 4월인 것으로 보아 여러 해 전에 내려진 결정인 듯했다. 트라우트는 재미없는 옛날 잡지를 담아둔 가게 앞 부근의 큰 상자에서 우연히 그것을 발견했다. 팬티 사진이 잔뜩 실린 잡지들이었다.

그가 그 잡지를 구입했을 때 계산대 점원은 트라우트가 술에
취했거나 정신박약자라고 생각했다. 그 책에는 기껏해야 팬티
를 입은 여자 사진뿐이었으니까. 물론 그 여자들의 다리는 벌어
져 있었지만 팬티를 입은 상태였고, 가게 뒤에서 파는 활짝 벌
어진 비버에는 상대도 되지 않았다.

"재미있게 보시길 바랍니다." 점원이 트라우트에게 말했다.
그 말은 트라우트가 자위하면서 볼 만한 사진을 찾길 바란다는
뜻이었는데, 왜냐하면 그것이야말로 모든 책과 잡지의 유일한
목적이었기 때문이다.

"아트 페스티벌 때문에 사는 겁니다." 트라우트가 말했다.

• • •

소설 자체에 대해 말하자면, 제목은 '춤추는·바보'였다. 트라
우트가 쓴 여러 작품과 마찬가지로 그 소설은 의사소통의 비극
적인 실패를 다루고 있었다.

작품의 플롯은 이러했다. 조그라는 이름의 비행접시 생물이
전쟁을 방지하는 법과 암 치료법을 알려주기 위해 지구에 도착
했다. 그는 그 정보를 마고라는 행성에서 가져왔는데, 그 행성
의 원주민들은 방귀와 탭댄스로 대화를 주고받았다.

조그는 밤에 코네티컷주에 착륙했다. 그는 착륙하자마자 불
이 난 집 한 채를 보았다. 그는 방귀를 뀌고 탭댄스를 추면서 집

안으로 달려들어가 사람들에게 그들이 처한 끔찍한 위험을 알렸다. 그 집의 우두머리는 골프채로 조그의 머리통을 날려버렸다.

• • •

트라우트가 자신의 모든 꾸러미를 무릎 위에 올려놓고 앉아 있던 영화관에서는 추잡한 영화밖에 상영해주지 않았다. 배경음악은 마음을 달래줬다. 스크린에서는 젊은 남자와 젊은 여자의 환영이 서로의 부드러운 구멍을 악의 없이 빨아대고 있었다.

그리고 트라우트는 그곳에 앉아 있는 동안 새 소설을 구상했다. 공해 때문에 휴머노이드를 제외한 모든 동물과 식물이 죽어버린 어느 행성에 착륙한 지구인 우주비행사에 관한 소설이었다. 휴머노이드들은 석유와 석탄으로 만든 음식을 먹었다.

그들은 돈이라는 이름의 이 우주비행사를 위해 잔치를 베풀어줬다. 음식은 끔찍했다. 가장 주된 대화의 주제는 검열이었다. 추잡한 영화만 상영하는 영화관들 때문에 도시들은 엉망진창이 되어 있었다. 휴머노이드들은 언론의 자유를 방해하지 않으면서도 어떻게든 그 영화관들을 문 닫게 만들길 바랐다.

그들은 돈에게 추잡한 영화가 지구에서도 문제냐고 물었고, 돈은 "네"라고 대답했다. 그들은 지구의 영화가 정말로 추잡하냐고 물었고, 돈은 "영화가 그보다 더 추잡할 수는 없죠"라고 대답했다.

이 말은 자신들의 영화가 지구의 그 어떤 것보다 추잡하다고 확신한 휴머노이드들에게 도전이나 마찬가지였다. 그래서 다들 우르르 몰려가서 에어쿠션 차량을 타고 시내의 추잡한 영화관으로 이동했다.

그들이 도착했을 때는 인터미션 시간이었고, 돈은 지구에서 본 것보다 더 추잡한 영화가 있는 게 가능할까 생각해볼 시간이 조금 있었다. 그는 영화관의 불이 꺼지기도 전에 성적으로 흥분하고 말았다. 그의 무리에 있는 여자들은 모두 초조하게 몸을 꿈틀거리고 있었다.

이윽고 극장은 어두워지고 커튼이 걷혔다. 처음에는 아무것도 보이지 않았다. 스피커에서 후루룩대는 소리와 신음소리가 들려왔다. 그러고는 첫 장면이 나타났다. 남자 휴머노이드가 서양배처럼 보이는 것을 먹는 모습을 찍은 고화질 영상이었다. 카메라는 침으로 번들거리는 그의 입술과 혀와 이를 클로즈업해서 잡았다. 그는 서두르지 않았다. 배의 마지막 부분이 그의 후루룩대는 입안으로 사라지자 카메라는 그의 목젖에 초점을 맞췄다. 그의 목젖은 음란하게 위아래로 움직였다. 그가 만족스럽게 트림하자 화면에 그 행성의 언어로 이런 글자가 나타났다.

끝

· · ·

　그것은 물론 모두 가짜였다. 그 행성에는 이제 서양배가 없었다. 게다가 서양배를 먹는 것은 그날 저녁의 주요 행사도 아니었다. 관객들에게 좌석에 자리잡을 시간을 주기 위한 단편영화였다.

　그러고서 본편이 시작되었다. 남자와 여자, 그 둘의 아이들과 개와 고양이에 대한 영화였다. 그들은 한 시간 반 동안 줄기차게 먹어댔다―수프, 고기, 비스킷, 버터, 야채, 으깬 감자와 그레이비, 과일, 사탕, 케이크, 파이. 카메라는 그들의 번들거리는 입술과 위아래로 움직이는 목젖에서 1피트 이상 벗어나는 일이 거의 없었다. 아버지는 이윽고 고양이와 개를 식탁 위에 올려놓고는 녀석들도 그 난잡한 잔치에 참여할 수 있게 해줬다.

　잠시 후 배우들은 더는 먹을 수 없게 되었다. 그들은 너무 잔뜩 먹어서 눈이 튀어나와 있었다. 거의 움직일 수도 없었다. 그들은 한 주 동안은 아무것도 먹을 수 없을 것 같다고 말했다. 그리고 어쩌고저쩌고. 그들은 식탁을 천천히 치웠다. 그들은 부엌으로 뒤뚱뒤뚱 걸어가서 남은 음식 30파운드 정도를 쓰레기통에 버렸다.

　관객들은 미쳐 날뛰었다.

• • •

　돈과 그의 친구들이 극장 문을 나서자 휴머노이드 매춘부들이 다가오더니 계란과 오렌지와 우유와 버터와 땅콩 등을 주겠다며 말을 걸어왔다. 물론 매춘부들이 이 맛있는 음식들을 실제로 가져다줄 수 있는 것은 아니었다.

　휴머노이드들은 돈에게 말하길, 만일 그가 집에 매춘부를 데리고 가면 그녀는 터무니없이 비싼 값에 석유와 석탄 제품으로 만든 음식을 해줄 거라고 했다.

　그러고는 그가 먹는 동안 그 음식이 얼마나 신선하고 천연 과즙과 육즙으로 가득한지 추잡하게 얘기해댈 거라고 했다. 그 음식이 가짜임에도 불구하고.

6

드웨인 후버는 중고 플리머스 퓨리에 탄 채 자신의 공터에서
한 시간 동안 머물며 웨스트버지니아주의 라디오 방송을 들었
다. 그는 하루에 몇 푼만 내면 가입할 수 있는 건강보험과 차의
성능을 높일 수 있는 방법에 대해 들었다. 변비에 대한 대처법
도 들었다. 그는 하느님이나 예수님이 실제로 말한 부분이 모두
붉은 대문자로 인쇄된 성경책 광고를 들었다. 그는 집안에서 병
을 옮기는 벌레를 유인해 잡아먹는 식물 광고도 들었다.

이 모든 것은 나중을 대비해 드웨인의 기억 속에 저장됐다.
그의 기억 속에는 온갖 종류의 정보가 저장되어 있었다.

• • •

드웨인이 그곳에 혼자 앉아 있는 동안 9마일 떨어진 페어차

일드대로의 발치에 있는 카운티병원에서는 미들랜드시티에서 나이가 가장 많은 주민이 죽어가고 있었다. 그 주민은 메리 영이었다. 그녀는 백여덟 살이었다. 그녀는 흑인이었다. 메리 영의 부모는 켄터키주의 인간 노예였다.

메리 영과 드웨인 후버 사이에는 아주 작은 접점이 있었다. 그녀는 드웨인이 어렸을 때 드웨인 집안에서 몇 달간 세탁 일을 한 적이 있었다. 그녀는 어린 드웨인에게 성경 이야기와 노예에 대한 이야기를 들려줬다. 그녀는 그에게 자신이 어렸을 때 신시내티에서 본 백인의 공개 처형에 대한 이야기를 들려줬다.

• • •

카운티병원의 흑인 인턴 한 명이 이제 폐렴으로 죽어가는 메리 영을 지켜보고 있었다.

인턴은 그녀를 몰랐다. 그는 미들랜드시티에 온 지 한 주밖에 되지 않았다. 그는 하버드대학에서 의학 학위를 받긴 했지만 미국인을 동지로 여기지도 않았다. 그는 인다로족이었다. 그는 나이지리아 사람이었다. 그의 이름은 시프리언 우퀜데였다. 그는 메리나 다른 미국 흑인 누구에게도 동질감을 느끼지 않았다. 그는 인다로족에게만 동질감을 느꼈다.

죽어가는 동안 메리는 드웨인 후버나 킬고어 트라우트만큼이나 그 행성에서 외톨이였다. 그녀는 번식한 적이 한 번도 없었다. 죽어가는 모습을 지켜봐줄 친구나 친척도 없었다. 그래서 그녀는 그 행성에서의 마지막 말을 시프리언 우퀜데에게 했다. 그녀의 몸속에는 성대를 울릴 만큼의 숨도 남아 있지 않았다. 소리 없이 입술만 움직일 수 있을 뿐이었다.

그녀가 죽음에 대해 할 말은 이것뿐이었다. "오 이런, 오 이런."

• • •

숨이 넘어가려는 순간의 지구인이 모두 그러하듯 메리 영은 자신이 알았던 사람들에게 자신을 떠올릴 수 있는 희미한 신호를 보냈다. 그녀는 텔레파시 능력이 있는 나비들로 이뤄진 작은 구름을 방출했고, 그중 하나가 9마일 떨어진 곳에 있는 드웨인 후버의 뺨을 스쳐지나갔다.

드웨인은 뒤에 아무도 없었음에도 머리 뒤의 어딘가에서 지친 목소리를 들었다. 그것은 드웨인에게 이렇게 말했다. "오 이런, 오 이런."

• • •

이제 드웨인의 머릿속에 있는 나쁜 화학물질은 그가 차에 기어를 넣도록 했다. 그는 공터를 빠져나와 주간고속도로와 평행하게 놓인 유니언가를 따라 차분히 나아갔다.

그는 자신의 주요 영업소인 드웨인 후버의 11번 출구 폰티액 빌리지를 지나 신축 홀리데이 인 옆의 주차장으로 들어갔다. 드웨인은 홀리데이 인의 삼분의 일을 소유하고 있었다―미들랜드시티의 일류 치과 교정 전문의인 닥터 앨프리드 마리티모와 셰퍼즈타운 성인 교도소의 가석방 심의 위원회 의장직을 포함해 여러 직위를 맡고 있는 빌 밀러가 나머지 삼분의 이를 소유했다.

드웨인은 아무도 마주치지 않고 홀리데이 인의 뒷계단을 올라가 옥상으로 향했다. 하늘에는 보름달이 떠 있었다. 두 개의 보름달이. 새 밀드러드 배리 기념 아트 센터는 지주 위에 세워진 반투명한 구체였고 지금은 안에 조명이 켜져 있었다―그것은 달처럼 보였다.

• • •

드웨인은 잠든 도시를 가만히 바라보았다. 그는 그곳에서 태어났다. 그는 인생의 첫 삼 년을 자신이 서 있는 곳에서 겨우 2마일 떨어진 고아원에서 보냈다. 그는 그곳에서 입양되어 교육을 받았다.

그가 소유한 것은 폰티액 대리점과 신축 홀리데이 인의 일부뿐이 아니었다. 그는 버거 셰프 체인점 세 개, 동전 투입식 무인 세차장 다섯 개, 슈거크리크 드라이브인 영화관의 일부, WMCY 라디오 방송국, 메이플스 파―스리 골프장 세 개, 지역 전자제품 회사인 주식회사 배리트론의 보통주 1700주도 소유하고 있었다. 그는 십여 개의 공터도 소유하고 있었다. 그는 미들랜드 카운티 국립은행의 이사회에 소속되어 있었다.

하지만 이제 미들랜드시티는 드웨인에게 낯설고 무섭게 보였다. "여기가 대체 어디지?" 그는 말했다.

이를테면 그는 아내 실리아가 드라노―배수관 청소에 사용하는 수산화나트륨과 알루미늄 플레이크의 혼합물―를 마시고 자살했다는 사실조차 잊고 말았다. 실리아는 작은 화산이 되었는데, 왜냐하면 그녀의 몸을 이루는 물질들이 배수관을 막는 물질들과 똑같았기 때문이다.

드웨인은 심지어 자신의 유일한 자식인 아들이 자라서 악명 높은 동성애자가 되었다는 사실조차 잊고 말았다. 그의 이름은 조지였지만 다들 그를 '버니'라고 불렀다. 그는 신축 홀리데이인의 칵테일라운지에서 피아노를 쳤다.

"여기가 대체 어디지?" 드웨인은 말했다.

7

킬고어 트라우트는 뉴욕시 영화관의 남자 화장실에서 오줌을 누었다. 롤러 타월 옆의 벽에는 전단지가 붙어 있었다. 그것은 술탄의 하렘이라는 안마 시술소 광고였다. 안마 시술소는 뉴욕에 새로 생긴 흥미진진한 곳이었다. 남자들은 그곳에 가서 벌거벗은 여자들의 사진을 찍거나 여자들의 벌거벗은 몸에 수용성 페인트로 그림을 그릴 수도 있었다. 남자들은 성기에서 터키 타월 위로 정액이 분출될 때까지 여자에게 전신 마사지를 받을 수도 있었다.

"충만하고 즐거운 인생이로군." 킬고어 트라우트는 말했다.

롤러 타월 옆의 타일에는 연필로 쓴 메시지가 있었다. 이런 메시지였다.

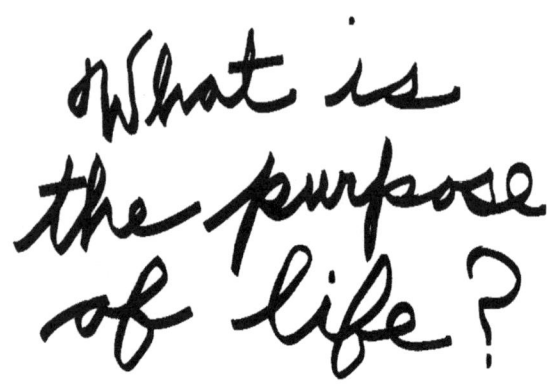

인생의 목적은 무엇일까?

트라우트는 주머니를 털어 펜이나 연필을 찾으려 했다. 그에게는 그 질문에 대한 답이 있었다. 하지만 쓸 게 아무것도 없었고, 심지어 타버린 성냥조차 없었다. 그래서 그는 답을 하지 않은 채 그 질문을 그냥 내버려뒀다. 만일 쓸 게 뭐라도 있었다면 이렇게 썼을 것이다.

우주의 창조자를 위한

눈과

귀와

의식이

되려고 사는 거야,

이 바보야.

트라우트는 영화관의 자리로 돌아가면서 자신이 우주의 창조자를 위한 눈과 귀와 의식이라고 상상하며 장난을 쳤다. 그는 어디에 있는지 모를 창조자에게 텔레파시로 메시지를 보내 남자 화장실이 먼지 하나 없이 깨끗하다고 보고했다. "제 발아래의 카펫은," 그가 로비에서 신호를 보냈다. "탄력이 있는 새것입니다. 기적의 섬유 같은 것으로 만들어진 게 틀림없어요. 파란색이고요. 파란색이 무슨 뜻인지 아시죠?*" 그리고 어쩌고저쩌고.

그가 관객석으로 돌아왔을 때 영화관에는 불이 켜져 있었다. 그곳에는 지배인밖에 없었는데, 그 지배인은 검표원이자 경비원이자 잡역부이기도 했다. 그는 좌석 사이의 쓰레기를 쓸어내고 있었다. 그는 중년의 백인이었다. "오늘밤 구경거리는 끝났습니다, 영감님." 그가 트라우트에게 말했다. "집에 가실 시간이에요."

트라우트는 이의를 제기하지 않았다. 그렇다고 해서 바로 떠나지도 않았다. 그는 관객석 뒤에 있는 초록색 에나멜 강철 박스를 살펴보았다. 박스 안에는 영사기와 음향 장치와 필름이 들어 있었다. 박스에서 나온 전선은 벽의 플러그로 이어졌다. 박스 앞에는 구멍이 하나 있었다. 그곳이 바로 그림이 나오는 곳이었다. 박스 옆에는 간단한 스위치가 있었다. 이런 모양이었다.

---

* '파란색 영화(blue movie)'는 '도색영화', 즉 '포르노 영화'를 뜻하는 은어다.

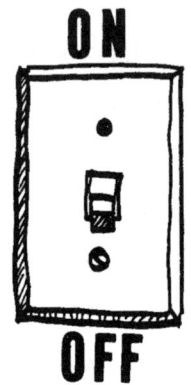

스위치를 탁 올리기만 하면 사람들이 다시 성교하며 서로 빨아댈 거라는 것을 알고서 트라우트는 강한 흥미를 느꼈다.

"안녕히 가세요, 영감님." 지배인이 날카롭게 말했다.

트라우트는 마지못해 그 기계에서 돌아섰다. 그는 지배인에게 기계에 대해 이렇게 말했다. "이 기계는 욕구를 아주 제대로 채워주는데 작동법은 무척 간단하군요."

• • •

트라우트는 영화관을 떠나며 우주의 창조자를 위한 눈과 귀와 의식으로서 창조자에게 텔레파시로 이런 메시지를 보냈다. "저는 이제 42번가로 향하고 있습니다. 42번가에 대해 얼마나 알고 계시나요?"

8

트라우트는 밖을 돌아다니다가 42번가의 보도로 갔다. 그곳은 위험한 곳이었다. 도시 전체가 위험했다―화학물질과 불평등한 부의 분배 등의 이유로. 대다수의 사람은 드웨인과 비슷했다. 자기 몸에서 머리에 좋지 않은 화학물질을 만들어냈다. 하지만 그 도시에는 나쁜 화학물질을 구입해서 먹거나 흡입하는 수천수만 명의 사람들이 있었다―혹은 이런 모양의 도구를 사용해 자기 혈관에 직접 주사하기도 했다.

때로는 나쁜 화학물질을 자기 항문에 쑤셔넣기도 했다. 그들의 똥구멍은 이런 모양이었다.

• • •

사람들은 삶의 질을 높이고 싶은 마음에 자기 몸과 화학물질로 끔찍한 모험을 감행했다. 그들은 추악한 일 말고는 할 게 없는 추악한 곳에서 살았다. 가진 건 땡전 한 푼 없었기 때문에 자신들의 환경을 개선할 수 없었다. 그 대신, 그들은 자신들의 내면을 아름답게 만들기 위해 최선을 다했다.

지금까지 그 결과는 재앙에 가까웠다—자살, 절도, 살인, 광기 등등. 하지만 시장에는 언제나 새로운 화학물질이 나오고 있었다. 트라우트가 서 있는 42번가에서 20피트 떨어진 곳에는 열네 살짜리 백인 소년이 포르노가게 출입구에 의식을 잃고 쓰러져 있었다. 그는 바로 전날에 처음 출시된 새로운 종류의 페인트 박리제를 반 파인트 마셨다. 그는 가축의 전염성 유산을 일으키는 뱅 병을 막는 알약 두 개도 삼켰다.

• • •

트라우트는 겁에 질린 나머지 42번가의 그 자리에 그대로 못 박혀 있었다. 나는 그에게 살 만한 가치가 없는 삶을 주었지만, 동시에 삶에 대한 강인한 의지도 주었다. 지구라는 행성에서는 흔한 조합이었다.

극장 지배인이 밖으로 나오더니 등뒤로 문을 잠갔다.

그리고 어린 흑인 매춘부 두 명이 불쑥 나타났다. 그들은 트 라우트와 지배인에게 재미를 좀 보고 싶은지 물었다. 둘은 발랄 하고 겁이 없었다—삼십 분 전에 먹은 노르웨이산 치질 치료제 때문이었다. 제조자는 사람들이 그 약을 먹게 만들 의도가 전혀 없었다. 그건 짜서 똥구멍에 넣는 용도였다.

둘은 시골 소녀였다. 그들은 자신들의 조상이 농기계로 사용 됐던 남부 시골 지역에서 자랐다. 하지만 그곳의 백인 농부들 은 더이상 고깃덩이로 만들어진 기계를 사용하지 않았는데, 금 속으로 만든 기계가 더 싸고 더 믿을 만하며 필요한 보금자리도 더 간소했기 때문이다.

그래서 흑인 기계들은 굶어죽지 않으려면 그곳을 떠나야 했 다. 그들은 도시로 왔는데, 다른 곳에는 모두 이런 표지판이 울 타리나 나무에 붙어 있었기 때문이다.

무단 침입 금지! 바로 너 말이야!

킬고어 트라우트는 한때 '바로 너 말이야'라는 제목의 단편소설을 쓴 적이 있었다. 그 소설의 배경은 하와이제도로, 미들랜드시티에서 드웨인 후버의 추첨에 운좋게 뽑힐 사람들이 가게될 곳이었다. 고작 사십 명 정도의 사람이 하와이의 땅 전부를 소유하고 있었고, 트라우트는 소설에서 그들이 자신의 재산권을 완벽히 행사하도록 했다. 그들은 모든 것에 무단 침입 금지 표지판을 붙여놓았다.

이는 하와이에 사는 다른 수많은 사람들에게 끔찍한 문제를 일으켰다. 그들은 중력의 법칙 때문에 땅 위의 어딘가에 붙어 있을 수밖에 없었다. 그렇지 않으면 물속으로 들어가 앞바다에서 까딱거려야 했다.

그런데 그때 연방정부에서 비상 대책 프로그램을 내놓았다.

재산이 없는 모든 남자와 여자와 아이에게 헬륨이 가득 든 커다란 풍선을 주었다.

· · ·

모든 풍선에는 하네스가 달린 케이블이 연결되어 있었다. 풍선의 도움으로 하와이 사람들은 다른 사람들이 소유한 땅에 붙어 있지 않고도 하와이에서 계속 살아갈 수 있었다.

· · ·

매춘부들은 이세 포수를 위해 일했다. 포주는 근사하고 잔인했다. 그는 그들에게 신이나 마찬가지였다. 그는 그들의 자유의지를 빼앗았는데, 그래도 아무 문제가 없었다. 그들은 어차피 자유의지를 원하지도 않았다. 이를테면 이타적이고 믿음으로 가득한 삶을 살기 위해 예수님에게 귀의한 것이나 마찬가지였다―그들은 예수님 대신 포주에게 귀의했지만.

그들의 유년 시절은 끝났다. 그들은 이제 죽어가고 있었다. 그들에게 지구는 이제 한낱 싸구려 행성에 불과했다.

두 명의 싸구려 인간인 트라우트와 영화관 지배인이 싸구려 재미는 보고 싶지 않다고 말하자 죽어가는 아이들은 행성 바닥에 발을 붙였다가 떼었다가 다시 붙이며 어슬렁어슬렁 걸어갔다. 둘은 길모퉁이를 돌아 사라져버렸다. 우주의 창조자를 위한 눈이자 귀인 트라우트는 재채기를 했다.

$$\bullet \ \bullet \ \bullet$$

"신의 축복이 있길." 지배인이 말했다. 이는 재채기 소리가 들리면 미국인들이 자동적으로 보이는 반응이었다.

"고맙습니다." 트라우트는 말했다. 그리하여 일시적인 교유 관계가 형성되었다.

트라우트는 싸구려 호텔까지 안전히 가고 싶다고 말했다. 지배인은 타임스스퀘어의 지하철역에 가고 싶다고 말했다. 그래서 둘은 건물의 외벽에 부딪혀 울리는 발소리에 힘을 내며 함께 걸었다.

지배인은 자신에게 그 행성이 어떻게 보이는지 트라우트에게 조금 말해줬다. 그의 아내와 두 아이가 있는 곳이라고 말했다. 그들은 그가 도색영화를 상영하는 극장의 운영자라는 사실을 몰랐다. 그들은 그가 밤늦게까지 엔지니어로서 컨설팅 업무를 하는 줄로만 알았다. 그는 그 행성이 자기 또래의 엔지니어는 더이상 필요로 하지 않는다고 말했다. 한때 그 행성은 그들을 받들어 모셨었다.

"힘든 시기죠." 트라우트가 말했다.

지배인은 달로 향하는 로켓 항공기에 사용된 기적의 방음 물질 개발에 참여했던 이야기를 들려줬다. 이 물질은 미들랜드시티의 드웨인 후버가 사는 꿈의 집 알루미늄 벽판에 기적적인 방음 효과를 준 그 물질과 같은 재료였다.

지배인은 달에 첫발을 내디딘 사람이 했던 말을 트라우트에게 상기시켜줬다. "한 인간에게는 작은 한 걸음이지만 인류에게는 거대한 도약입니다."

"짜릿한 말이네요." 트라우트가 말했다. 그는 어깨 너머를 보고는 검은 플라스틱 지붕을 얹은 흰색 올즈모빌 토네이도 한 대가 자신들을 미행하고 있다는 사실을 깨달았다. 이 400마력의 전륜구동 차량은 10피트 뒤에서 도롯가에 딱 붙은 채 시속 3마일의 속도로 널덜거리며 따라오고 있었다.

올즈모빌이 뒤따라오는 것을 본 일―그것이 트라우트의 마지막 기억이었다.

• • •

그러고서 눈을 떠보니 그는 이스트강 근처 59번가의 퀸즈버러 다리 아래에 있는 핸드볼 코트에 넙죽 엎드려 있었다. 그의 바지와 팬티는 발목까지 내려가 있었다. 그의 돈은 온데간데없었다. 그의 꾸러미들은 여기저기 흩어져 있었다―턱시도, 새 셔츠, 책들. 한쪽 귀에서 피가 뚝뚝 떨어졌다.

경찰은 그가 바지를 올리고 있는 현장을 잡았다. 그가 핸드볼 코트의 백보드에 기대어 벨트와 바지 앞의 단추를 바보같이 더

듬거리는 동안 경찰은 조사등으로 그의 눈을 부시게 했다. 경찰은 그가 공적 불법 방해죄를 범하고 있는 현장을, 배설물과 술이라는 노인의 제한된 그림물감으로 작업중인 현장을 잡았다고 생각했다.

그가 알거지가 된 것은 아니었다. 바지의 회중시계 주머니에는 10달러짜리 지폐가 한 장 들어 있었다.

· · ·

병원에서 트라우트가 그리 심하게 다치지 않았다는 사실이 밝혀졌다. 그는 경찰서로 이동해 취조를 받았다. 그는 자신이 흰색 올즈모빌을 탄 악의 결정체에게 납치됐다는 말밖에 할 수 없었다. 경찰은 차에 탄 사람의 수와 나이, 성별, 피부색, 말투에 대해 물었다.

"그들은 지구인도 아니었을 겁니다." 트라우트는 말했다. "그 차에는 명왕성에서 온 지적인 가스가 타고 있었을 거예요."

· · ·

트라우트는 전혀 악의 없이 이 말을 했지만, 그의 말은 정신을 오염시키는 전염병의 첫번째 병균으로 밝혀졌다. 병이 퍼진 방식은 이러했다. 다음날 한 기자가 〈뉴욕포스트〉에 트라우트의 말을 인용하며 시작되는 기사를 썼다.

그 기사는 다음과 같은 헤드라인 아래 실려 있었다.

명왕성의 노상강도들
두 사람을 납치하다

덧붙여 말하자면 트라우트의 이름은 킬머 트로터로, 주소는 불명으로 되어 있었다. 그의 나이는 여든두 살로 되어 있었다.

다른 신문들은 그 기사를 베껴서 살짝 고쳐 썼다. 그들은 모두 명왕성에 대한 농담을 고수하며 명왕성 갱단에 대해 아는 척을 했다. 기자들은 경찰에 명왕성 갱단에 대한 새로운 정보를 문의했고, 경찰은 명왕성 갱단에 대한 정보를 찾아 나섰다.

• • •

그리하여 원래도 이름 없는 공포를 잔뜩 달고 살던 뉴욕 사람들은 명왕성 갱단처럼 구체적인 듯한 대상을 쉽사리 두려워하게 되었다. 그들은 명왕성 갱단이 들어오지 못하도록 문에 새 자물쇠를 달고 창문에 쇠창살을 설치했다. 그들은 명왕성 갱단이 두려워서 밤에 영화관도 더이상 가지 않았다.

외국 신문도 그런 공포를 퍼뜨리며, 뉴욕을 방문할 생각이 있는 사람은 맨해튼의 특정 거리만 벗어나지 않으면 명왕성 갱단을 충분히 피할 수 있을 거라는 기사를 실었다.

· · ·

    피부가 검은 사람들이 사는 뉴욕시의 여러 빈민가 중 한 곳에서 푸에르토리코 소년들이 버려진 건물 지하실에 모였다. 그들은 체구는 작았지만 여럿이었고 어디로 튈지 알 수 없었다. 그들은 경찰이 지켜주지 않는 자신과 친구와 가족을 지키기 위해 무서운 존재가 되고 싶어했다. 그들은 또한 동네에서 마약 판매상을 몰아내고 언론의 충분한 관심을 얻고 싶어했는데, 그래야 정부가 관심을 갖고 쓰레기 수거 업무 등을 더 잘할 것이므로 이는 매우 중요한 일이었다.

    그중 한 명인 호세 멘도사는 꽤 훌륭한 화가였다. 그래서 그는 자신들이 만든 새로운 갱단의 상징을 단원들의 재킷 뒤에 그렸다. 그것은 이런 모양이었다.

명왕성 갱단

9

길고어 트라우트가 무심코 뉴욕시의 집단정신을 오염시키는 동안 정신이 나간 폰티액 딜러 드웨인 후버는 중서부에 있는 자기 소유의 홀리데이 인 옥상에서 내려오고 있었다.

드웨인은 방을 하나 얻으려고 곧 해가 뜰 시간에 카펫이 깔린 로비로 갔다. 그 시간치고는 이상하게도 남자 한 명이 먼저 와 있었는데, 게다가 흑인이었다. 그는 나이지리아 출신의 인다로족 의사인 시프리언 우퀜데로, 적당한 아파트를 찾기 전까지 홀리데이 인에 머물고 있었다.

드웨인은 겸손하게 자기 차례를 기다렸다. 그는 자신이 그곳의 공동 소유주라는 사실을 잊고 있었다. 흑인이 머무는 곳에 머문다고 생각하자 드웨인은 철학자처럼 생각이 깊어졌다. 그는 "세상은 변하는 법이지. 세상은 변하는 법이야" 하고 중얼거리며 일종의 달콤씁쓸한 행복감을 경험했다.

• • •

야간 직원은 신입이었다. 그는 드웨인을 몰랐다. 그는 드웨인이 숙박부를 모두 작성하게 했다. 드웨인은 차량 번호를 모른다며 사과했다. 그는 자신이 죄책감을 느낄 만한 행동은 전혀 하지 않았음을 알면서도 이에 죄책감을 느꼈다.

직원이 객실 열쇠를 주자 그는 우쭐했다. 시험을 통과한 것이다. 그리고 그는 자신의 방이 아주 마음에 들었다. 그곳은 아주 새롭고 시원하고 깨끗했다. 그곳은 아주 중립적이었다! 그곳은 전 세계에 있는 홀리데이 인의 수천수만 개의 방과 똑같은 방이었다.

드웨인 후버는 자신의 인생이 무슨 의미인지, 혹은 다음에 무엇을 해야 좋을지 몰라 혼란스러워하고 있는지도 몰랐다. 하지만 그는 이 일만큼은 정확히 해냈다. 그는 인간을 담는 나무랄 데 없이 훌륭한 용기 속으로 자신을 끌고 왔다.

그곳은 누군가를 기다렸다. 그곳은 드웨인을 기다렸다.

변기의 앉는 부분에는 이런 종이띠가 둘려 있었는데, 변기를 사용하기 전에 제거해야 하는 것이었다.

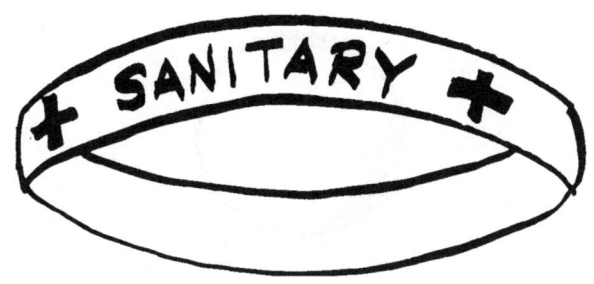

위생적임

이 종이띠는 나선형의 작은 동물이 그의 똥구멍을 타고 올라가 그의 배선을 먹어치울까 걱정할 필요가 없다는 사실을 보장했다. 드웨인으로서는 걱정거리가 하나 준 셈이었다.

• • •

안쪽 문손잡이에는 표지가 하나 걸려 있었는데, 이제 드웨인은 그것을 바깥쪽 문손잡이에 걸었다. 그것은 다음과 같은 모양이었다.

방해하지 마세요!

　드웨인은 바닥에서 천장까지 이어진 긴 커튼을 잠시 걷었다.
그는 주간고속도로의 지친 여행자들에게 홀리데이 인의 존재를
알려주는 간판을 보았다. 간판은 다음과 같은 모양이었다.

홀리데이 인
세상의 호텔 주인

그는 커튼을 쳤다. 그는 난방 및 환기 장치를 조정했다. 그는 새끼 양처럼 잠들었다.

새끼 양은 지구라는 행성에서 잠을 잘 자기로 유명한 어린 동물이었다. 그것은 이런 모양이었다.

10

뉴욕시 경찰청은 킬고어 트라우트를 무게가 없는 물건처럼 풀어줬다―재향 군인의 날 다음날 동이 트기 두 시간 전에. 그는 클리넥스 휴지와 신문지와 검댕과 함께 맨해튼섬을 동쪽에서 서쪽으로 가로질렀다.

그는 트럭을 얻어 탔다. 그 트럭은 스페인산 올리브 7만 8천 파운드를 운반중이었다. 트럭은 링컨 터널 입구에서 그를 태웠는데, 그 터널의 이름은 미합중국에서 인간 노예제도를 불법으로 만들 용기와 상상력이 있었던 사람을 기념해서 지어진 것이었다. 그것은 최근에 일어난 혁신이었다.

노예들은 아무 재산도 없이 풀려났다. 그들은 쉽게 알아볼 수 있었다. 그들은 흑인이었다. 그들은 갑자기 자유로이 탐험할 수 있게 되었다.

• • •

　백인 운전사는 트라우트에게 히치하이커를 태워주는 것은 불법이니 탁 트인 시골에 이를 때까지 운전석 바닥에 누워 있어야 할 거라고 말했다.

• • •

　그가 트라우트에게 바로 앉아도 된다고 말했을 때는 여전히 어두웠다. 둘은 뉴저지주의 오염된 습지와 목초지를 지나고 있었다. 트럭은 제너럴모터스의 아스트로 95 디젤 트랙터로, 40피트 길이의 트레일러를 연결하고 있었다. 트럭이 너무 거대해서 트라우트는 자기 머리가 비비탄 한 알만해진 기분이 들었다.

　운전사는 자신이 옛날에 사냥꾼이자 어부였다고 말했다. 백년 전만 해도 습지와 목초지가 어땠는지를 상상하면 운전사는 마음이 아팠다. "그리고 이 공장들이 만들어낸 쓰레기를 생각하면 말이에요. 세탁용품이니, 고양이 사료니, 탄산음료니—"

• • •

　그의 말에는 일리가 있었다. 행성은 제조공정으로 인해 파괴되고 있었고, 제조되는 것의 수준은 대체로 형편없었다.

　그러자 트라우트도 매우 일리 있는 말을 했다. "글쎄요," 그가 말했다. "저도 예전에는 자연보호론자였죠. 사람들이 헬리콥터에서 자동 산탄총으로 흰머리독수리를 쏜다며 울고 흐느끼곤 했지만 이제는 포기했습니다. 클리블랜드에는 너무 심하게 오염돼서 일 년에 한 번꼴로 범람하는 강이 있어요. 예전에는 욕지기가 났지만 지금은 그냥 웃고 말죠. 어떤 유조선이 사고로 바다에 기름을 와르르 쏟아서 수백만 마리의 새와 수십억 마리의 물고기를 죽이면 저는 이렇게 말합니다. '스탠더드 오일, 만세.' 혹은 기름을 쏟은 누구든." 트라우트는 그것을 축하하며 두 팔을 번쩍 들었다. "'모빌 가스는 엿이나 먹어라.'" 그는 말했다.

운전사는 이 말에 화가 났다. "농담이시겠죠." 그는 말했다.

"저는 깨달았습니다." 트라우트가 말했다. "하느님은 환경보호론자가 전혀 아니었고, 그러니 환경보호론자가 되려는 모든 사람은 신성모독죄를 범하고 있으며 시간을 낭비하고 있다는 사실을 말이죠. 하느님이 만든 화산이나 토네이도나 해일을 보신 적이 있습니까? 하느님이 50만 년마다 준비하는 빙하시대에 대해 누가 말해준 적이 있었나요? 네덜란드느릅나무병은 또 어떻습니까? 아주 멋진 환경보호 수단이 있습니다. 그건 바로 하느님입니다, 인간이 아니죠. 우리가 강을 정화했을 무렵 그분은 아마 은하계 전체를 셀룰로이드 옷깃*처럼 폭발시켜버릴 겁니

---

* 플라스틱의 전신인 셀룰로이드로 만든 옷깃. 20세기 초반에 크게 유행했으나.

다. 그것이 바로 베들레헴의 별이었죠."

"베들레헴의 별이 뭐였다고요?" 운전사가 말했다.

"은하계 전체가 셀룰로이드 옷깃처럼 폭발하는 거요." 트라우트가 말했다.

• • •

운전사는 감명을 받았다. "생각해보니 말이에요." 그가 말했다. "성경 그 어디에도 환경보호에 대한 말은 없는 것 같습니다."

"노아의 홍수 이야기를 뺀다면요." 트라우트가 말했다.

• • •

둘은 한동안 말없이 달렸고, 그러다가 운전사가 또다른 일리 있는 말을 했다. 그는 자신의 트럭이 대기를 독가스로 바꾸고 있다는 사실과, 행성 전체가 포장도로로 바뀌어 그의 트럭이 어디든 갈 수 있다는 사실을 알고 있다고 말했다. "그러니 저는 자살하고 있는 셈이죠." 그가 말했다.

"너무 신경쓰지 마세요." 트라우트가 말했다.

"제 형의 경우는 더 심각합니다." 운전사가 말을 이었다. "형은 베트남의 식물과 나무를 죽이는 화학물질을 만드는 공장에

화기에 약해 쉽게 불이 붙는 원료의 특성 때문에 사고가 잦았다.

서 일하고 있어요." 베트남은 미국이 그곳 사람들이 공산주의자가 되는 것을 막으려고 비행기로 이런저런 것을 떨어뜨리는 나라였다. 그가 언급한 화학물질은 공산주의자들이 비행기조종사의 눈을 피해 숨기 더 어려워지도록 나뭇잎을 죄다 죽여버리려는 의도로 만들어진 것이었다.

"너무 신경쓰지 마세요." 트라우트가 말했다.

"결국 형도 자살하고 있는 셈이죠." 운전사가 말했다. "요즘 미국인이 가질 수 있는 유일한 직업은 어떤 식으로든 자살하는 일밖에 없는 것 같습니다."

"일리 있는 말입니다." 트라우트가 말했다.

• • •

"진지하게 하는 말인지 모르겠군요." 운전사가 말했다.

"인생이 진지한 것인지 알기 전까지는 저도 답을 모를 겁니다." 트라우트가 말했다. "인생이 위험하다는 것은 저도 알고 있습니다. 인생은 큰 상처를 주기도 하지요. 하지만 그렇다고 해서 인생이 꼭 진지하다는 뜻은 아닙니다."

• • •

물론 트라우트가 유명해진 후의 일인데, 그의 말이 과연 농담이었는지 아닌지는 그에 관한 가장 큰 수수께끼 중 하나였다.

누군가가 이에 대해 끈질기게 묻자 그는 자신이 농담할 때는 늘 손가락을 꼰다고 말했다.

"그리고 명심하세요." 그가 말을 이었다. "제가 방금 이 귀중한 정보를 말할 때조차 손가락을 꼬고 있었다는 것을요."

그리고 어쩌고저쩌고.

그는 여러 면에서 골칫거리였다. 트럭 운전사는 한두 시간이 지나자 그에게 넌더리가 났다. 트라우트는 그 침묵의 시간을 이용해서 '길공고Gilgongo!'라는 제목의 반자연보호주의에 대한 이야기를 만들어냈다.

'길공고!'는 과도한 창조 행위로 불쾌한 곳이 되어버린 어느 행성에 대한 이야기였다.

이야기는 귀엽고 사랑스러운 판다를 깡그리 쓸어버린 한 남자를 기리는 큰 파티에서 시작했다. 남자는 이 일에 자신의 인생을 바쳤다. 파티에 쓸 접시는 특별히 주문 제작되었고, 손님들은 그것을 기념품으로 집에 가져갔다. 접시에는 작은 판다 그림과 파티 날짜가 새겨져 있었다. 아래에는 이런 글자가 적혀있었다.

길공고!

그 행성의 말로 '멸종!'을 의미했다.

• • •

그 행성에는 이미 너무 많은 종이 있었고 거의 매시간 새로운 종이 생겨나고 있었기에 사람들은 판다가 길공고된 것을 기뻐했다. 상상을 초월할 만큼 다양한 동식물과 맞닥뜨리는 상황에 일일이 대비하기란 불가능했다.

사람들은 인생을 좀더 예측 가능한 것으로 만들기 위해 종의 수를 줄이는 데 최선을 다하고 있었다. 그럼에도 자연은 너무나 창조적이었다. 결국 그 행성의 모든 생명체는 100피트 두께의 살아 있는 담요에 깔려 질식사하고 말았다. 그 담요는 나그네비둘기와 독수리와 버뮤다휜꼬리수리와 미국휜두루미로 만들어져 있었다.

• • •

"그나마 올리브니까 망정이죠." 운전사가 말했다.

"뭐라고요?" 트라우트가 말했다.

"올리브보다 훨씬 나쁜 걸 운반하고 있었을 수도 있으니까요."

"맞아요." 트라우트는 말했다. 그는 자신과 운전사가 하고 있는 주된 일이 7만 8천 파운드의 올리브를 오클라호마주 털사로 운반하는 것임을 잊고 있었다.

    • • •

운전사는 정치 이야기를 조금 했다.

트라우트는 정치인들을 구분하지 못했다. 그에게 그들은 모두 형체가 없고 열광적인 침팬지에 불과했다. 언젠가 그는 미국의 대통령이 된 낙천적인 침팬지에 대한 이야기를 쓴 적이 있었다. 그는 그 이야기의 제목을 '대통령 찬가'로 지었다.

그 침팬지는 황동 버튼이 달려 있고 가슴 주머니에 미국 대통령의 증표가 꿰매어진 작은 파란색 블레이저를 입고 있었다. 그것은 이런 모양이었다.

그가 가는 곳마다 악단은 〈대통령 찬가〉를 연주했다. 침팬지
는 그 곡을 대단히 좋아했다. 그는 방방 뛰곤 했다.

• • •

둘은 작은 식당 앞에 차를 세웠다. 식당 간판에는 이런 말이
적혀 있었다.

먹어요

그래서 둘은 먹었다.

트라우트는 그들과 마찬가지로 먹고 있는 얼간이를 보았다.
얼간이는 성인 백인 남자로, 백인 여성 간호사가 그를 보살폈
다. 얼간이는 말을 많이 할 수 없었고 스스로 음식을 먹는 데 큰
어려움을 겪고 있었다. 간호사는 그의 목에 턱받이를 해줬다.

하지만 그는 분명 놀라운 식욕의 소유자였다. 트라우트는 그
가 와플과 돼지고기 소시지를 입안에 쑤셔넣고 오렌지주스와
우유를 꿀꺽꿀꺽 마시는 것을 보았다. 트라우트는 그 얼간이가

그토록 커다란 동물이라는 사실에 혀를 내둘렀다. 그 얼간이가 또다른 하루를 살아가는 데 쓸 칼로리를 가득 채우며 느끼는 행복감 또한 놀라운 것이었다.

트라우트는 중얼거렸다. "또다른 하루를 위해 채워넣고 있군."

• • •

"잠시 실례." 트럭 운전사가 트라우트에게 말했다. "구멍으로 물 좀 빼야겠어요."

"제 고향에서는 말이죠." 트라우트가 말했다. "그 말은 거울을 훔치겠다는 뜻입니다. 거울을 구멍이라고 부르거든요."

"그런 얘기는 처음 들어보네요." 운전사가 말했다. 그는 그 말을 되풀이했다. "구멍." 그는 담배 자판기에 있는 거울을 가리켰다. "저걸 구멍이라고 부른다고요?"

"당신 눈에는 구멍처럼 보이지 않나요?" 트라우트가 말했다.

"전혀요." 운전사가 말했다. "어디 출신이라고 하셨죠?"

"버뮤다에서 태어났습니다." 트라우트가 말했다.

약 일주일 후 운전사는 자기 아내에게 버뮤다에서는 거울을 구멍이라고 부른다고 말해줬고, 그녀는 그 사실을 자신의 친구들에게 말해줬다.

• • •

트라우트는 운전사를 따라 트럭으로 돌아오면서 자신이 타고 온 운송 수단의 모습을 멀리서 처음으로 자세히, 전체적으로 살펴볼 수 있었다. 트럭의 측면에는 8피트 높이의 밝은 오렌지색 글자로 어떤 메시지가 적혀 있었다. 메시지는 이러했다.

피라미드

트라우트는 이제 막 글자를 배우기 시작한 아이라면 저런 메시지를 어떻게 이해할지 궁금했다. 누군가가 고생해서 아주 큰 글자로 쓴 것이니 아이는 그것이 엄청나게 중요한 메시지라고 생각할 것이었다.

그러고서 그는 자신이 길가에 서 있는 아이라고 상상하며 또 다른 트럭 측면에 적힌 메시지를 읽었다. 메시지는 이러했다.

에이잭스

11

 드웨인 후버는 신축 홀리데이 인에서 열시까지 잤다. 그는 몹시 상쾌했다. 그는 홀리데이 인의 인기 있는 레스토랑 탤리-호* 룸에서 아침식사 5번 세트를 먹었다. 밤에는 커튼이 쳐져 있었다. 지금은 활짝 걷혔다. 덕분에 햇살이 들어왔다.

 옆 테이블에는 나이지리아 출신의 인다로족인 시프리언 우퀜데가 역시 혼자 앉아 있었다. 그는 미들랜드시티 〈버글-옵서버〉에 실린 안내 광고를 읽고 있었다. 그는 값싼 주거지가 필요했다. 그가 살 곳을 찾는 동안 미들랜드 카운티 종합병원이 그의 홀리데이 인 숙박비를 부담하고 있었고, 이제는 슬슬 눈치를 주고 있었다.

---

* 사냥꾼이 여우를 발견하고서 사냥개에게 알리는 소리.

그는 또한 한 주에 수백 번 성교를 해줄 한 명 혹은 다수의 여자도 필요했는데, 그는 늘 욕정과 정액으로 가득차 있었기 때문이다. 그리고 그는 안다로족 친척들과 함께 있고 싶어 못 견딜 지경이었다. 고향에는 이름을 아는 친척이 육백 명 있었다.

통밀 토스트와 함께 아침식사 3번 세트를 주문하는 우퀜데의 얼굴은 무표정했다. 그가 쓴 가면 뒤에는 향수병과 성적 욕구 불만 말기에 이른 젊은이가 숨어 있었다.

• • •

6피트 떨어진 곳에서 드웨인 후버는 햇살이 내리쬐는 주간고속도로가 붐비는 모습을 바라보고 있었다. 그는 자신이 어디에 있는지 알고 있었다. 홀리데이 인과 주간고속도로 사이에는 익숙한 해자, 즉 슈거크리크의 범람을 막기 위해 엔지니어들이 만든 콘크리트 홈통이 있었다. 그다음에는 차와 트럭이 슈거크리크로 굴러떨어지는 것을 방지하기 위해 설치한 탄력성 강철로 만든 익숙한 가드레일이 있었다. 그 뒤로는 익숙한 세 개의 서쪽 방향 차선이 있었고, 그러고는 익숙한 중앙 분리 잔디가 있었다. 그 뒤로는 익숙한 세 개의 동쪽 방향 차선이 있었고, 그러고는 또다른 익숙한 철제 가드레일이 있었다. 그 뒤로는 익숙한 윌 페어차일드 기념 공항이 있었다―그러고서 그 너머에는 익숙한 농지가 있었다.

· · ·

　그곳은 확실히 평평했다—평평한 도시, 평평한 군구, 평평한 카운티, 평평한 주. 어렸을 때 드웨인은 거의 모든 사람이 나무가 없는 평평한 곳에 사는 줄 알았다. 바다와 산과 숲은 대부분 주립공원과 국립공원에 고립되어 있다고 생각했다. 삼학년 때 드웨인은 미들랜드시티 반경 8마일 내의 유일한 중요 지표수인 슈거크리크 만곡부에 국립공원을 만드는 것을 찬성하는 에세이를 휘갈겨 썼다.

　드웨인은 그 익숙한 지표수의 이름을 이제 조용히 중얼거렸다. "슈거크리크."

· · ·

　어린 드웨인이 국립공원을 만들어야 한다고 생각한 슈거크리크의 만곡부는 깊이가 겨우 2인치에 폭은 50야드밖에 되지 않았다. 이제 사람들은 그곳에 국립공원 대신 밀드러드 배리 기념 아트 센터를 지었다. 그것은 아름다웠다.

　잠시 옷깃을 만지작거리던 드웨인의 손이 거기 꽂힌 배지에 닿았다. 그는 배지에 뭐라고 적혀 있는지 기억이 나질 않아서 그것을 뺐다. 그날 저녁에 시작되는 아트 페스티벌을 후원하는 것이었다. 시내 곳곳에서 사람들이 드웨인의 것과 같은 배지를 달고 다녔다. 배지에는 이렇게 쓰여 있었다.

예술을 후원합시다

• • •

슈거크리크는 때때로 범람했다. 드웨인은 그때를 떠올렸다.
그처럼 평평한 땅에서 홍수는 물이 저지르는 기이할 만큼 멋진
일이었다. 슈거크리크는 조용히 넘쳐흐르며 아이들이 들어가
안전하게 놀 수 있는 거대한 거울을 만들었다.

그 거울은 시민들에게 그들이 사는 골짜기의 모양을 보여줬
고, 그들이 1마일당 1인치씩 높아지면서 슈거크리크와 그들 사
이를 가르는 경사지에 거주하고 있다는 사실을, 그리고 엄연히
말하자면 그들은 언덕 위에 사는 사람들임을 입증했다.

드웨인은 개울의 이름을 다시 읊조렸다. "슈거크리크."

· · ·

드웨인은 아침식사를 끝냈고, 다른 거주지에서 하룻밤 푹 잔 것만으로 자신의 정신병이 치유됐다고 감히 생각해버렸다.

그의 머릿속의 나쁜 화학물질은 그가 아무 이상한 일도 겪지 않고 로비를 지나 아직 열지 않은 칵테일라운지를 지나도록 내버려뒀다. 하지만 칵테일라운지의 옆문을 나와 자신의 홀리데이 인과 폰티악 대리점을 둘러싼 아스팔트 대초원에 발을 디뎠을 때 그는 누군가가 그 아스팔트를 트램펄린으로 바꾸어놓았다는 사실을 알아차렸다.

드웨인의 무게가 실리자 아스팔트는 아래로 꺼졌다. 그것은 드웨인을 지상의 높이보다 훨씬 아래로 떨어뜨렸다가 다시 천천히 조금만 올라오게 했다. 그는 얕게 움푹 들어간 고무 같은 곳에 있었다. 드웨인은 자신의 자동차 대리점 쪽으로 한 걸음 더 내디뎠다. 그는 다시 아래로 꺼졌다가 올라와 움푹 들어간 또다른 곳에 서 있게 되었다.

그는 목격자가 있는지 살피려고 주변을 멍청히 바라보았다. 목격자는 딱 한 명이었다. 시프리언 우퀜데가 아래로 꺼지지 않은 채 움푹 들어간 곳 가장자리에 서 있었다. 비록 드웨인이 아주 엉뚱한 상황에 놓여 있긴 했지만 우퀜데가 할 수 있는 말은 이것뿐이었다.

"날씨 좋네요."

· · ·

드웨인은 움푹 들어간 곳에서 또다른 움푹 들어간 곳으로 나아갔다.

이제 그는 통통 튀듯이 중고차 주차장을 지나고 있었다.

그는 움푹 들어간 곳에 멈춰서 또다른 젊은 흑인을 올려다보았다. 그 흑인은 넝마 조각으로 고동색 1970년형 뷰익 스카이락 컨버터블을 닦고 있었다. 그 남자의 복장은 그런 일에 어울리지 않았다. 그는 싸구려 파란색 정장과 흰색 셔츠와 검은색 넥타이 차림이었다. 게다가 단지 차를 닦고 있는 게 아니었다―그는 차에 광을 내고 있었다.

그 젊은이는 차에 광을 좀더 냈다. 그러고는 드웨인을 향해 눈부신 미소를 짓더니 다시 차에 광을 냈다.

그 사연은 이러했다. 이 흑인 젊은이는 셰퍼즈타운 성인 교도소에서 막 가석방된 참이었다. 그는 당장 일하지 않으면 굶어 죽을 판이었다. 그래서 드웨인에게 자신이 얼마나 성실한 일꾼인지 보여주고 있었던 것이다.

그는 아홉 살 때부터 미들랜드시티 지역의 이런저런 고아원과 청소년 쉼터와 감옥을 전전해왔다. 그는 이제 스물여섯 살이었다.

· · ·

그는 마침내 자유의 몸이 되었다!

· · ·

드웨인은 그 젊은이가 환영이라고 생각했다.

· · ·

젊은이는 다시 차에 광을 내기 시작했다. 그의 인생은 살 만
한 가치가 없었다. 그는 살려는 의지가 희박했다. 그는 자신이
사는 행성이 끔찍한 곳이며 이곳에 보내지지 말았어야 했다고
생각했다. 착오가 있었던 게 분명했다. 그는 친구도 친척도 없
었다. 그는 늘 철창에 갇혀 있었다.

그는 더 나은 세상의 이름을 지어놓았고, 가끔 꿈에서 그것을
보았다. 그곳의 이름은 비밀이었다. 만일 그 이름을 입 밖에 냈
다면 그는 조롱당했을 것이다. 그것은 정말 유치한 이름이었다.

그 젊은 흑인 죄수는 스스로 원할 때마다 두개골 안쪽에 빛으
로 쓴 그 이름을 볼 수 있었다. 그것은 이런 모양이었다.

동화 속 나라

• • •

그는 지갑에 드웨인의 사진을 넣고 다녔다. 그는 셰퍼즈타운
에 있는 자신의 감방 벽에 드웨인의 사진을 붙여뒀었다. 그 사
진은 구하기 쉬웠는데, 드웨인이 〈버글-옵서버〉에 싣는 모든 광
고에 그의 미소 짓는 얼굴과 그 아래에 모토를 함께 넣었기 때
문이다. 사진은 육 개월마다 바뀌었다. 모토는 이십오 년 동안
한 번도 바뀌지 않았다.

모토는 이러했다.

아무나 붙잡고 물어보세요—

드웨인은 믿을 수 있는 사람이라는

대답이 돌아올 겁니다.

　젊은 전과자는 드웨인을 향해 또다시 미소 지었다. 그의 이는
완전히 치료된 상태였다. 셰퍼즈타운의 치과 서비스는 훌륭했
다. 음식도 마찬가지였다.
　"좋은 아침입니다, 선생님." 젊은이가 드웨인에게 말했다. 그
는 당황스러울 만큼 순진했다. 그는 배워야 할 게 아주 많았다.
이를테면 그는 여자에 대해 아는 게 아무것도 없었다. 프랜신 페
프코는 그가 지난 십일 년 동안 처음으로 말을 건넨 여자였다.
　"좋은 아침입니다." 드웨인이 말했다. 그는 자신이 환영과 대
화하고 있을지도 모른다고 생각하며 목소리가 너무 멀리까지
들리지 않도록 부드럽게 말했다.
　"선생님―저는 신문에 실린 선생님의 광고를 대단히 흥미롭
게 읽었고, 선생님의 라디오 광고도 무척 즐겁게 들었습니다."
가석방된 사람이 말했다. 감옥에서 보낸 마지막 한 해 동안 그
는 한 가지 생각에 사로잡혀 있었다. 언젠가 드웨인을 위해 일
하며 그후로 오래오래 행복하게 살리라는 것. 마치 동화 속 나
라처럼.
　드웨인은 아무 대답도 하지 않았고, 그래서 젊은이는 계속 말
했다. "보시다시피 저는 아주 성실한 일꾼입니다, 선생님. 선생
님에 대해서는 좋은 말밖에 들어보지 못했어요. 훌륭하신 주님

께서 제가 선생님을 위해 일하는 걸 뜻하신 것 같습니다."

"그래요?" 드웨인이 말했다.

"저희 이름은 대단히 비슷합니다." 젊은이가 말했다. "훌륭하신 주님께서 저희 둘 모두에게 할일을 일러주고 계신 거죠."

드웨인 후버는 그에게 이름을 묻지 않았지만, 젊은이는 그러거나 말거나 환한 얼굴로 그에게 말했다. "제 이름은 웨인 후블러입니다, 선생님."

미들랜드시티 전역에서 후블러는 흔한 깜둥이 이름이었다.

• • •

드웨인 후버는 머리를 애매하게 내젓고는 걸어가버림으로써 웨인 후블러의 마음을 아프게 했다.

• • •

드웨인은 자신의 쇼룸에 들어갔다. 발아래의 땅은 더이상 통통거리지 않으나 이번에는 도저히 설명할 길이 없는 다른 무언가가 보였다. 쇼룸 바닥에서 야자나무가 자라나 있었다. 드웨인은 머릿속의 나쁜 화학물질 때문에 하와이 주간에 대해 까맣게 잊고 있었다. 사실 그 야자나무는 드웨인 자신이 기획한 것이었다. 그것은 짧게 자른 전신주였다—거친 삼베로 단단히 감쌌다. 야자나무 꼭대기에는 진짜 코코넛이 못박혀 있었다. 녹색 플라스틱 시트는 나뭇잎 모양으로 잘려 있었다.

그 나무에 너무 당황한 나머지 드웨인은 거의 졸도할 뻔했다. 그러고서 그는 주위를 둘러보았고, 사방에 흩어진 파인애플과 우쿨렐레를 보았다.

그는 그중에서도 가장 믿기 어려운 광경을 보았다. 세일즈 매니저인 해리 르세이버가 상추처럼 푸른 타이츠, 짚신, 풀잎 치마, 핑크색 티셔츠 차림으로 음흉한 눈빛을 던지며 그에게 다가왔던 것이다. 그 티셔츠는 이런 모양이었다.

사랑을 해요 전쟁이 아니라

· · ·

해리와 그의 아내는 드웨인이 해리를 복장 도착자로 의심하는지에 대해 주말 내내 언쟁했다. 둘은 드웨인이 그렇게 의심할 근거가 없다는 결론을 내렸다. 해리는 드웨인에게 여자 옷에 대해 이야기한 적이 한 번도 없었다. 그는 복장 도착자 미인 대회에 나가거나 미들랜드시티의 많은 복장 도착자들처럼 신시내티에 있는 대규모 복장 도착자 클럽에 가입한 적이 없었다. 시내의 페어차일드호텔 지하에 있는 복장 도착자 바인 예 올드 라츠 켈러*에 간 적도 없었다. 다른 복장 도착자와 폴라로이드 사진을 주고받은 적도, 복장 도착자 잡지를 구독한 적도 없었다.

해리와 그의 아내는 드웨인의 말에 다른 뜻은 없었으며, 해리가 하와이 주간에 화끈한 옷을 입지 않으면 드웨인이 그를 해고해버릴 거라는 결론을 내렸다.

그리하여 두려움과 흥분으로 얼굴을 붉힌 새로운 해리가 모습을 드러낸 것이다. 그는 거리낌없고 아름답고 사랑스러워진 기분, 갑자기 자유로워진 기분을 느꼈다.

그는 안녕하세요와 안녕히 가세요의 의미가 모두 담긴 하와이 말로 드웨인에게 인사했다. "알로하."

---

* Ye Old Rathskeller. '오래된 지하실 맥주홀'을 뜻한다.

12

킬고어 트라우트는 멀리 떨어져 있었지만 자신과 드웨인 사이의 거리를 계속 좁혀가고 있었다. 그는 여전히 피라미드라는 이름의 트럭에 타고 있었다. 트럭은 시인 월트 휘트먼을 기념해 명명한 다리를 지나고 있었다. 다리는 연기에 뒤덮여 있었다. 트럭은 이제 필라델피아의 일부가 되기 직전이었다. 다리 끝에 있는 표지판에는 이렇게 적혀 있었다.

당신은 지금 형제애의 도시에 들어서고 있습니다

． ． ．

젊은 시절의 트라우트라면 형제애에 대한 그 문구를 비웃었을 것이다—표지판은 폭탄이 터져 움푹 팬 곳 가장자리에 누구나 볼 수 있게 세워져 있었다. 하지만 그의 머리는 그 행성에서의 일들이 실제와는 달리 어떻게 될 수 있다거나 어떻게 되어야만 한다는 생각을 더는 품지 못했다. 지구가 갈 길은 하나뿐이라고 생각했다. 그냥 흘러가는 대로 놔두는 것이었다.

모든 게 필요한 것이었다. 그는 쓰레기통을 뒤적거리는 백인 노파를 보았다. 필요한 것이었다. 그는 욕조에 있어야 할 장난감 고무 오리가 빗물 배수구의 쇠창살 위에 모로 누워 있는 것을 보았다. 그것은 거기 있어야만 했다.

그리고 어쩌고저쩌고.

． ． ．

운전사는 그 전날이 재향 군인의 날이었다고 말했다.

"음." 트라우트가 말했다.

"당신은 재향 군인인가요?" 운전사가 말했다.

"아니요." 트라우트가 말했다. "당신은요?"

"아니요." 운전사가 말했다.

둘 중 누구도 재향 군인이 아니었다.

・・・

　운전사는 친구를 화제로 꺼냈다. 그는 자신이 대부분의 시간을 길에서 보내기 때문에 의미 있는 친구 관계를 유지하기 힘들다고 말했다. 그는 자신이 '절친'에 대해 이야기하던 시절에 대해 우스갯소리를 했다. 그는 사람들이 중학교를 졸업하고 나면 더는 절친에 대해 이야기하지 않는다고 생각했다.

　트라우트는 합성 알루미늄으로 만든 악천후 대비용 덧창문과 덧문을 다는 일을 하니 지속적인 친구 관계를 쌓아갈 기회가 많지 않냐고, 그는 넌지시 말했다. "그러니까 제 말은," 그가 말했다. "매일같이 사람들과 함께 창문을 설치하니 서로 꽤 잘 알게 되지 않겠냐는 거죠."

　"저는 혼자 일합니다." 트라우트가 말했다.

　운전사는 실망했다. "그 일을 하려면 두 사람은 있어야 하는 줄 알았어요."

　"한 명이면 됩니다." 트라우트가 말했다. "나약한 어린 꼬마도 남의 도움 없이 할 수 있는 일이에요."

　운전사는 트라우트가 풍족한 사회생활을 누려서 자신도 그것을 간접적으로 즐길 수 있길 바랐다. "그래도 말이에요," 그가 고집했다. "퇴근 후 만나는 친구들이 있잖아요. 맥주도 몇 잔 마시고. 카드 게임도 좀 하고. 좀 웃기도 하고."

트라우트는 어깨를 으쓱했다.

"당신은 매일 같은 거리를 걷겠죠." 운전사가 그에게 말했다. "당신은 많은 사람을 알고, 그들도 당신을 알 거예요. 매일 같은 거리를 걸으니까요. '안녕하세요' 하고 인사하면 그들도 '안녕하세요' 하고 대답해주고요. 그들을 친근하게 이름으로 부르면 그들도 이름으로 부르죠. 곤경에 처하면 그들이 도와줄 거예요. 당신은 그들 무리의 일원이니까요. 당신은 거기 속해 있어요. 그들이 당신을 매일 보니까요."

트라우트는 그 문제로 언쟁을 벌이고 싶지 않았다.

• • •

트라우트는 그 운전사의 이름을 잊어버렸다.

트라우트에게는 내게도 있는 정신적 결함이 있었다. 그는 살면서 만난 다양한 사람들의 외모를 기억하지 못했다―그들의 몸이나 얼굴이 눈에 띌 만큼 특이하지 않은 한.

이를테면 케이프코드에 살 때 그가 이름을 부르며 따뜻하게 인사를 건네던 유일한 사람은 팔이 하나에 알비노인 앨피 베어스뿐이었다. "너도 덥지, 앨피?" 그는 그렇게 말하곤 했다. "요즘 통 안 보이던데, 앨피?"라고 말하기도 했다. "너를 보니 정말 반가워, 앨피"라고도.

그리고 어쩌고저쩌고.

• • •

이제 트라우트는 코호스에 살고 있으므로 그가 이름으로 부르는 유일한 사람은 빨강 머리의 런던내기 난쟁이 덜링 히스뿐이었다. 그는 구둣방에서 일했다. 히스는 누가 자신의 이름을 부르고 싶어할 경우를 대비해 작업대 위에 기업 임원들이 쓸 법한 명패를 올려뒀다. 명패는 이런 모양이었다.

덜링 히스

트라우트는 가끔 구둣방에 들러서 "올해 야구는 어느 팀이 우승할 것 같아, 덜링?"이나 "어젯밤에 왜 그렇게 사이렌이 울려 댔는지 혹시 알아, 덜링?"이나 "오늘 좋아 보이네, 덜링―그 셔츠는 어디서 산 거야?" 같은 말을 했다. 그리고 어쩌고저쩌고.

트라우트는 이제 자신과 히스의 우정이 끝난 것은 아닐까 생각했다. 트라우트가 지난번에 구둣방에 가서 덜링에게 이런저런 말을 하자 그 난쟁이가 뜻밖에도 고함을 질렀기 때문이다.

그가 런던내기 말씨로 외친 말은 이러했다. "제발 나를 가만히 좀 내버려둬!"

• • •

　한번은 뉴욕 주지사인 넬슨 록펠러가 코호스의 한 식료품점에서 트라우트와 악수를 한 적이 있었다. 트라우트는 그가 누구인지 전혀 몰랐다. 알았더라면 그런 사람이 자기 같은 SF 작가 바로 옆에 있다는 사실에 깜짝 놀랐을 것이다. 록펠러는 한낱 주지사에 불과한 사람이 아니었다. 그 행성의 그 지역에만 존재하는 법 덕분에 록펠러는 지구 표면의 광대한 지역뿐만 아니라 표면 아래의 석유와 다른 귀중한 광물도 소유할 수 있었다. 그는 웬만한 나라들보다 행성을 더 많이 소유하거나 지배했다. 갓 태어났을 때부터 정해진 운명이었다. 그는 그런 터무니없는 소유권을 지닌 채로 태어났다.

　"어떻게 지내나요, 친구?" 록펠러 주지사가 그에게 물었다.

　"똑같죠, 뭐." 킬고어 트라우트가 말했다.

• • •

　트라우트가 풍족한 사회생활을 누리고 있다고 우긴 후, 운전사는 이번에도 자신의 만족을 위해 트라우트가 대륙 횡단 트럭 운전사의 성생활에 대해 알려달라고 애원하기라도 한 양 굴었다. 트라우트는 그렇게 애원한 적이 없었다.

　"트럭 운전사가 여자와 어떻게 사귀는지 알고 싶죠, 그렇죠?" 운전사가 말했다. "지나가다 보이는 트럭 운전사들이 전부 대서양 연안에서 태평양 연안에 이르기까지 폭풍 같은 섹스를 즐기고 있다고 생각하고 있죠, 그렇죠?"

트라우트는 어깨를 으쓱했다.

트라우트 때문에 마음이 상한 트럭 운전사는 트라우트가 너무 추잡하고 잘못된 정보를 알고 있다며 그를 꾸짖었다. "내가 말해줄게요, 킬고어—" 그가 주저했다. "그게 당신 이름 맞죠, 그렇죠?"

"맞아요." 트라우트가 말했다. 그는 운전사의 이름을 이미 백 번도 더 잊었다. 운전사에게서 눈길을 돌릴 때마다 트라우트는 그의 이름뿐만 아니라 얼굴도 잊어버렸다.

"킬고어, 이런 망할—" 운전사는 말했다. "내 대형 트럭이 코호스에서 고장나서 트럭이 수리되는 동안 내가 거기 이틀 머물러야 한다고 칩시다. 내가 거기 있는 동안 여자와 잠자리를 갖는 게 얼마나 쉬울 거라고 생각하나요—그것도 나처럼 생겨먹은 외지인이?"

"그건 당신의 결단력에 달려 있겠죠." 트라우트가 말했다.

운전사는 한숨을 쉬었다. "그래요, 나 원 참—" 그는 이렇게 말하고는 스스로에 대해 절망했다. "아마도 내 인생을 요약하면 그렇게 말할 수 있을 것 같군요. 결단력 부족."

• • •

    둘은 알루미늄 벽판이 오래된 집도 새집처럼 보이게 하는 신기술이라는 이야기를 했다. 페인트칠이 전혀 필요 없는 이 알루미늄판은 멀리서 보면 방금 칠한 목재처럼 보였다.

    운전사는 그것의 경쟁 기술인 퍼머-스톤에 대해서도 이야기하고 싶어했다. 그것은 오래된 집의 옆면에 컬러 시멘트를 발라 멀리서 보았을 때 석조 건물처럼 보이게 만드는 기술이었다.

    "알루미늄으로 만든 창문 관련 일을 하신다면," 운전사가 트라우드에게 밀했다. "알무니늄 벽판 관련 일도 하시겠군요." 온 나라에서 그 두 분야의 일은 함께 이뤄졌다.

    "우리 회사에서 같이 팔긴 하죠." 트라우트가 말했다. "그걸 본 적도 많아요. 제가 실제로 설치해본 적은 없지만요."

    운전사는 리틀록에 있는 자기 집에 알루미늄 벽판을 설치하는 것을 진지하게 고려하고 있었기에 트라우트에게 솔직히 대답해달라고 간청하며 이렇게 물었다. "지금까지 보고 들은 바에 의하면—알루미늄 벽판을 설치한 사람들은 그 선택으로 행복해졌답니까?"

    "코호스 쪽에서 제가 본 사람들 가운데," 트라우트가 말했다. "진정으로 행복해하는 사람은 그들뿐인 것 같습니다."

· · ·

　"무슨 말인지 알겠어요." 운전사가 말했다. "한번은 온 가족이 집 밖에 서 있는 모습을 본 적이 있습니다. 그들은 알루미늄 벽판을 설치한 후 자기 집이 얼마나 멋지게 변했는지 보고도 믿지 못하겠다는 눈치더군요. 당신과 나는 절대 거래할 일이 없으니 솔직히 대답해줘요. 킬고어, 그 행복이 얼마나 갈까요?"

　"약 15년입니다." 트라우트가 말했다. "우리 세일즈맨들은 그동안 아긴 페인트값과 난방비가 알루미늄 벽판을 재설치하는 데 충분하다고 말하죠."

　"퍼머-스톤은 더 고급스러워 보이던데, 아마 더 오래가기도 하겠죠." 운전사가 말했다. "반면에 돈은 더 들고요."

　"돈을 낸 만큼 얻는 법이죠." 킬고어 트라우트가 말했다.

　　· · ·

　트럭 운전사는 자신이 삼십 년 전에 구입한 가스 온수 가열기가 그동안 티끌만큼의 문제도 일으키지 않았다고 말했다.

　"세상에 무슨 그런 일이." 킬고어 트라우트가 말했다.

　　· · ·

　트라우트는 트럭에 대해 물었고, 운전사는 그것이 세상에서 가장 좋은 트럭이라고 말했다. 트랙터 가격만 2만 8천 달러였다. 높은 고도에서도 잘 움직이게끔 터보 과급기를 장착한 324마력의 커민스 디젤 엔진으로 작동했으며, 유압 조타장치, 에어 브레이크, 13단 변속기를 갖춘 트럭이었다. 그의 처남의 소유였다.

그는 말하길, 그의 처남이 스물여덟 대의 트럭을 소유하고 있으며 피라미드 트럭 회사의 사장이라고 했다.

"그는 왜 자기 회사 이름을 피라미드라고 지은 거죠?" 트라우트가 물었다. "제 말은—필요하다면 시속 100마일로도 달릴 수 있는 트럭이잖아요. 이 트럭은 빠르고 유용하고 간소해요. 로켓 항공기만큼이나 첨단적이기도 하고요. 나는 이 트럭만큼 피라미드와 거리가 먼 물건은 본 적이 없어요."

• • •

피라미드는 이집트인들이 수천 년 전에 지은 일종의 거대한 돌무덤이었다. 이집트인들은 더이상 그것을 짓지 않았다. 무덤은 다음과 같은 모양이었고, 관광객들은 그것을 보기 위해 아주 멀리서 찾아왔다.

"고속 운송업을 하는 사람이 왜 자기 회사와 트럭의 이름을
예수님 탄생 이후로 0.1인치도 움직이지 않은 건축물의 이름을
따서 지은 거죠?"

운전사의 대답은 즉각적이었다. 그런 질문을 한 트라우트를
멍청하게 여기기라도 하듯, 그 대답에는 짜증이 섞여 있기도 했
다. "그 단어의 소리가 좋았던 거죠." 그가 말했다. "그 소리가
좋지 않나요?"

트라우트는 우호적인 관계를 유지하기 위해 고개를 끄덕였
다. "네," 그는 말했다. "소리가 아주 좋네요."

• • •

트라우트는 편안히 앉아서 방금 그 대화에 대해 생각해봤다. 그는 그것을 이야기로 만들었는데, 아주 늙은 노인이 되기 전까지는 그것을 쓸 짬을 내지 못했다. 존재들이 소리에 완전히 매혹되어 언어가 계속 순수한 음악으로 바뀌는 행성에 대한 이야기였다. 단어는 음표가 되었다. 문장은 멜로디가 되었다. 단어의 뜻을 알거나 상관하는 사람이 아무도 없었기에 그들의 언어는 정보 전달이라는 역할은 전혀 하지 못했다.

그래서 정부와 상업계의 지도자들은 일이 제대로 굴러가게 하기 위해 음악으로 바꿀 수 없을 만큼 추한 어휘와 문장 구조를 가진 새로운 언어를 시종일관 만들어내야만 했다.

• • •

"결혼했나요, 킬고어?" 운전사가 물었다.

"세 번이요." 트라우트가 말했다. 사실이었다. 그뿐 아니라 그의 아내들은 모두 놀라울 만큼 인내심 있고 사랑스럽고 아름다웠다. 그들은 하나같이 그의 비관주의로 쪼그라들어버렸다.

"아이는요?"

"한 명이요." 트라우트가 말했다. 과거 어딘가에 굴러다니는 모든 아내들과 발송 과정에서 분실된 이야기들 속에 리오라는 이름의 아들이 있었다. "지금은 성인이에요." 트라우트가 말했다.

• • •

리오는 열네 살 때 집을 영원히 떠나버렸다. 그는 나이를 속이고 해병대에 지원했다. 신병 훈련소에서 그는 아버지에게 짧은 편지를 보냈다. 거기에는 이렇게 쓰여 있었다. "저는 아버지가 불쌍해요. 아버지는 구린내가 너무 심해서 옆에 있다가는 죽어버릴 것만 같아요."

연방수사국 요원 두 명이 찾아오기 전까지 트라우트가 직접적으로든 간접적으로든 리오에게 들은 소식은 그게 마지막이었다. 그들은 리오가 베트남에서 탈영했다고 말했다. 그는 대역죄를 범했다. 그는 베트콩에 합류했다.

그 당시 그 행성에서 리오가 처한 상황에 대한 연방수사국의 평가는 이러했다. "당신 아들은 이제 큰일났습니다."

13

지신의 세일즈 매니저인 해리 르세이버가 풀처럼 푸른 타이 츠와 풀잎 치마 등을 입고 있는 모습을 본 드웨인 후버는 자기 눈을 믿을 수가 없었다. 그래서 그는 보지 않기로 했다. 그는 사무실로 들어갔는데, 그곳에도 파인애플과 우쿨렐레가 어질러져 있었다.

그의 비서인 프랜신 페프코는 목에 꽃다발을 두르고 한쪽 귀 뒤에 꽃을 꽂은 것을 제외하면 정상으로 보였다. 그녀는 미소 지었다. 그녀는 소파 베개 같은 입술과 밝은 빨강 머리를 지닌 전쟁 과부였다. 그녀는 드웨인을 아주 좋아했다. 그녀는 하와이 주간도 아주 좋아했다.

"알로하." 그녀가 말했다.

한편 해리 르세이버는 드웨인에 의해 파괴되어 있었다.

해리가 그토록 터무니없는 모습으로 드웨인 앞에 나섰을 때 그의 몸속에 있는 모든 분자는 드웨인의 반응을 기다리고 있었다. 모든 분자는 잠시 활동을 멈추고 서로 약간의 거리를 두었다. 모든 분자는 해리 르세이버라는 그들의 은하계가 해체될 것인지 알고자 기다리고 있었다.

드웨인이 해리를 투명 인간 취급했을 때 해리는 혐오스러운 복장 도착자라는 자신의 정체가 드러났으며 그 때문에 해고됐다고 생각했다.

해리는 눈을 감았다. 다시는 눈을 뜨고 싶지 않았다. 그의 심장은 분자들에게 이런 메시지를 보냈다. "다들 알고 있을 그 이유로 이 은하계는 해체됐다!"

• • •

드웨인은 그 사실을 전혀 알지 못했다. 그는 프랜신 페프코의 책상에 몸을 기댔다. 그는 하마터면 자신의 상태가 얼마나 심각한지 털어놓을 뻔했다. 그는 그녀에게 경고했다. "왜 그런지 모르겠지만 오늘은 무척 힘든 하루로군. 그러니 농담도, 깜짝 놀랄 일도 삼가줘. 전부 간단히 처리하자고. 조금이라도 맛이 간 사람은 여기 들이지 마. 전화도 받지 않겠어."

프랜신은 드웨인에게 안쪽 사무실에서 쌍둥이 형제가 기다리고 있다고 말했다. "동굴에 무슨 안 좋은 일이 생긴 모양이던데요." 그녀가 그에게 말했다.

드웨인은 그녀의 전달사항이 간단하고 명쾌해서 다행이라고 생각했다. 쌍둥이 형제는 그의 이복동생인 라일 후버와 카일 후버였다. 동굴이란 세이크리드 미러클 동굴을 말하는 것으로, 드웨인과 쌍둥이가 공동으로 소유하고 있었다. 셰퍼즈타운 바로 남쪽에 위치한 그곳은 관광객을 상대로 바가지를 씌우는 명승지였다. 그것은 라일과 카일의 유일한 수입원으로, 둘은 동굴 입구에 자리한 기념품점 양쪽에 지어진 똑같은 노란색 랜치 하우스*에 살고 있었다.

주 전역에 걸쳐 동굴의 방향과 거리를 알려주는 화살표 모양의 표지판이 나무와 울타리 기둥에 박혀 있었다—이를테면 아래와 같은.

세이크리드 미러클 동굴을 방문하세요 52마일

드웨인은 안쪽 사무실로 들어가기 전에 프랜신이 사람들을 즐겁게 해주려고 벽에 붙여놓은 우스운 포스터들 중 하나를 보았다. 다들 너무나도 쉽게 잊고 마는 사실, 즉 매사에 진지할 필요가 없다는 사실을 상기시키는 것이었다.

드웨인이 본 포스터에는 이렇게 쓰여 있었다.

**여기서 일하려고 미칠 필요는 없지만
미치는 게 확실히 도움이 되긴 하죠!**

거기에는 그 글과 어울리는 미친 사람의 그림도 그려져 있었다. 그림은 이러했다.

---

* 칸막이가 없고 지붕 물매가 뜬 단층집.

프랜신은 더 건강하고 더 바람직한 마음 상태를 지닌 존재를 보여주는 배지를 가슴에 달고 있었다. 배지는 이런 모양이었다.

• • •

라일과 카일은 드웨인 후버의 안쪽 사무실에 놓인 검은 가죽 소파에 나란히 앉아 있었다. 둘은 너무 닮아서 1954년에 라일이 여자 문제로 롤러 더비 경기중에 싸움에 휘말리고 나서야 드웨인은 둘을 구분할 수 있었다. 그후로 라일의 코가 비뚤어졌기 때문이다. 드웨인은 둘이 아기였을 때 유아용 침대에서 서로의 엄지손가락을 빨곤 하던 모습을 기억해냈다.

• • •

자식을 가질 수 없던 사람들에게 입양됐음에도 드웨인에게 이복형제가 생긴 경위를 덧붙여보자면 이러하다. 드웨인의 양부모는 드웨인을 입양함으로써 몸에 무언가 반응이 일어나 결국 아이를 가질 수 있게 되었다. 이는 흔한 현상이었다. 많은 부부가 그런 식으로 프로그래밍되어 있는 듯했다.

• • •

드웨인은 지금 그 둘을 보게 되어 무척 기뻤다—작업복과 작업화 차림에 돼지고기 파이 같은 중절모자를 쓰고 있는 이 두 작은 남자를. 그 둘은 친숙한 존재였고, 진짜였다. 드웨인은 바깥의 혼돈을 뒤로하고 문을 닫았다. "그래—" 그가 말했다. "동굴에 무슨 일이 벌어진 거지?"

라일의 코가 부러진 후로 쌍둥이 형제는 라일을 둘의 대변인으로 삼기로 합의했다. 1954년 이후로 카일이 입 밖으로 낸 단어의 수를 다 합해도 천이 안 될 것이다.

"거품이 이제 대성당의 절반까지 올라왔어." 라일이 말했다. "올라오는 속도로 봐서 한두 주 내로 모비 딕까지 올라올 거야."

드웨인은 그의 말뜻을 완벽히 이해했다. 세이크리드 미러클 동굴의 깊은 곳을 통과하는 복류는 탁구공만큼이나 단단한 거품을 일으키는 일종의 산업 폐기물로 오염되어 있었다. 이 거품은 거대한 흰고래, 모비 딕처럼 희게 칠한 커다란 바위로 이어지는 통로까지 무리 지어 올라오고 있었다. 거품은 조만간 모비 딕을 완전히 에워싸고 동굴의 주요 명소인 속삭임의 대성당을 침범할 것이었다. 속삭임의 대성당은 수천 명의 사람이 결혼한 곳이었다—드웨인과 라일과 카일을 포함해서. 해리 르세이버도.

• • •

라일은 자신과 카일이 전날 밤에 한 실험에 대해 드웨인에게
말했다. 둘은 똑같은 브라우닝 자동 산탄총을 들고 동굴로 들어
가서 전진해오는 거품의 벽을 향해 사격을 개시했다.

"거품에서 상상도 못할 만큼 심한 악취가 났어." 라일이 말했
다. 그는 무좀 냄새 같았다고 말했다. "냄새 때문에 나와 카일은
거기서 당장 빠져나올 수밖에 없었지. 한 시간 동안 환기 장치를
가동하고 나서 다시 안으로 들어갔어. 모비 딕의 페인트에 기포
가 생겼더군. 녀석은 이제 두 눈도 잃었어." 모비 딕은 원래 징찬
용 접시만큼 커다랗고 속눈썹이 긴 파란 두 눈을 가지고 있었다.

• • •

"오르간은 검은색으로 변했고, 천장도 더러운 노란색으로 변
했어." 라일이 말했다. "이제는 세이크리드 미러클도 거의 보이
질 않아."

오르간은 신들의 파이프오르간으로, 대성당의 한구석에 복잡하
게 얽혀 한데 자라난 종유석과 석순을 가리켰다. 그 뒤에는 결
혼식과 장례식 때 음악이 흘러나오는 커다란 스피커가 있었다.
전기 조명이 매번 다른 색 빛으로 그것을 비추었다.

세이크리드 미러클은 대성당 천장에 있는 십자가였다. 두 개의

갈라진 틈이 교차하며 생겨난 것이었다. "원래도 잘 보이지는 않았지만." 라일이 십자가를 두고 말했다. "이제는 그게 거기 있는지도 잘 모르겠어." 그는 시멘트를 잔뜩 주문해도 되겠느냐며 드웨인에게 허락을 구했다. 그는 복류와 대성당 사이의 통로를 막아버리고 싶어했다.

"모비 딕이랑 제시 제임스랑 노예 따위는 그냥 잊어버려." 라일이 말했다. "대성당이나 구하자고."

제시 제임스는 드웨인의 새아버지가 대공황 때 어느 의사가 남긴 유산 중에서 구입한 해골이었다. 해골의 오른손은 45구경 리볼버의 녹슨 부분과 엉겨붙어 있었다. 관광객들은 그것이 그런 식으로 발견됐으며, 아마도 낙석으로 동굴 안에 갇혀버린 어느 열차 강도의 유해일 거라는 설명을 들었다.

노예에 대해 말하자면, 그것은 제시 제임스에서 50피트 떨어진 방에 있는 흑인들의 석고 조각상이었다. 그 조각상들은 서로를 이은 사슬을 망치와 쇠톱으로 자르고 있었다. 관광객들은 한때 진짜 노예들이 자유를 찾아 도망치며 오하이오강을 건넌 후 그 동굴을 사용했다는 설명을 들었다.

• • •

노예에 대한 이야기는 제시 제임스에 대한 것만큼이나 가짜였다. 동굴은 작은 지진이 일어나 동굴의 틈이 벌어진 1937년 전까지는 발견되지도 않았다. 그 틈을 발견한 사람은 드웨인 후버 자신이었고, 그러고서 그와 그의 새아버지는 쇠지레와 다이너마이트로 동굴을 열었다. 그전에는 심지어 작은 동물 한 마리조차 그곳에 들어간 적이 없었다.

동굴을 노예제도와 연관지을 수 있는 건 다음과 같은 사실뿐이었다. 동굴이 발견된 농장은 해방 노예인 조지퍼스 후블러가 시작한 것이었다. 주인에게서 해방된 그는 북쪽으로 와서 농장을 시작했다. 그러고는 다시 돌아가서 자신의 어머니와 아내가 될 여자를 사 왔다.

그들의 후손은 대공황 때 미들랜드 카운티 상인은행이 저당물에 대한 담보권을 행사할 때까지 농장을 계속 경영했다. 그러고서 드웨인의 새아버지는 그 농장을 구입한 백인 남자가 몰던 차에 치였다. 부상에 대한 합의금으로 드웨인의 새아버지는 자신이 "……망할 깜둥이 농장"이라고 경멸하듯 부르던 것을 받았다.

드웨인은 가족과 함께 처음으로 그것을 보러 간 날을 기억했다. 그의 아버지는 깜둥이 우편함에서 깜둥이 명패를 떼어내 도랑에 던져버렸다. 명패에는 이렇게 적혀 있었다.

파랑새 농장

14

킬고어 트라우트를 실어나르는 트럭은 이제 웨스트버지니아
주에 있었다. 그 주의 지표면은 사람과 기계와 폭발물이 석탄을
얻어내려고 파괴한 상태였다. 석탄은 이제 거의 고갈됐다. 그것
은 열에너지로 바뀌었다.

석탄과 나무와 표층토가 사라진 웨스트버지니아주의 지표면
은 중력의 법칙에 따라 남은 부분을 재조정하고 있었다. 파헤쳐
진 모든 구멍 속으로 무너지는 중이었다. 한때는 스스로 잘 서
있던 산들은 이제 골짜기 속으로 내려앉고 있었다.

웨스트버지니아주의 파괴는 주민들로부터 권력을 이양받은
주 정부의 행정부, 입법부, 사법부의 동의 아래 일어났다.

사람이 사는 주택이 아직도 여기저기 서 있었다.

• • •

트라우트는 앞쪽의 망가진 가드레일을 보았다. 그는 그 아래를 내려다보았고 개울에 뒤집혀 있는 1968년형 캐딜락 엘도라도를 보았다. 앨라배마주 번호판을 달고 있었다. 그 개울에는 몇몇 오래된 가전제품도 있었다—스토브, 세탁기, 두서너 개의 냉장고.

천사 같은 얼굴에 금발 머리를 한 백인 아이가 개울 옆에 서 있었다. 그녀는 트라우트에게 손을 흔들었다. 그녀는 18온스짜리 펩시콜라 병을 가슴에 꼭 껴안고 있었다.

• • •

트라우트는 사람들이 심심할 때 뭘 하는지 입 밖으로 내어 자문했고, 운전사는 그에게 자신이 웨스트버지니아주에서 보낸 밤에 대한 기이한 이야기를 들려줬다. 그날 밤 그는 단조롭게 웅웅거리는 소리가 들려오는 어느 창문 없는 건물 근처에서 트럭의 운전석에 앉아 있었다.

"사람들이 들어가는 모습도 보였고 나오는 모습도 보였죠." 그가 말했다. "하지만 웅웅거리는 소리를 내는 게 어떤 종류의 기계인지는 알 수 없었어요. 건물은 시멘트 블록 위에 지어진 싸구려 구식 건물이었고 완전히 멀고 외진 곳에 있었죠. 차들이 왔다갔다했고, 웅웅거리는 소리의 정체가 무엇이든 사람들은 분명 즐기고 있는 듯했어요."

그래서 그는 안을 들여다보았다. "그곳은 롤러스케이트를 타는 사람들로 가득했어요." 그가 말했다. "사람들은 빙빙 돌고 있었어요. 미소를 짓는 사람은 아무도 없었죠. 그냥 다들 계속 빙빙 돌기만 했어요."

· · ·

그는 그 지역 사람들이 예수님의 가호에 대한 믿음을 보여주기 위해 예배 도중 살아 있는 미국살무사와 방울뱀을 붙잡는다는 이야기를 트라우트에게 해줬다.

"세상에는 별별 사람이 다 있는 법이죠." 트라우트가 말했다.

· · ·

트라우트는 백인들이 웨스트버지니아주에 온 지 얼마 되지도 않아 그곳을 그렇게 빨리 파괴해버렸다는 사실에 놀라고 말았다—열에너지를 얻기 위함이었다.

이제는 열에너지도 다 사라져버렸다—아마 우주로 갔을 거라고 트라우트는 생각했다. 그것은 물을 끓였고, 수증기는 강철로 된 풍차를 윙 하는 소리와 함께 빙빙 돌렸다. 풍차는 발전기의 회전자를 윙 하는 소리와 함께 빙빙 돌렸다. 미국은 한동안

전기로 신나게 돌아갔다. 석탄은 또한 구식 증기선과 증기기관
차에 동력을 공급했다.

. . .

드웨인 후버와 킬고어 트라우트와 내가 소년이었을 때 증기
기관차와 증기선과 공장에는 증기로 울리는 기적이 있었다—우
리의 아버지와 할아버지가 소년이었을 때에도. 기적은 이런 모
양이었다.

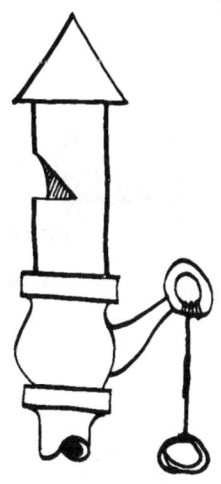

석탄을 태워 끓인 물로 만들어낸 증기는 기적을 맹렬히 통과했
고, 그러면 기적은 교미하거나 죽어가는 공룡의 후두처럼 거칠고
아름다운 애가를 울려 퍼뜨렸다—우우우우우-어, 우우우-어, 그

리고 <u>토오오오오오오오오오오오오오오오오오오오오오오오온</u> 같은 외침을.

• • •

공룡은 증기기관차만큼이나 커다란 파충류였다. 그것은 이런 모양이었다.

공룡은 앞쪽과 뒤쪽에 각각 하나씩, 모두 두 개의 뇌를 가지고 있었다. 그것은 멸종했다. 두 개의 뇌를 합친 크기는 완두콩한 알보다 작았다. 완두콩은 이렇게 생긴 콩과 식물이었다.

석탄은 썩은 나무와 꽃과 덤불과 풀 등과 공룡의 배설물이 고도로 압축되어 만들어진 합성물이었다.

. . .

    킬고어 트라우트는 자신이 알던 기적소리와 그 노랫소리를 가능하게 만든 웨스트버지니아주의 파괴에 대해 생각했다. 그는 가슴을 미어지게 하는 외침이 열에너지와 함께 우주로 사라져버린 줄로만 알았다. 그는 잘못 알고 있었다.

    대부분의 SF 작가들이 그러하듯 트라우트는 과학에 대해 아는 게 거의 없었고 기술에 대해 자세한 설명을 들으면 지루해 죽으려고 했다. 하지만 기적소리는 다음과 같은 이유로 지구에서 아주 멀리까지 퍼져나가신 못했다. 소리는 오직 대기에서만 전달될 수 있고, 지구의 대기는 지구 자체에 비하면 사과 껍질만큼의 두께도 되지 않았다. 그 너머는 거의 완벽한 진공상태였다.

    사과는 인기 있는 과일로, 다음과 같은 모양이었다.

・・・

운전사는 대식가였다. 그는 맥도널드 햄버거 가게에 차를 세
웠다. 그 나라에는 다양한 종류의 햄버거 체인점이 있었다. 맥도
널드는 그중 하나였다. 버거 셰프도 그중 하나였다. 이미 말했듯
이 드웨인 후버는 버거 셰프 체인점을 여러 개 소유하고 있었다.

・・・

햄버거는 다음과 같이 생긴 동물로 만들어졌다.

이 동물은 죽임을 당해 작은 조각으로 갈린 다음 패티로 만들
어지고 튀겨져 빵 두 조각 사이에 끼워졌다. 완성된 제품은 다
음과 같은 모양이었다.

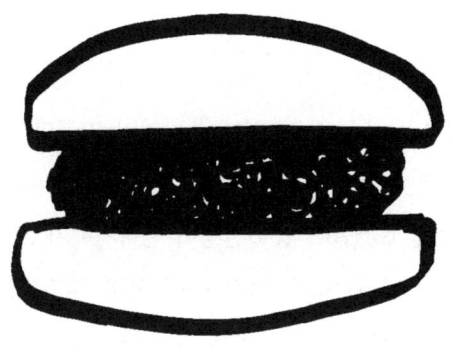

• • •

그리고 남은 돈이 얼마 없던 트라우트는 커피 한 잔을 주문했다. 그는 테이블의 옆 스툴에 앉아 있던 아주 늙은 노인에게 탄광에서 일한 적이 있는지 물었다.

노인은 이렇게 말했다. "열 살 때부터 예순두 살 때까지."

"탄광에서 빠져나오니 기쁘신가요?" 트라우트가 말했다.

"세상에나." 노인이 말했다. "거기서는 절대 빠져나올 수 없어—심지어 잠잘 때도 말일세. 나는 탄광 꿈도 꾼다네."

트라우트는 시골 지역을 파괴한 산업에 종사한 기분이 어땠냐고 그에게 물었고, 노인은 늘 너무 지쳐서 그런 문제에 신경쓸 여력이 없었다고 말했다.

• • •

"신경써봤자 아무 소용도 없네." 노인이 말했다. "신경쓰는 대상이 자기 것이 아니라면 말이지." 그는 자신들이 앉아 있는 그 지역 전체의 채굴권이 남북전쟁이 끝나자마자 로즈워터 석탄 철강 회사에 넘어갔음을 지적했다. "법에 따르면," 그가 말을 이었다. "어떤 사람이 땅 아래에 있는 자기 소유물을 얻길 원하면 지표면과 그 소유물 사이의 무엇이든 파괴할 수 있다고 되어 있어."

트라우트는 로즈워터 석탄 철강 회사와 자신의 유일한 팬인 엘리엇 로즈워터를 연관짓지 못했다. 그는 여전히 로즈워터를 십대로 생각하고 있었다.

사실 로즈워터의 조상들은 웨스트버지니아주의 지표면과 사람을 파괴한 주범에 속했다.

• • •

"하지만 옳은 것 같지가 않아." 늙은 광부가 트라우트에게 말했다. "어떤 사람이 다른 사람의 농장이나 숲이나 집 아래에 있는 것을 소유할 수 있다는 게 말일세. 그리고 그 사람이 땅 아래에 있는 것을 원한다면 언제든지 땅 위에 있는 모든 것을 파괴할 권리를 갖는다는 게 말이야. 땅 위의 사람이 지닌 권리는 땅 아래의 것을 소유한 사람의 권리에 비하면 아무것도 아니야."

그는 그와 다른 광부들이 로즈워터 석탄 철강 회사에 인간적인 대우를 받으려고 애쓰던 시절을 입 밖으로 내어 회상했다. 그들은 회사의 청원경찰과 주립 경찰과 주 방위군과 함께 작은 전쟁을 치르곤 했다.

"나는 로즈워터가 사람을 한 번도 본 적이 없다네." 그는 말했다. "하지만 로즈워터는 늘 승리했지. 나는 로즈워터 위를 걸었어. 나는 로즈워터에서 로즈워터를 위해 구멍을 팠어. 나는 로즈워터의 집에 살았지. 나는 로즈워터의 음식을 먹었어. 로즈워터의 정체가 뭐가 됐든 로즈워터와 싸웠고, 로즈워터는 나를 쓰러뜨린 다음 죽게 내버려뒀지. 이곳 사람들에게 물어보면 이렇게 대답할 걸세. 그들이 아는 한 이 세상 전체가 로즈워터라고."

• • •

운전사는 트라우트가 미들랜드시티로 가고 있다는 것만 알았다. 그는 트라우트가 아트 페스티벌에 참가하러 가는 작가라는 사실은 몰랐다. 트라우트는 정직한 노동자들이 예술을 쓸모없게 여긴다는 사실을 이해했다.

"제정신인 양반이 왜 미들랜드시티에 가려는 거죠?" 운전사는 알고 싶어했다. 둘은 다시 트럭을 타고 달리고 있었다.

"여동생이 아파서요." 트라우트가 말했다.

"미들랜드시티는 우주의 항문이나 다름없는 곳이죠."

"저는 그 항문이 어디 있는지 종종 궁금하긴 했어요."

"만일 그게 미들랜드시티에 없다면," 운전사가 말했다. "조지아주 리버티빌에 있을 거예요. 리버티빌에 가보신 적 있나요?"

"아니요." 트라우트가 말했다.

"저는 거기서 속도위반으로 체포됐었죠. 그곳에는 속도위반 감시 구역이 있는데, 시속 50마일로 가다가 갑자기 시속 15마일로 속도를 줄여야 하는 구간이었어요. 아주 돌아버리는 줄 알았죠. 그 문제로 경찰관이랑 조금 실랑이했더니 나를 감옥에 처넣어버리더군요.

그곳의 주요 산업은 오래된 신문이랑 잡지랑 책을 펄프로 만들어서 다시 새 종이를 만드는 거예요." 운전사가 말했다. "트럭과 기차가 매일 쓸모없는 인쇄물을 수백 톤씩 싣고 오죠."

"음." 트라우트가 말했다.

"그리고 짐을 내리는 과정이 워낙 엉성해서 시내에는 온통 책이랑 잡지의 낱장이 날아다녔어요. 도서관을 열고 싶으면 그냥 그곳 화물 조차장에 가서 원하는 책을 모두 가져오면 될 겁니다."

"음." 트라우트가 말했다. 바로 앞에는 한 백인 남자가 임신한 아내와 아홉 명의 아이와 함께 히치하이크를 하려 하고 있었다.

"게리 쿠퍼처럼 보이네요, 안 그래요?" 히치하이크하려는 남자를 보고 트럭 운전사가 말했다.

"그러네요." 트라우트가 말했다. 게리 쿠퍼는 영화배우였다.

• • •

"어쨌든," 운전사가 말했다. "리버티빌에는 책이 너무 많아서 감옥에서 책을 화장지로 썼어요. 제가 체포된 건 금요일이었는데, 늦은 오후라 월요일이 되기 전까지 법정에서 심리를 받을 수 없었죠. 그래서 저는 이틀 동안 유치장에 앉아 제가 받은 화장지나 읽을 수밖에 없었답니다. 그때 읽은 이야기 중 하나가 아직도 기억나요."

"음." 트라우트가 말했다.

"그제 제가 읽은 마지막 이야기예요." 운전사가 말했다. "원, 세상에─무려 십오 년 전 일이로군요. 그것은 또다른 행성에 대한 이야기였어요. 말도 안 되는 이야기였죠. 그림으로 가득찬 박물관이 사방에 있었는데, 정부에서 룰렛 휠 같은 걸 돌려서 박물관에 무슨 그림을 걸고 무슨 그림을 버릴지 결정한다는 이야기였어요."

킬고어 트라우트는 갑자기 데자뷔를 느끼며 머리가 띵해졌다. 트럭 운전사는 그가 여러 해 동안 잊고 지냈던 책의 서두를 상기시켜주고 있었다. 운전사가 조지아주 리버티빌에서 사용한 화장지는 킬고어 트라우트가 쓴 『배그니앨토의 바링-개프너, 혹은 올해의 걸작』이라는 작품이었다.

· · ·

　트라우트의 책의 배경이 되는 행성 이름은 배그니앨토였고, '바링-개프너'는 일 년에 한 번씩 운명의 바퀴를 돌리는 국가 공무원이었다. 시민들이 정부에 예술품을 제출하면 그것에 번호가 붙었고, 그러고서 바링-개프너가 돌리는 바퀴에 따라 현금가치가 매겨졌다.

　이야기는 바링-개프너가 아니라 구즈라는 겸손한 구두 수선공의 시점에서 진행되었다. 구즈는 혼자 살았고 자신이 기르는 고양이를 그렸다. 그가 평생 그린 그림은 그것뿐이었다. 그는 그것을 바링-개프너에게 가져갔고, 바링-개프너는 그것에 번호를 붙여 예술품이 잔뜩 들어 있는 창고에 집어넣었다.

　구즈의 그림은 운명의 바퀴에서 전례 없는 행운을 거머쥐었다. 그림은 1만 8천 람보의 가치를 얻게 되었는데, 그것은 지구에서 십억 달러에 해당하는 돈이었다. 바링-개프너는 그 금액에 해당하는 수표를 구즈에게 수여했고, 그 대부분은 세금 징수원이 즉시 회수해 갔다. 그 그림은 국립미술관의 명예로운 자리에 걸렸고, 사람들은 십억 달러의 가치가 있는 그림을 보기 위해 수마일이나 줄을 섰다.

　그곳에는 운명의 바퀴에 의해 무가치하다고 결정된 모든 그림과 조각상과 책 등을 태우는 거대한 모닥불도 있었다. 그러고는 운명의 바퀴가 조작됐다는 사실이 밝혀졌고, 바링-개프너는 스스로 목숨을 끊었다.

• • •

트럭 운전사가 킬고어 트라우트의 책을 읽은 것은 엄청난 우연이었다. 트라우트는 그전까지 자기 독자를 한 번도 만나본 적이 없었는데, 독자를 만난 지금 그는 흥미로운 반응을 보였다. 자신이 그 책의 저자라는 사실을 인정하지 않은 것이다.

• • •

운전사는 그 지역의 모든 우편함에 똑같은 성이 쓰여 있다는 사실을 지적했다.

"저기 또 있네요." 다음과 같은 모습의 우편함을 가리키며 그가 말했다.

J. A. 후블러

트럭은 드웨인 후버의 양부모가 살던 고향을 지나고 있었다. 둘은 비행기와 트럭을 만들던 키즐러 자동차회사로 가서 큰돈을 벌 생각으로 제1차세계대전 와중에 웨스트버지니아주에서 미들랜드시티로 이주했었다. 둘은 미들랜드시티에 와서 성을 후블러에서 후버로 개명했는데, 미들랜드시티에는 후블러라는 성을 가진 흑인이 너무 많았기 때문이다.

드웨인 후버의 새아버지는 한때 그에게 이렇게 말한 적이 있다. "정말 당황스러웠지. 이곳의 모든 사람은 후블러를 당연히 깜둥이 이름으로 알았으니 말이야."

15

드웨인 후버는 그날 점심때까지 그럭저럭 잘 보냈다. 그는 이제 하와이 주간도 기억해냈다. 우쿨렐레 등등은 더이상 불가사의한 물건이 아니었다. 그의 자동차 대리점과 신축 홀리데이 인 사이의 보도도 더이상 트램펄린이 아니었다.

그는 에어컨이 달린 푸른색 시승용 폰티액 르망의 크림색 좌석에 올라 라디오를 켠 채 혼자 점심을 먹으러 갔다. 그는 자신의 대리점을 홍보하는 라디오 광고를 몇몇 들었는데, 핵심을 잘 전달하고 있었다. "늘 믿을 수 있는 당신의 드웨인."

비록 아침식사 이후로 그의 정신 건강이 놀랄 만큼 호전되긴 했지만, 이제는 새로운 증상이 발현되고 말았다. 바로 초기 단계의 반향언어증이었다. 드웨인은 방금 들은 말은 전부 큰 소리로 따라 하고 싶어했다.

그래서 라디오에서 "늘 믿을 수 있는 당신의 드웨인"이라는 말이 들리자 그는 마지막 단어를 그대로 따라 했다. "드웨인" 하고 그는 말했다.

라디오에서 토네이도가 발생한 텍사스주라는 말이 들리자 드웨인은 이 단어를 큰 소리로 따라 했다. "텍사스주."

그러고서 그는 인도·파키스탄 분쟁중에 겁탈당한 아내들을 버리고 남편들이 떠난다는 말을 들었다. 라디오에서는 "남편들이 보기에 그 여자들은 불결했습니다"라고 했다.

"불결했습니다." 드웨인은 말했다.

· · ·

드웨인 후버를 위해 일하는 것이 유일한 꿈이던 흑인 전과자 웨인 후블러에 대해 말하자면, 그는 드웨인의 직원들과 숨바꼭질하는 법을 익혔다. 중고차 근처에서 얼쩡거리다 걸려서 사유지에서 나가라는 소리를 듣고 싶지 않았다. 그래서 웨인은 직원이 가까이 다가오면 홀리데이 인 뒤의 쓰레기장으로 슬그머니 가서 자신이 무슨 위생 검시관이라도 되는 양 그곳 쓰레기통에 담긴 먹다 버린 클럽 샌드위치와 텅 빈 살렘 담뱃갑을 심각하게 살폈다.

직원이 떠나면 웨인은 다시 중고차 쪽으로 돌아가서 삶은 계란 같은 눈알을 부릅뜬 채 진짜 드웨인 후버를 찾아다녔다.

물론 진짜 드웨인 후버는 자신이 드웨인이라는 것을 사실상 부정했었다. 그래서 진짜 드웨인이 점심시간에 바깥으로 나왔을 때 말할 상대가 아무도 없던 웨인은 이렇게 혼잣말을 했다. "저 사람은 후버 씨가 아니야. 그래도 분명 후버 씨처럼 생기긴 했네. 후버 씨는 오늘 아프신가봐." 그리고 어쩌고저쩌고.

• • •

드웨인은 크레스트뷰가에 새로 생긴 자신의 버거 셰프 체인점에서 햄버거와 프렌치프라이와 콜라를 먹었는데, 그곳의 맞은편에는 새로운 존 F. 케네디 고등학교를 한창 짓는 중이었다. 존 F. 케네디가 미들랜드시티를 방문한 적이 있었던 건 아니다. 그는 총에 맞아 죽은 미국 대통령이었다. 그 나라의 대통령은 종종 총에 맞아 죽었다. 암살자들은 드웨인을 괴롭힌 것과 똑같은 나쁜 화학물질에 의해 머리가 어떻게 된 사람들이었다.

• • •

머릿속에 나쁜 화학물질을 가지고 있는 문제에 관한 한 드웨인은 분명 혼자가 아니었다. 역사를 통틀어 그와 같은 문제를 지닌 사람은 수도 없이 많았다. 이를테면 그가 태어난 이후만 봐도 독일이라 불린 나라의 사람들은 한동안 나쁜 화학물질로 머릿속이 가득차서 사람을 수백만 명씩 죽일 수 있는 공장을 지었다. 그 사람들은 기차로 운송되었다.

독일인의 머릿속이 나쁜 화학물질로 가득찼을 때 그들의 국기는 이런 모양이었다.

그들이 건강을 되찾았을 때 그들의 국기는 이런 모양이었다.

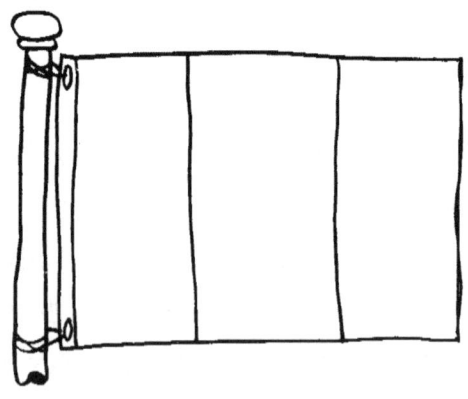

건강을 되찾은 후 그들이 만든 값싸고 오래가는 자동차는 전 세계적으로 인기를 끌었는데, 특히 젊은이 사이에서 인기가 좋았다. 그것은 이런 모양이었다.

사람들은 그것을 '딱정벌레'라고 불렀다. 진짜 딱정벌레는 이런 모양이었다.

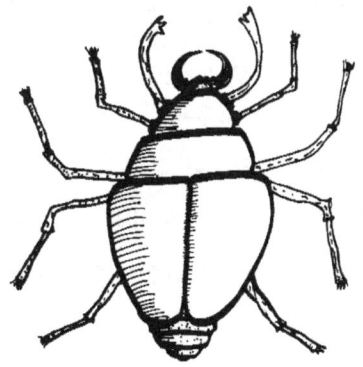

기계 딱정벌레를 만든 것은 독일인이었다. 진짜 딱정벌레를 만든 것은 우주의 창조자였다.

∙ ∙ ∙

버거 셰프에서 드웨인의 주문을 받아준 웨이트리스는 패티 킨이라는 이름의 열일곱 살짜리 백인 소녀였다. 그녀의 머리카락은 노란색이었다. 그녀의 눈은 푸른색이었다. 그녀는 포유동물치고 아주 나이든 상태였다. 대부분의 포유동물은 열일곱 살이 될 무렵에는 노망이 나거나 죽었다. 하지만 패티는 아주 천천히 자라는 종류의 포유동물이었고, 그래서 그녀가 끌고 다니는 몸은 이제야 성숙해 있었다.

그녀는 아버지가 결장암으로 죽어가다가 결국 전신에 암이 퍼지는 과정에서 쌓여버린 엄청난 진찰료와 입원료를 갚기 위해 일하는 새로운 성인이었다.

이것은 누구나 각자의 비용을 스스로 부담해야 하는 나라에서 일어난 일이었고, 사람이 할 수 있는 가장 값비싼 일은 바로 병에 걸리는 것이었다. 패티 킨의 아버지 병원비는 드웨인이 하와이 주간이 끝나고 부담할 하와이 여행 비용의 열 배였다.

∙ ∙ ∙

드웨인은 그렇게 어린 여자에게는 성적으로 끌리지 않았음

186

에도 패티 킨의 새로움은 높이 평가했다. 그녀는 아직 라디오도 틀어보지 않은 새 자동차 같았고, 드웨인은 자기 아버지가 취했을 때 가끔 부르던 짤막한 노래를 떠올렸다. 이런 노래였다.

장미는 붉어,
이제 꺾을 때가 되었네.
너는 열여섯,
이제 고등학교에 들어갈 때가 되었네.

패티 긴은 일부러 멍청하게 굴었는데, _그것은_ 미늘랜드시티의 여자들 대부분도 마찬가지였다. 여자들은 커다란 동물이었기에 다들 커다란 정신을 소유하고 있었지만 다음과 같은 이유로 그 정신을 사용하지는 않았다. 특이한 생각은 적을 만들 수 있고, 나름의 안락함과 안전함을 얻으려면 여자들은 최대한 많은 친구를 사귀어야 했던 것이다.

그리하여 생존을 도모하기 위해 그들은 스스로를 생각하는 기계 대신 동의하는 기계로 훈련했다. 그들의 정신은 다른 사람이 무슨 생각을 하는지 알아내는 일밖에 하지 않았고, 그러고서 그들은 그 생각을 따라 했다.

．．．

　패티는 드웨인이 누구인지 알았다. 드웨인은 패티가 누구인지 몰랐다. 패티는 그의 주문을 받고 음식을 날라다 주면서 가슴이 빠르게 뛰었다―드웨인은 그가 가진 돈과 힘으로 그녀의 아주 많은 문제를 해결해줄 수 있기 때문이었다. 그는 그녀에게 좋은 집과 새 자동차와 좋은 옷과 여유로운 삶을 줄 수 있었고, 또한 병원비도 모두 갚아줄 수 있었다―그녀가 그에게 햄버거와 프렌치프라이와 콜라를 날라주듯 쉽게 말이다.

　드웨인은 원하기만 하면 요정이 신데렐라를 도와준 것처럼 그녀를 도와줄 수 있었고, 패티는 그런 마력을 지닌 사람에게 그렇게 가까이 다가간 적이 한 번도 없었다. 그녀는 초자연적 존재 앞에 있었다. 그리고 그녀는 미들랜드시티와 자신에 대해 충분히 알고 있었기에, 다시는 이런 초자연적 존재에게 이렇게 가까이 다가갈 일이 없으리라는 사실을 인지했다.

　패티 킨은 드웨인이 그녀의 골칫거리들과 꿈을 향해 마술 지팡이를 흔드는 모습을 상상했다. 마술 지팡이는 다음과 같은 모양이었다.

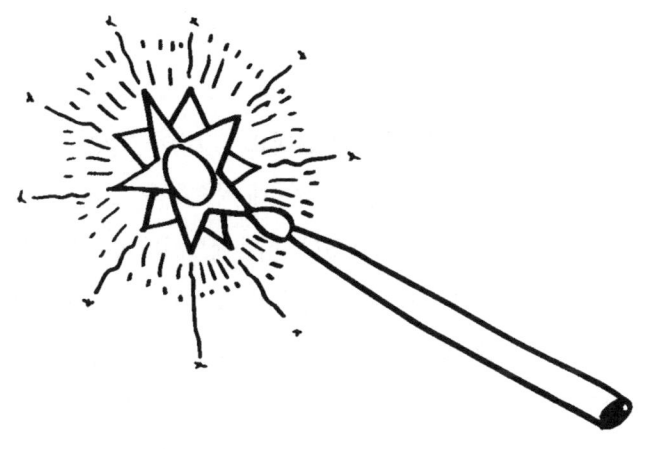

그녀는 자신에게도 그런 초자연적 도움이 가능한지 알아보기 위해 용감하게 입을 열었다. 그녀는 그런 도움 없이도 기꺼이 살아갈 생각이었고, 그런 도움 없이도 살아가도록 교육받았다―평생 열심히 일하고, 그에 훨씬 못 미치는 대가를 받고, 가난하고 힘없고 빚진 다른 사람들과 어울릴 작정이었다. 그녀는 드웨인에게 이렇게 말했다.

"후버 씨, 갑자기 알은척해서 죄송합니다. 하지만 광고마다 사진이 실려 있어서 누구신지 모를 수가 없었어요. 게다가―여기서 일하는 사람들이 전부 선생님이 누구인지 제게 말해줬거든요. 들어오셨을 때 다들 계속 웅성거렸어요."

"웅성거렸어요." 드웨인이 말했다. 이번에도 그의 반향언어증 때문이었다.

. . .

　"제가 단어를 잘못 고른 것 같네요." 그녀가 말했다. 그녀는 자신의 언어 사용에 대해 사과하는 데 익숙했다. 그녀는 학교에서 최대한 그렇게 하라고 배웠다. 미들랜드시티에 사는 대부분의 백인은 말할 때 자신감이 없었고, 그래서 부끄러운 실수를 최소화하기 위해 짧은 문장과 단순한 말을 사용했다. 드웨인은 확실히 그렇게 말했다. 패티도 확실히 그렇게 말했다.

　이는 그들이 제1차세계대전 이전의 영국 귀족처럼 영어를 구사하지 못할 때마다 영어 선생님이 눈을 움찔하고 귀를 막으며 낙제 점수를 주었기 때문이다. 또한 그들은 『아이반호』처럼 오래전 아주 먼 곳에 살았던 사람들에 대한 이해할 수 없는 소설이나 시나 희곡을 사랑하거나 이해하지 못하면 그들의 언어를 말하거나 쓸 자격이 없다는 말을 듣기도 했다.

. . .

　흑인들은 이런 현실을 참고 견디지 않았다. 그들은 영어를 계속 자기 마음대로 사용했다. 이해할 수 없는 책은 읽기를 거부했다―그것을 이해할 수 없다는 이유로. 그들은 "대체 내가 뭐 땜에 『두 도시 이야기』 따위를 읽어야 하는 거지? 대체 뭐 땜에?" 같은 무례한 질문을 던지곤 했다.

• • •

　패티 킨은 학기중에 강철 갑옷을 입은 남자들과 그들을 사랑한 여자들에 대한 이야기인『아이반호』를 읽고 감상해야 하는 영어 과목에서 낙제했다. 그래서 그녀는 보충 독서 수업을 받으며 중국인에 대한 이야기인『대지』를 읽어야 했다.

　바로 그 학기에 그녀는 순결을 잃었다. 그녀는 지역 고등학교 농구 플레이오프가 끝난 후 카운티박람회장의 배니스터 기념 종합경기장 바깥의 주차장에서 돈 브리드러브라는 이름의 백인 기스변환장치 설치기사에게 강산낭했다. 그녀는 그 사건을 경찰에 신고하지 않았다. 당시 그녀의 아버지가 죽어가고 있었기 때문에 그녀는 그 사건을 누구에게도 말하지 않았다.

　골칫거리는 이미 충분했으니까.

• • •

　배니스터 기념 종합경기장이라는 이름은 1924년 고등학교 풋볼 경기 도중에 죽은 열일곱 살짜리 소년 조지 히크먼 배니스터를 기리며 지은 것이었다. 조지 히크먼 배니스터의 묘비는 갈보리 묘지에서 가장 큰 것으로, 62피트짜리 오벨리스크의 꼭대기에는 대리석 풋볼공이 올려져 있었다.

　대리석 풋볼공은 다음과 같은 모양이었다.

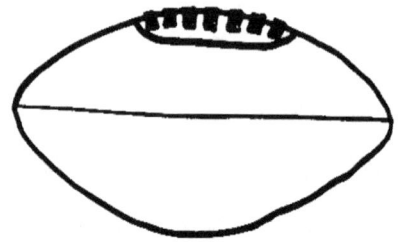

풋볼은 전쟁놀이였다. 서로 다른 두 팀이 가죽과 천과 플라스틱으로 만든 갑옷을 걸치고 공을 차지하기 위해 싸움을 벌였다.

조지 히크먼 배니스터는 추수감사절에 공을 잡으려 애쓰다 죽었다. 추수감사절은 그 나라의 모든 사람이 우주의 창조자에게 주로 음식과 관련해 감사를 표하는 명절이었다.

• • •

조지 히크먼 배니스터의 오벨리스크는 시민들의 모금으로 세워졌고, 상공회의소는 2달러가 모금될 때마다 1달러를 부담했다. 그 오벨리스크는 여러 해 동안 미들랜드시티에서 가장 높은 구조물이었다. 그보다 높은 구조물을 세우는 것을 불법으로 규정하는 시 조례가 통과됐고, 그것은 조지 히크먼 배니스터법으로 불렸다.

그 조례는 나중에 송신탑 설치를 허가하기 위해 폐기되었다.

· · ·

슈거크리크에 새로운 밀드러드 배리 기념 아트 센터가 세워지기 전까지 시내에서 가장 컸던 두 개의 기념물은 조지 히크먼 배니스터를 절대 잊지 않기 위해 지은 것으로 추정된다. 하지만 드웨인 후버가 킬고어 트라우트를 만났을 무렵에는 그를 생각하는 사람이 더이상 없었다. 사실 그가 죽었을 때도 젊다는 사실 외에는 그에 대해 별로 생각할 게 없긴 했다.

게다가 이제 시내에는 그의 친척도 없었다. 전화번호부에는 영화괸인 배니스터 밀고는 그 어떤 배니스터도 남아 있지 않았다. 사실 새로운 전화번호부가 나오면 배니스터극장도 전화번호부에서 사라질 운명이었다. 배니스터극장이 있던 자리에는 할인 가구점이 들어서 있었다.

조지 히크먼 배니스터의 아버지와 어머니와 누이 루시는 묘비와 종합경기장이 완공되기 전에 시내를 떠났고, 헌정식에 초대하려고 해도 어디에 사는지 알아낼 수가 없었다.

· · ·

그 나라는 사람들이 늘 야단을 떨며 돌아다니는 아주 분주한 곳이었다. 가끔 누군가가 걸음을 멈추고 기념물을 세웠다.

온 나라에 기념물이 가득했다. 하지만 조지 히크먼 배니스터의 경우처럼 일반인 출신의 사람이 자신을 위한 기념물을 하나도 아니고 두 개나 가진다는 것은 분명 특이한 일이었다.

하지만 엄밀히 따지면 특별히 그를 위해 세워진 것은 묘비뿐이었다. 종합경기장은 어차피 세워졌을 것이다. 종합경기장 건설 비용은 조지 히크먼 배니스터가 인생의 한창때에 목숨을 잃기 이 년 전에 이미 책정되어 있었다. 그의 이름을 따서 종합경기장을 명명하는 데 추가로 든 비용은 한 푼도 없었다.

• • •

조지 히크먼 배니스터가 영면에 든 갈보리 묘지의 이름은 수천 마일 떨어진 곳에 있는 예루살렘의 한 언덕을 기리기 위해 지어진 것이었다. 많은 사람이 우주의 창조자의 아들이 수천 년 전에 그 언덕에서 죽임을 당했다고 믿었다.

드웨인 후버는 그 말을 믿어야 할지 말아야 할지 알 수 없었다. 그것은 패티 킨도 마찬가지였다.

• • •

그리고 지금 둘이 걱정하는 문제는 분명 그게 아니었다. 둘에게는 다른 중요한 문제가 있었다. 드웨인은 자신의 반향언어증 증상이 얼마나 오래 지속될지 궁금해하고 있었고, 패티 킨은 자신의 새로움과 귀여움과 외향적인 성격이 드웨인처럼 다정하고 조금은 섹시한 중년의 폰티액 딜러에게 얼마나 큰 가치가 있을지 알아내야만 했다.

"어쨌든," 그녀가 말했다. "방문해주셔서 저희로서는 정말 영광이고, 이 말도 사실 잘못 고른 말이지만 그래도 제 말뜻을 이해해주시길 바라요."

"바라요." 드웨인이 말했다.

"음식은 괜찮아요?" 그녀가 말했다.

"괜찮아요." 드웨인이 말했다.

"다른 손님들이 먹는 것과 똑같은 거예요." 그녀가 말했다. "특별히 해드린 건 없네요. 원래 이렇게 나가고 있어요."

"있어요." 드웨인이 말했다.

• • •

드웨인이 무슨 말을 했는지는 별로 중요하지 않았다. 그것은 지난 수년 동안 별로 중요하지 않았다. 돈이나 구조물이나 여행이나 기계—혹은 다른 측정할 수 있는 것들—에 대해 이야기할 때를 제외하면 미들랜드시티에 사는 대부분의 사람이 무슨 말을 입 밖으로 내는지는 별로 중요하지 않았다. 모두에게는 분명히 규정된 자신만의 역할이 있었다—흑인으로서, 자퇴한 여고생으로서, 폰티액 딜러로서, 산부인과의사로서, 가스변환점화기 설치기사로서. 만일 누군가가 나쁜 화학물질 등의 이유로 기대에 부응하지 못하는 삶을 살게 되더라도 다른 모든 이는 그가 어쨌거나 기대에 부응하며 살고 있다고 계속 상상했다.

미들랜드시티에 사는 사람들이 자기 동료의 정신이상을 늦게 감지하는 것은 주로 그 때문이었다. 그들은 하루 만에 크게 변하는 사람은 없다고 고집스레 상상했다. 그들의 상상력은 끔찍한 진실이라는 덜커덩거리는 기계에 달린 플라이휠*이었다.

• • •

드웨인이 버거 셰프와 패티 킨을 떠날 때, 그가 시승용 차를 타고 떠날 때, 패티 킨은 자신의 젊은 육체와 용기와 쾌활함으로 그를 행복하게 해줄 수 있다는 확신이 들었다. 그녀는 그의 얼굴에 생긴 주름살, 그의 아내가 드라노를 마셨다는 사실, 그의 개가 꼬리를 흔들지 못해 늘 싸워야 한다는 사실, 그의 아들이 동성애자라는 사실에 울고 싶었다. 그녀는 드웨인에 대한 그 모든 것을 알고 있었다. 모두가 드웨인에 대한 그 사실들을 알고 있었다.

그녀는 드웨인 후버의 소유인 WMCY 라디오 방송국 송신탑을 바라보았다. 그것은 미들랜드시티에서 가장 높은 구조물이었다. 그것은 조지 히크먼 배니스터의 묘비보다 여덟 배나 높았

---

* 회전하는 물체의 회전 속도를 고르게 하기 위해 회전축에 단 바퀴.

다. 그것의 꼭대기에는 붉은빛이 빛나고 있었다―비행기가 가까이 오지 못하게 하기 위한 등이었다.

그녀는 드웨인 소유의 모든 새 차와 중고차에 대해 생각했다.

· · ·

덧붙여 말하자면 그때 지구의 과학자들은 패티 킨이 서 있는 대륙에 대해 대단히 흥미로운 사실을 발견했다. 그 대륙은 약 40마일 두께의 판 위에 올라타 있었고, 그 판은 용해된 물질 위를 부유하고 있었다. 그리고 다른 대륙들은 전부 자신만의 판을 지니고 있었나. 하나의 판이 다른 판과 충돌하면 산이 만들어졌다.

· · ·

이를테면 웨스트버지니아주의 산들은 거대한 아프리카대륙 덩어리가 북아메리카대륙에 충돌해 솟아난 것이었다. 그리고 그 주의 석탄은 충돌 때 파묻힌 숲에서 형성된 것이었다.

패티 킨은 그 중대한 뉴스를 아직 듣지 못한 상태였다. 드웨인도 마찬가지였다. 킬고어 트라우트도 마찬가지였다. 나는 고작 그저께 이 사실을 알게 되었다. 나는 잡지를 읽고 있었고 텔레비전도 틀어둔 상태였다. 과학자 한 무리가 텔레비전에 출연해 부유하고 충돌하고 서로 마찰하는 판에 대한 이론은 단지 이론에 그치는 게 아니라고 말하고 있었다. 그들은 이제 이 사실을 입증할 수 있으며, 그에 따르면 일본과 샌프란시스코 같은 곳은 끔찍한 위험에 처해 있다고 했다. 가장 격렬한 충돌과 마찰이 진행되고 있는 곳이었기 때문이다.

그들은 빙하기가 계속해서 찾아올 거라는 말도 했다. 지질학적으로 말하면 몇 마일 두께의 빙하가 창문 블라인드처럼 내려갔다 올라가길 반복할 것이었다.

• • •

덧붙여 말하자면 드웨인 후버는 특별히 커다란 성기를 가지고 있으면서도 그 사실을 전혀 몰랐다. 그와 관계를 가졌던 소수의 여자들은 그의 성기가 평균 크기인지 아닌지 알 정도로 경험이 있지 않았다. 충혈된 성기의 세계 평균 길이는 5와 8분의 7인치였고, 세계 평균 지름은 1과 2분의 1인치였다. 드웨인의 성기는 충혈됐을 때의 길이가 7인치였고 지름은 2와 8분의 1인치였다.

드웨인의 아들 버니는 정확히 평균의 성기를 가지고 있었다.

킬고어 트라우트의 성기는 길이가 7인치였지만 지름은 1과 4분의 1인치에 불과했다.

1인치는 다음과 같은 정도의 길이다.

드웨인의 세일즈 매니저인 해리 르세이버의 성기는 길이가 5인치에 지름이 2와 8분의 1인치였다.

나이지리아에서 온 흑인 의사인 시프리언 우퀜데의 성기는 길이가 6과 8분의 7인치에 지름이 1과 4분의 3인치였다.

패티 킨을 상간한 가스변환장치 설치기사 돈 브리드러브의 성기는 길이가 5와 8분의 7인치에 지름이 1과 8분의 7인치였다.

• • •

패티 킨의 엉덩이둘레는 34인치, 허리둘레는 26인치, 가슴둘레는 34인치였다.

드웨인의 죽은 아내가 결혼했을 당시의 엉덩이둘레는 36인치, 허리둘레는 28인치, 가슴둘레는 38인치였다. 그녀가 드라노를 마셨을 당시의 엉덩이둘레는 39인치, 허리둘레는 31인치, 가슴둘레는 38인치였다.

그의 정부이자 비서인 프랜신 페프코의 엉덩이둘레는 37인치, 허리둘레는 30인치, 가슴둘레는 39인치였다.

그의 새어머니가 죽었을 당시의 그녀의 엉덩이둘레는 34인치, 허리둘레는 24인치, 가슴둘레는 33인치였다.

• • •

그리하여 드웨인은 버거 셰프에서 새 고등학교 공사 현장으로 갔다. 그는 서둘러 자신의 자동차 대리점으로 돌아갈 필요가 없었고, 반향언어증이 발병한 지금으로서는 특히 더 그랬다. 프랜신은 드웨인이 아무 조언을 주지 않아도 매장을 혼자서 완벽히 운영할 수 있었다. 그는 그녀를 잘 훈련시켰다.

그리하여 그는 약간의 흙을 발로 차서 지하실 구덩이에 밀어 넣었다. 그는 구덩이 안에 침을 뱉었다. 그는 진흙에 발을 디뎠다. 그의 오른쪽 신발이 진흙에 빠져 벗겨졌다. 그는 양손으로 신발을 빼내서 닦았다. 그러고는 오래된 사과나무에 몸을 기댄 채 다시 신발을 신었다. 드웨인이 어렸을 때 그곳은 모두 농지였다. 그곳에는 예전에 사과 과수원이 있었다.

• • •

드웨인은 패티 킨에 대해 완전히 잊어버렸지만, 그녀는 분명 그를 잊지 않았다. 그녀는 그날 밤 용기를 내어 그에게 전화를 걸 것이었지만, 전화를 받을 드웨인은 집에 없을 것이었다. 그 때쯤 그는 카운티병원에서 벽면에 패드를 댄 방에 있게 될 것이었다.

드웨인은 공사 현장 지면을 고르고 지하실 구덩이를 파낸 거대한 토목 기계 쪽으로 천천히 걸어가 그것을 감탄하며 바라보았다. 그 기계는 이제 진흙을 덕지덕지 붙인 채 놓고 있었다. 드웨인은 한 백인 일꾼에게 그 기계가 몇 마력인지 물어봤다. 일꾼은 전부 백인이었다.

일꾼은 이렇게 말했다. "몇 마력인지는 모르겠지만 우리가 저걸 뭐라고 부르는지는 알죠."

"뭐라고 부르는데요?" 반향언어증이 진정되고 있는 것을 알고 안도한 드웨인이 말했나.

"우리는 저걸 백 명의 깜둥이 기계라고 부릅니다." 일꾼이 말했다. 그것은 미들랜드시티에서 흑인이 땅 파는 노역 대부분을 하던 시절을 두고 한 말이었다.

• • •

미국에서 가장 큰 인간의 성기는 길이가 14인치에 지름이 2와 2분의 1인치였다.

세계에서 가장 큰 인간의 성기는 길이가 16과 8분의 7인치에 지름이 2와 4분의 1인치였다.

바다 포유동물인 흰긴수염고래의 성기는 길이가 96인치에 지름이 14인치였다.

· · ·

드웨인 후버는 고무로 만든 성기 확장기에 대한 우편물 광고를 받은 적이 있었다. 광고에 따르면 그것을 진짜 성기 끝에 씌워서 성기를 더 크게 만들어 아내나 애인을 황홀하게 해줄 수 있었다. 또한, 외로울 때 사용할 수 있는 실물 크기의 고무 음부도 함께 권했다.

· · ·

오후 두시 무렵에 다시 일터로 돌아간 드웨인은 모두를 피했다—반향언어증 때문이었다. 그는 자신의 안쪽 사무실로 들어가 책상 서랍을 뒤지며 읽을거리나 생각할 거리를 찾았다. 그는 우연히 성기 확장기와 외로움을 달래주는 고무 음부에 대한 광고용 책자를 발견했다. 두 달 전에 받은 것이었다. 그는 그것을 아직 버리지 않고 있었다.

그 책자에는 킬고어 트라우트가 뉴욕에서 본 것과 비슷한 영화의 광고도 실려 있었다. 거기에는 영화의 스틸컷도 실려 있었는데, 이는 드웨인의 뇌에 있는 성적 흥분 중추에 신경 자극을 일으켜 그의 척추에 있는 발기 중추를 반응하게 했다.

발기 중추는 그의 성기의 등 정맥을 수축시켜 피가 원활히 들어오긴 하지만 나가진 못하게 만들었다. 그것은 또한 그의 성기의 미세동맥을 이완시켜 성기의 주된 구성물인 해면조직을 가득 채워 성기를 단단하고 딱딱하게 만들었다—구멍을 막은 정원용 호스처럼 말이다.

그리하여 드웨인은 고작 11피트 떨어진 곳에 있던 프랜신 페프코에게 전화를 걸었다. "프랜신—?" 그가 말했다.

"네?" 그녀가 말했다.

드웨인은 자신의 반향언어증을 간신히 참아냈다. "이전에 한 번도 부탁하지 않았던 무언가를 부탁하려고 해. 들어준다고 약속해줘."

"약속할게요." 그녀가 말했다.

"지금 당장 나와 함께 여기서 나가자." 그가 말했다. "그리고 나와 함께 셰퍼즈타운에 있는 퀄리티모텔에 가줬으면 좋겠어."

• • •

프랜신 페프코는 드웨인과 함께 기꺼이 퀄리티모텔에 갈 용의가 있었다. 그녀는 가는 게 자신의 의무라고 생각했다—특히 드웨인이 그렇게나 우울하고 심란해 보였으니 말이다. 하지만 그녀는 드웨인 후버의 11번 출구 폰티액 빌리지의 신경중추를 맡고 있었으므로 그날 오후 동안 그렇게 쉽게 자리를 비울 수 없었다.

"원할 때마다 당장 같이 가줄 정신 나간 십대 소녀를 찾아보시는 게 어떨까요." 프랜신이 드웨인에게 말했다.

"나는 정신 나간 십대 소녀를 원하지 않아." 드웨인이 말했다. "나는 당신을 원해."

"그렇다면 인내심을 좀 발휘하셔야겠어요." 프랜신이 말했다. 그녀는 서비스 부서로 돌아가서 그곳의 백인 출납원인 글로리아 브라우닝에게 잠시 자리를 좀 맡아달라고 간청했다.

글로리아는 그러길 원치 않았다. 그녀는 고작 한 달 전에 스물다섯의 나이에 자궁절제술을 받았다―파이어니어 빌리지 주립공원 입구 맞은편, 53번 도로의 그린 카운티에 위치한 라마다 인에서 엉터리 낙태 수술을 받은 후에.

여기에는 조금 놀라운 우연이 있었다. 낙태된 태아의 아버지는 배니스터 기념 종합경기장의 주차장에서 패티 킨을 강간한 백인 가스변환장치 설치기사 돈 브리드러브였다.

이 남자에게는 아내와 세 아이가 있었다.

• • •

프랜신의 책상 위쪽 벽에는 작년 신축 홀리데이 인에서 열린 자동차 대리점 크리스마스 파티 때 사람들이 장난으로 건네준 포스터가 붙어 있었다.

그것은 그녀가 맡은 위치에 대한 진실을 분명히 보여줬다. 그것은 다음과 같은 모양이었다.

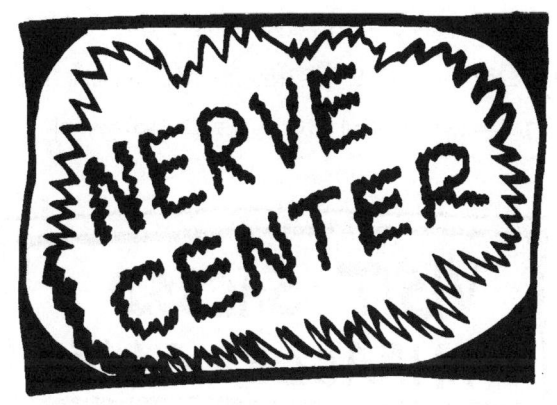

신경중추

글로리아는 신경nerve중추를 담당하고 싶지 않다고 말했다. "저는 그 무엇도 담당하고 싶지 않아요." 그녀는 말했다.

• • •

하지만 그럼에도 불구하고 글로리아는 프랜신의 자리를 맡아 줬다. "저는 자살할 용기nerve도 없는 사람이에요." 그녀가 말했다. "그러니 누가 무슨 일을 시키든 그냥 하는 편이 낫겠네요— 인류에 봉사한다는 생각으로."

• • •

드웨인과 프랜신은 둘의 애정 행각이 남의 관심을 끌지 않 도록 각자의 차를 타고 셰퍼즈타운으로 향했다. 드웨인은 이번에도 시승용 차를 탔다. 프랜신은 자신의 빨간색 GTO를 탔다. GTO는 그란 투리스모 오몰로가토Gran Turismo Omologato의 약자였다. 그녀는 차의 범퍼에 이런 스티커를 붙여놓았다.

세이크리드 미러클 동굴을 방문하세요

그녀가 자신의 차에 그 스티커를 붙인 것은 분명 충성스러운 행동이었다. 그녀는 늘 그런 충성스러운 행동을 했고 자신의 남자를, 드웨인을 늘 응원했다.

그리고 드웨인은 사소하게나마 그녀에게 보답하려 애썼다. 이를테면 그는 최근에 성교에 대한 기사와 책을 읽었다. 그 나라에는 성의 혁명이 일어나고 있었고, 여자들은 남자들이 성교 도중에 자기 생각만 하지 말고 여자들의 쾌감에도 더 관심을 기울이길 요구하고 있었다. 그들은 말하길 자신들의 쾌감의 열쇠가 되는 것은 클리토리스라고 했고, 과학자들도 그들의 말을 지지해줬다. 그것은 아주 작은 돌기 같은 실린더로, 남자들이 자신들의 훨씬 더 큰 실린더를 꽂는 여자들의 구멍 바로 위에 있었다.

남자들이 클리토리스에 더 많은 관심을 기울여야 한다고들 했고, 드웨인은 프랜신의 클리토리스에 훨씬 더 많은 관심을 기울였다. 그 관심이 너무 과하다고 프랜신이 말할 만큼 말이다. 딱히 놀랍지는 않았다. 그가 클리토리스에 대해 읽은 자료에 따르면 그것은 위험한 일이었다―남자가 클리토리스에 너무 많은 관심을 기울이는 것.

그래서 그날 차를 몰고 퀄리티모텔로 향하며 드웨인은 자신이 프랜신의 클리토리스에 딱 적당한 만큼의 관심을 기울이게 되길 바랐다.

• • •

킬고어 트라우트는 한때 사랑 행위에 있어서 클리토리스의 중요성에 대한 짧은 소설을 쓴 적이 있다. 그것은 음란한 책으로 돈을 벌 수 있을 거라는 그의 두번째 아내 달린의 제안에 대한 응답이었다. 그녀는 주인공이 여자를 정말 잘 이해해서 누구든 유혹할 수 있는 사람이어야 한다고 말했다. 그래서 트라우트는 「지미 밸런타인의 아들」을 썼다.

킬고어 트라우트가 내 책에 등장하는 유명한 가상의 인물인 것처럼 지미 밸런타인은 다른 작가의 책에 등장하는 유명한 가상의 인물이었다. 다른 작가가 쓴 책에 등장하는 지미 밸런타인은 손가락 끝을 사포로 갈아서 극히 예민하게 만들었다. 그는 금고털이였다. 그는 워낙 섬세한 감각의 소유자여서 자물쇠의 회전판이 돌아가는 느낌만으로 세상의 모든 금고를 열 수 있었다.

킬고어 트라우트는 지미 밸런타인의 아들인 랠스턴 밸런타인을 만들어냈다. 랠스턴 밸런타인 또한 자신의 손가락 끝을 사포로 갈았다. 하지만 그는 금고털이가 아니었다. 랠스턴은 여자들이 바라는 대로 그들을 만져주는 데 몹시 능해서 수만 명의 여자들이 자발적으로 그의 노예가 되었다. 트라우트의 소설에서 그들은 랠스턴 때문에 남편이나 연인을 버렸고 랠스턴은 여자들이 투표한 덕분에 미국의 대통령이 되었다.

• • •

드웨인과 프랜신은 모텔에서 사랑을 나누었다. 그러고서 둘은 한동안 침대에 머물렀다. 그것은 물침대였다. 프랜신은 아름다운 몸을 가지고 있었다. 드웨인도 마찬가지였다. "우리가 오후에 사랑을 나눈 건 이번이 처음이에요." 프랜신이 말했다.

"나는 너무 긴장해 있었어." 드웨인이 말했다.

"알아요." 프랜신이 말했어. "이제 좀 괜찮나요?"

"응." 그는 등을 대고 누워 있었다. 그의 발목은 서로 겹쳐 있었다. 그의 양손은 머리 뒤에 포개져 있었다. 그의 거대한 음경은 그의 넓적다리에 살라미처럼 가로놓여 있었다. 그것은 이제 잠들어 있었다.

"당신을 정말 사랑해요." 프랜신이 말했다. 그녀는 자신의 말을 정정했다. "그 말은 하지 않기로 약속했지만 저는 그 약속을 늘 깨뜨릴 수밖에 없네요." 사정은 이러했다. 드웨인은 둘 중 누구도 사랑에 대해 절대 언급하지 말자고 그녀와 조약을 맺었었다. 드웨인의 아내가 드라노를 마시고 죽은 후로 드웨인은 사랑에 대한 말을 다시는 듣고 싶지 않았다. 그 주제는 너무 고통스러웠다.

드웨인은 코를 킁킁거렸다. 성교 후에 킁킁거리는 것으로 의사소통하는 것은 그의 습관이었다. 킁킁거림은 온갖 부드러운 의미를 지니고 있었다. "괜찮아……" "다 잊어버려……" "누가 당신을 욕할 수 있겠어?" 그리고 어쩌고저쩌고.

"최후의 심판 날에 내가 살면서 무슨 나쁜 짓을 했느냐고 물어보면," 프랜신이 말했다. "저는 이렇게 말할 거예요. '음—제가 사랑하던 남자에게 한 약속이 있었는데 저는 그 약속을 늘 깨뜨렸어요. 저는 그이에게 절대로 사랑한다는 말을 하지 않겠다고 약속했었죠.'"

일주일에 버는 실소득이 고작 96달러 11센트인 이 관대하고 육감적인 여자는 월남전으로 남편 로버트 페프코를 잃었다. 그는 직업군인이었다. 그의 성기는 길이가 6과 2분의 1인치에 지름이 1과 8분의 7인치였다.

그는 젊은이들을 전쟁에 쓸 살인광으로 만드는 육군사관학교인 웨스트포인트 졸업생이었다.

• • •

프랜신은 로버트를 따라 웨스트포인트에서 포트브래그의 공수부대 훈련소로 갔고, 그러고는 로버트가 군인을 위한 백화점인 피엑스를 운영한 남한으로 갔고, 그러고는 로버트가 군대에서 부담한 비용으로 인류학 석사학위를 받은 펜실베이니아대학으로 갔고, 그러고는 다시 로버트가 삼 년 동안 사회학과 조교수로 근무한 웨스트포인트로 갔다.

그러고서 프랜신은 로버트를 따라 미들랜드시티로 갔고, 그곳에서 로버트는 새로운 종류의 부비트랩 제조를 감독했다. 부비트랩은 쉽게 숨길 수 있는 폭발물로, 어떤 식으로든 우연히 만지작거리면 폭발했다. 신종 부비트랩의 장점 중 하나는 개가 냄새를 맡을 수 없다는 것이었다. 그 당시 여러 군대에서는 부비트랩을 냄새로 찾아낼 수 있게 개를 훈련시키고 있었다.

• • •

로버트와 프랜신이 미들랜드시티에 있었을 때는 주변에 다른 군인들이 없었기 때문에 처음으로 민간인 친구를 사귈 수 있었다. 그리고 프랜신은 남편의 벌이에 보탬이 되고 시간도 때우기 위해 드웨인 후버 아래서 일하게 되었다.

그러다가 로버트는 베트남으로 보내졌다.

그러고서 얼마 안 있어 드웨인의 아내는 드라노를 마셨고 로버트는 비닐 바디백에 담겨 집으로 운송되었다.

• • •

"저는 남자들이 불쌍해요." 퀄리티모텔에서 프랜신이 말했다. 그녀의 말은 진심이었다. "저는 남자가 되고 싶지 않아요— 남자들은 큰 위험을 감수해야 하고 일도 너무 열심히 하니까요." 둘은 모텔의 이층에 있었다. 유리 미닫이문 너머로 바깥의 철제 난간과 콘크리트 테라스 풍경이 보였다—그 뒤로 103번 도로, 그리고 그 너머에 있는 성인 교도소의 벽과 지붕이.

"당신이 지치고 불안해하는 것도 놀라운 일은 아니에요." 프랜신이 말을 이었다. "제가 남자라도 지치고 불안해했을 테니까요. 제 생각에 하느님이 여자를 만든 것은 남자들이 이따금 긴장을 풀고 어린 아기 같은 보살핌을 받을 수 있게 하기 위해서인 것 같아요." 그녀는 이런 역할 분담에 더없이 만족했다.

드웨인은 쿵쿵거렸다. 공기는 라즈베리 향기로 가득했는데, 그것은 모텔에서 사용하는 소독제와 바퀴벌레약 냄새였다.

프랜신은 교도관이 모두 백인이고 죄수는 대부분 흑인인 감옥에 대해 골똘히 생각했다. "그곳을 탈출한 사람이 아무도 없다는 게 사실인가요?" 그녀가 말했다.

"사실이야." 드웨인이 말했다.

• • •

"전기의자가 마지막으로 사용된 게 언제죠?" 프랜신이 말했
다. 그녀는 감옥 지하에 있는 아래와 같은 모양의 기구에 대해
묻고 있었다.

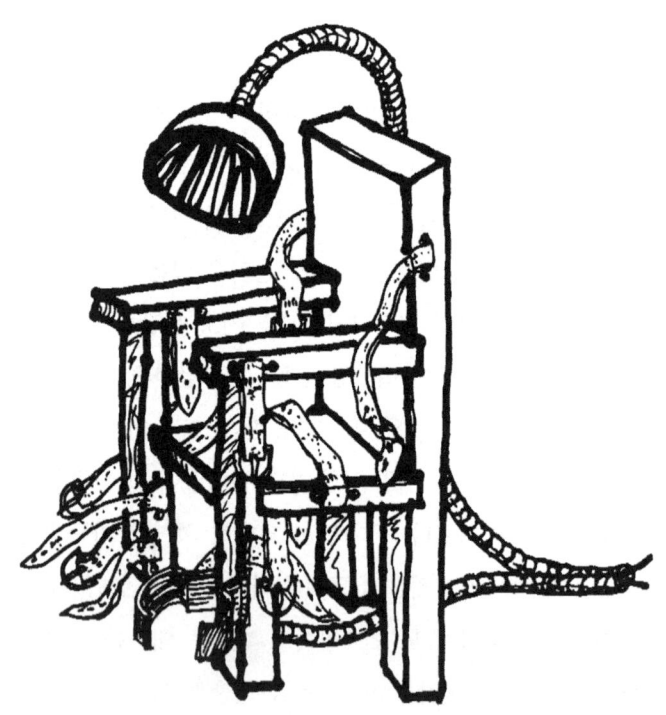

이것의 목적은 몸이 견딜 수 있는 이상의 전류를 통하게 해서 사람을 죽이는 것이었다. 드웨인 후버는 그것을 본 적이 두 번 있었다―한 번은 몇 해 전에 상공회의소 회원 신분으로 감옥 투어를 갔을 때였고, 다른 한 번은 그가 알던 흑인에게 그 기구가 실제로 사용됐을 때였다.

• • •

드웨인은 셰퍼즈타운에서 마지막으로 사형이 집행된 때를 떠올리려 애썼다. 사형은 인기가 없어진 상태였다. 하지만 다시 인기를 얻을지도 모른다는 소심이 나타나고 있었다. 드웨인과 프랜신은 그 나라 전체를 통틀어 집행된 가장 최근의 전기 처형 중에서 뇌리에 박혀 있는 것을 떠올리려 애썼다.

둘은 반역죄로 함께 처형된 남자와 그의 아내를 기억해냈다. 그 부부는 수소폭탄 제조법에 대한 비밀을 다른 나라에 넘겨줬다는 혐의를 받았다.

둘은 함께 처형된 연인이었던 남녀 한 쌍을 기억해냈다. 잘생기고 섹시했던 남자는 못생기고 늙은 부자 여자들을 유혹해서는 자신이 정말로 사랑했던 여자와 함께 돈을 노리고 그 여자들을 죽였다. 그가 정말로 사랑했던 여자는 젊었지만 전통적인 의미에서 확실히 예쁘다고는 할 수 없었다. 그녀는 몸무게가 240파운드였다.

프랜신은 어째서 마르고 잘생긴 젊은 남자가 그렇게 육중한 여자를 사랑할 수 있었을까 하고 궁금한 듯 말했다.

"세상에는 별별 사람이 다 있으니까." 드웨인이 말했다.

• • •

"제가 자꾸 무슨 생각이 드는지 아세요?" 프랜신이 말했다.

드웨인이 킁킁거렸다.

"이곳에 샌더스 대령 켄터키 프라이드치킨 체인점을 열면 정말 좋을 것 같아요."

드웨인의 나른했던 몸은 마치 근육 곳곳에 레몬즙을 한 방울씩 주사하기라도 한 것처럼 수축했다.

문제는 이것이었다. 드웨인은 프랜신이 자신의 돈으로 살 수 있는 것 때문이 아니라 자신의 몸과 영혼을 사랑해주길 바랐다. 그는 프랜신이 프라이드치킨을 판매하는 조직인 샌더스 대령 켄터키 프라이드치킨 체인점을 사달라는 뜻을 은근히 내비친다고 생각했다.

닭은 날지 못하는 새로, 다음과 같은 모양이었다.

    기본적인 발상은 닭을 죽이고 털을 모두 뽑은 다음 머리와 발
을 잘라내고 내장을 파내는 것이었다―그러고는 닭을 조각내
서 튀긴 후 뚜껑이 달린 파라핀 종이 통에 조각을 넣어서 다음
과 같은 모양으로 만드는 것이었다.

• • •

　드웨인을 진정시켜주는 자신의 능력에 큰 자부심을 지니고
있던 프랜신은 이제 그를 다시 긴장하게 만든 데 대해 부끄러
움을 느꼈다. 그는 다리미판처럼 뻣뻣해져 있었다. "원, 세상
에—"그녀가 말했다. "이번에는 또 뭐가 문제죠?"

　"내게 선물을 부탁할 거면," 드웨인이 말했다. "제발 내 부탁
도 좀 들어줘—나랑 사랑을 나눈 직후에 그런 암시는 주지 않았
으면 좋겠어. 사랑을 나누는 일이랑 선물 이야기는 분리하자고.
알겠어?"

"대체 제가 뭘 부탁했다고 그러시는 건지 모르겠네요." 프랜신이 말했다.

드웨인은 꾸민 목소리로 그녀의 말을 잔인하게 흉내냈다. "대체 제가 뭘 부탁했다고 그러시는 건지 모르겠네요." 그가 말했다. 그는 이제 똬리를 튼 방울뱀처럼 기분좋고 편안해 보였다. 그를 그렇게 보이도록 만든 것은 물론 그의 머릿속에 있는 나쁜 화학물질이었다. 진짜 방울뱀은 아래와 같은 모양이었다.

우주의 창조자는 그 뱀의 꼬리에 방울을 달아줬다. 창조자는 또한 그 뱀에게 치명적인 독으로 가득한 피하주사기 같은 앞니도 주었다.

· · ·

가끔 나는 우주의 창조자가 의아할 때가 있다.

· · ·

우주의 창조자가 만들어낸 또다른 생물로는 뒤꽁무니로 공포
탄을 발사하는 멕시코 딱정벌레가 있었다. 녀석은 방귀를 터뜨
려서 그 충격파로 다른 벌레를 기절시킬 수 있었다.

맹세컨대―〈다이너스 클럽 매거진〉에 실린 기이한 동물 기
사에서 읽은 이야기다.

· · ·

프랜신은 방울뱀처럼 보이는 사람과 같이 누워 있지 않으려
고 침대에서 일어났다. 그녀는 아연실색했다. 그녀가 되풀이해
서 할 수 있는 말은 "당신은 내 남자예요. 당신은 내 남자라고
요"가 전부였다. 이 말은 드웨인이 무슨 의견을 내놓든 기꺼이
동의하겠다는, 그를 위해서라면 아무리 어렵거나 역겨운 일이
라도 불사하겠다는, 그가 알아차리지 못하더라도 그를 위한 멋
진 일들을 생각해내겠다는, 만약 필요하다면 그를 위해 목숨도
내놓겠다는 등의 의미였다.

그녀는 정말로 그렇게 살려고 애썼다. 더 좋은 방법이 딱히

띠오르지도 않았다. 그래서 그녀는 드웨인이 계속 고약하게 굴자 무너져내리고 말았다. 그는 모든 여자가 매춘부이고 매춘부마다 요구하는 가격이 있는데, 프랜신은 샌더스 대령 켄터키 프라이드치킨 체인점의 가격, 즉 적당한 주차장과 외부 조명 등을 모두 고려했을 때의 비용인 십만 달러를 훨씬 웃도는 가격을 요구하고 있다고 말했다.

프랜신은 그 체인점을 자신이 운영할 생각은 절대 없었다고, 자신은 드웨인을 위해 그런 말을 한 것이고 자신이 바라는 모든 것은 드웨인을 위한 것이라며 엉엉 울면서 횡설수설했다. 그중 어떤 말은 새내로 들렀다. "감옥에 있는 가족을 면회하러 이곳에 오는 사람들을 떠올려보니 그중 대부분이 흑인이라는 사실을 깨달았고, 흑인들이 프라이드치킨을 얼마나 좋아하는지가 떠올랐을 뿐이에요."

"그래서 내가 깜둥이 식당을 열길 바라는 거야?" 드웨인이 말했다. 그리고 어쩌고저쩌고. 그리하여 이제 프랜신은 드웨인이 얼마나 불쾌한 인간이 될 수 있는지 알게 된 두번째 측근이되는 영예를 누리게 되었다.

"해리 르세이버의 말이 옳았어요." 프랜신이 말했다. 이제 그녀는 손을 펼쳐서 입을 막은 채 모텔 방의 시멘트 블록 벽까지 물러서 있었다. 해리 르세이버는 물론 드웨인의 복장 도착자 세일즈 매니저를 말하는 것이었다. "그는 당신이 변했다고 했어요." 프랜신이 말했다. 그녀는 입을 막은 손가락을 새장 모양으로 만들었다. "아, 세상에나, 드웨인—" 그녀가 말했다. "당신은 변했어요, 변했다고요."

"아마도 변할 때가 된 것 같아!" 드웨인이 말했다. "살면서 이렇게 기분이 좋았던 적이 없어!" 그리고 어쩌고저쩌고.

• • •

그 순간 해리 르세이버도 울고 있었다. 그는 집에 있었다—침대에. 그는 머리에 자줏빛 벨벳 시트를 뒤집어쓰고 있었다. 그는 부유했다. 그는 여러 해 동안 아주 똑똑하고 운좋게 주식시장에 투자해왔다. 이를테면 그는 제록스의 주식이 한 주에 8달러였을 때 100주를 구입했었다. 시간이 흐르자 그가 가진 주식은 그저 안전 금고의 완전한 어둠과 침묵 속에 놓여 있는 것만으로도 그 가치가 백 배로 불어났다.

이런 식의 돈과 관련된 마법이 정말 많이 벌어지고 있었다. 마치 어떤 푸른 요정이 죽어가는 행성의 그 지역을 훨훨 날아다니며 몇몇 증서나 채권이나 증권을 향해 마술 지팡이를 흔들어대는 것만 같았다.

• • •

해리의 아내 그레이스는 침대에서 약간 떨어진 곳에 있는 긴

의자에 몸을 뻗고 누워 있었다. 그녀는 황새의 다리뼈로 만든 긴 물부리에 작은 시가를 끼워서 피우고 있었다. 황새는 버뮤다 흰꼬리수리의 반쯤 되는 크기의 커다란 유럽 새였다. 아기가 어디서 오는지 궁금해하는 아이들은 가끔 그 대답으로 황새가 아기를 가져온다는 말을 들었다. 아이에게 그런 말을 하는 사람들은 활짝 벌어진 비버 같은 것을 똑똑하게 이해하기에는 아이들이 너무 어리다고 느꼈다.

출생 신고서와 만화 등에는 아이들이 볼 수 있도록 아기를 배달하는 황새 그림이 실제로 그려져 있었다. 전형적인 그림은 아래와 같을 것이다.

드웨인 후버와 해리 르세이버는 아주 어렸을 때 그런 그림들을 보았다. 둘 역시 그 이야기를 믿었다.

• • •

그레이스 르세이버는 자신의 남편이 잃었다고 느끼는 드웨인 후버의 호감에 대해 경멸감을 표했다. "빌어먹을 드웨인 후버." 그녀는 말했다. "빌어먹을 미들랜드시티. 망할 놈의 제록스 주식을 팔아버리고 마우이섬에 콘도나 하나 사자." 마우이섬은 하와이제도에 있는 섬이었다. 그곳은 천국으로 널리 알려져 있었다.

"내 말 좀 들어봐." 그레이스가 말했다. "내 생각에 미들랜드시티에서 성생활이라고 할 만한 걸 그나마 하는 백인은 우리뿐인 것 같아. 당신은 비정상이 아니야. 드웨인 후버가 비정상이라고! 그가 한 달에 오르가슴을 몇 번이나 느낀다고 생각해?"

"모르겠어." 눅눅한 텐트 안에서 해리가 말했다.

드웨인이 결혼생활의 마지막 몇 년을 포함해서 지난 십 년 동안 한 달에 느낀 평균 오르가슴 횟수는 2와 4분의 1회였다. 그레이스의 추측은 그것에 근접했다. "1.5번이야." 그녀가 말했다. 같은 기간 동안 그녀가 느낀 오르가슴 횟수는 평균 87회였다. 그녀 남편은 평균 36번이었다. 그는 최근 몇 년간 기력이 떨어져 갔는데, 그것은 그가 최근 전전긍긍한 여러 이유 중 하나였다.

그레이스는 이제 드웨인의 결혼생활에 대해 큰 소리로 경멸

222

스럽게 말했다. "그자는 섹스를 너무 두려워했어." 그녀가 말했다. "그자는 섹스에 대해 한 번도 들어본 적 없는 여자와 결혼했어. 만일 섹스가 뭔지 정말 듣기라도 하면 자신을 망가뜨릴 게 뻔한 여자와." 그리고 어쩌고저쩌고. "결국 그녀는 그렇게 하고 말았지."

· · ·

"순록이 당신 말을 듣는 거 아닐까?" 해리가 말했다.

"빌어먹을 순록." 그레이스가 말했다. 그러고는 이렇게 덧붙였다. "아니, 순록은 내 말을 들을 수 없어." 순록은 멀리 부엌에 있던 흑인 하녀를 일컫는 둘의 암호였다. 그것은 둘이 일반적으로 흑인을 부를 때 쓰는 암호였다. 둘은 그 암호 덕분에 엿들을지도 모르는 흑인의 감정을 상하게 하지 않고서도 그 도시의 커다란 문제인 흑인 문제에 대해 말할 수 있었다.

"순록은 잠자고 있어 ─ 아니면 〈블랙 팬서* 다이제스트〉를 읽고 있거나." 그녀가 말했다.

· · ·

순록 문제란 본질적으로 이런 것이었다. 백인들은 이제 딱히

---

* 1960~1970년대 미국의 흑인 과격파 단체인 '흑표범당'의 당원을 가리킨다.

흑인의 필요성을 느끼지 못했다―흑인에게 중고차와 마약과 가구를 파는 갱단을 제외하면. 그럼에도 순록은 번식을 계속했다. 이 쓸모없고 커다란 검은 동물들이 사방에 널려 있었고, 그중 많은 이들은 성격이 아주 나빴다. 그들에게는 도둑질하지 않아도 되도록 매달 적은 양의 돈이 지급됐다. 그들에게 아주 싼 마약을 공급해주자는 이야기도 있었다―계속 무기력하고 쾌활하고 번식에 무관심한 상태에 있도록.

미들랜드시티경찰서와 미들랜드 카운티 경찰국은 주로 백인으로 구성되어 있었다. 그들은 곧 다가올 순록 사냥 허가 기간을 위해 기관단총과 12구경 자동 산탄총을 거치대에 잔뜩 준비해뒀다.

"내 말 좀 들어봐―진심으로 하는 말이니까." 그레이스가 해리에게 말했다. "이곳은 우주의 똥구멍이야. 마우이섬의 콘도로 가서 이제 좀 제대로 살아보자."

그래서 둘은 그렇게 했다.

• • •

한편 드웨인의 머릿속에 있는 나쁜 화학물질은 프랜신에 대한 태도를 고약한 상태에서 가련한 의존 상태로 바꾸어놓았다. 그는 그녀가 샌더스 대령 켄터키 프라이드치킨 체인점을 원한다고 생각한 것에 대해 사과했다. 그는 그녀의 지칠 줄 모르는 이타주의를 전적으로 믿어줬다. 그는 그저 잠시만 자신을 안아 달라고 그녀에게 간청했고, 그녀는 그렇게 해줬다.

"너무 혼란스러워." 그가 말했다.

"다들 마찬가지예요." 그녀가 말했다. 그녀는 그의 머리를 가슴으로 살짝 안아줬다.

"누군가와 이야기를 해야겠어." 드웨인이 말했다.

"원하면 엄마랑 하세요." 프랜신이 말했다. 프랜신이 말하는 엄마란 바로 자신이었다.

"대체 인생이 뭔지 말해줘." 드웨인이 그녀의 향긋한 가슴에 대고 애원했다.

"그건 오직 하느님만 알죠." 프랜신이 말했다.

• • •

드웨인은 잠시 조용히 있었다. 그러고는 그의 아내가 드라노를 마신 지 겨우 석 달 후에 미시간주 폰티액에 있는 제너럴모터스의 폰티액 분과 본사에 갔던 일에 대해 머뭇거리며 털어놓았다.

"우리는 모든 연구시설을 둘러보았지." 그가 말했다. 가장 인상적이었던 것은 자동차의 다양한 부품이나 심지어 자동차 전체가 파괴되는 일련의 실험실과 야외 실험 지역이었다고 드웨인은 말했다. 폰티액의 과학자들은 좌석 시트에 불을 붙이고,

앞유리에 자갈을 던지고, 크랭크축과 구동축을 딱 하고 부러뜨리고, 정면충돌을 일으키고, 변속기어의 레버를 뿌리째 뜯어내고, 윤활유가 거의 없는 상태로 엔진을 고속으로 돌리고, 앞좌석 수납함을 며칠 동안 일 분에 백 번씩 열었다 닫았다 하고, 계기판 시계를 절대영도 가까이 냉각시키는 등의 일을 했다.

"차에 해서는 안 되는 모든 짓을 차에다 하더라고." 드웨인이 프랜신에게 말했다. "그 고문들이 행해지던 건물 현관의 표시를 나는 절대 잊지 못할 거야." 드웨인이 프랜신에게 설명한 표시는 이러했다.

파괴 시험

"나는 그 표시를 보았어." 드웨인이 말했다. "그러고는 그게 하느님이 나를 지구에 태어나게 한 이유가 아닐까 하고 생각할 수밖에 없었지—인간이 망가지지 않고 얼마나 버틸 수 있는지 알아내려고 말이야."

• • •

"나는 길을 잃었어." 드웨인이 말했다. "내 손을 잡고 숲에서 데리고 나가줄 누군가가 필요해."

"당신은 지쳤어요." 그녀가 말했다. "왜 아니겠어요? 당신은 너무 열심히 일해요. 저는 남자들이 가엾어요, 너무 열심히 일하니까요. 잠깐 잘래요?"

"잠은 못 자겠어." 드웨인이 말했다. "답을 얻기 전까지는."

"병원에 가볼래요?" 프랜신이 말했다.

"의사가 하는 말 같은 건 듣고 싶지 않아." 드웨인이 말했다. "나는 완전히 새로운 누군가와 이야기를 나누고 싶어, 프랜신." 그는 이렇게 말하고는 그녀의 부드러운 팔 안쪽으로 손가락을 찔러넣었다. "나는 새로운 사람이 해주는 새로운 이야기를 듣고 싶어. 미들랜드시티에 사는 모든 사람이 지금까지 했고 앞으로 할 모든 이야기를 다 들었어. 새로운 사람이어야만 해."

"이를테면 누구요?" 프랜신이 말했다.

"나도 모르겠어." 드웨인이 말했다. "어쩌면 화성에서 온 누군가."

"우리가 다른 도시로 가볼 수도 있어요." 프랜신이 말했다.

"거기도 다 여기랑 마찬가지야. 다 똑같다고." 드웨인이 말했다.

프랜신은 좋은 생각을 떠올렸다. "이곳에 오는 그 화가들이랑 작가들이랑 작곡가들은 어때요?" 그녀가 말했다. "그런 사람들 이랑은 한 번도 이야기해본 적 없잖아요. 어쩌면 그들 중 한 명과 이야기를 나눠보는 게 좋겠어요. 그들은 다른 사람과 생각하는 게 다르니까요."

"다른 건 다 시도해봤어." 드웨인이 말했다. 그의 얼굴이 환해졌다. 그는 고개를 끄덕였다. "당신 말이 맞아! 페스티벌은 삶에 대해 완전히 새로운 관점을 갖게 해줄 거야!" 그가 말했다.

"그게 페스티벌이 존재하는 이유잖아요." 프랜신이 말했다. "그걸 이용하세요!"

"그럴 거야." 드웨인이 말했다. 그것은 끔찍한 실수였다.

• • •

한편 히치하이크를 해서 계속 서쪽으로, 서쪽으로 가고 있던 킬고어 트라우트는 이제 포드 갤럭시를 타고 있었다. 갤럭시를 운전하는 사람은 트럭에 짐을 실을 때 트럭의 뒤꽁무니를 감싸는 기구를 판매하는 출장 판매원이었다. 그 기구는 고무를 입힌

228

캔버스로 만든 접이식 터널이었고, 실제로 사용될 때의 모습은
다음과 같았다.

그것은 건물 안에서 트럭으로 짐을 옮기거나 트럭에서 짐을
내리는 사람들이 여름에는 시원한 공기를, 겨울에는 따뜻한 공
기를 외부에 빼앗기지 않고 작업할 수 있도록 만들어진 장치
였다.

갤럭시를 운전하는 사람은 철사와 케이블과 밧줄을 감는 커
다란 릴도 팔았다. 소화기도 팔았다. 그는 자신이 제조사 대표
라고 설명했다. 그는 직속 판매원을 고용할 여유가 없는 제조사
들의 상품을 대표한다는 점에서 스스로가 사장이나 마찬가지
였다.

"근무시간도 제가 정하고, 파는 상품도 제가 고르죠. 상품이

저를 파는 게 아니에요." 그가 말했다. 그의 이름은 앤디 리버였다. 그는 서른두 살이었다. 그는 백인이었다. 그는 그 나라의 아주 많은 사람이 그러하듯 심한 과체중이었다. 그는 누가 봐도 행복한 사람이었다. 그는 미치광이처럼 차를 몰았다. 갤럭시는 이제 시속 92마일로 달리고 있었다. "저는 미국에 남은 몇 안 되는 자유인 중 한 명입니다." 그가 말했다.

그의 성기는 지름이 1인치에 길이가 7과 2분의 1인치였다. 지난해 동안 그가 한 달에 느낀 오르가슴 횟수는 평균 22회였다. 이는 전국 평균을 훨씬 웃도는 수치였다. 그의 수입과 생명보험증권 만기액도 평균을 훨씬 웃돌았다.

• • •

트라우트는 언젠가 '잘 지내?'라는 제목의 소설을 쓴 적이 있는데, 그것은 이런저런 것들의 전국 평균에 대한 작품이었다. 다른 행성의 한 광고대행사에서 지구에서의 땅콩버터에 해당하는 물건에 대한 광고를 성공적으로 펼쳤다. 각 광고에서 눈길을 끄는 부분은 어떤 종류의 평균치—그 특정 행성에서의 평균 자녀 수, 남성 성기의 평균 크기—길이는 2인치, 안지름은 3인치, 바깥지름은 4와 4분의 1인치—등등에 대한 설명이었다. 그 광고들은 독자가 이런저런 면에서 자신이 대다수보다 우월한지 열등한지를 알아내도록 만들었다—그 광고를 어떤 면에서 봐야 하는지와 상관없이.

　이어서 그 광고는 우월한 사람과 열등한 사람 모두 이런저런 브랜드의 땅콩버터를 먹는다고 말했다. 실제로 그 행성에서는 그것이 땅콩버터가 아니었지만. 그것은 샤즈버터였다.

　그리고 어쩌고저쩌고.

16

그리고 킬고어 트라우트의 책에서 땅콩버터를 먹는 지구인들은 샤즈버터를 먹는 그 행성 사람들을 정복할 준비를 하고 있었다. 그 무렵 지구인들은 웨스트버지니아주와 동남아시아만 파괴한 게 아니었다. 그들은 모든 걸 파괴했다. 그리하여 그들은 또다시 개척할 준비가 되어 있었다.

그들은 전자 장비로 염탐해가며 샤즈버터를 먹는 사람들을 연구했고, 순순히 개척되기엔 그 행성 사람들은 수가 너무 많고 자부심이 강하며 기지가 뛰어나다는 결론을 내렸다.

그래서 지구인들은 샤즈버터의 광고를 담당하는 광고대행사에 잠입해서 광고 속 통계자료를 엉터리로 조작했다. 그들은 모든 것의 평균치를 아주 높게 조작해서 그 행성에 사는 모두가 모든 면에서 열등감을 느끼게 만들어버렸다.

그러고서 지구인들의 무상 우주선이 들어와 그 행성을 발견했다. 고작 시늉에 불과한 저항만 이곳저곳에서 벌어졌는데, 그곳 사람들은 자신들이 평균 이하의 존재라고 느꼈기 때문이다. 그러고는 개척이 시작되었다.

· · ·

트라우트는 그 행복한 제조사 대표에게 갤럭시를 모는 기분이 어떠냐고 물었는데, 그것은 그 차의 이름이었다. 운전사는 그 말을 듣지 못했고, 트라우트는 더이상 말하지 않았다. 그것은 얼간이 같은 밀장난이었는데, 그러니까 트라우트는 그 차를 모는 게 어떤 기분인지와, 지름이 십만 광년에 두께가 일만 광년인 은하계와 비슷한 무언가를 조종하는 게 어떤 기분인지 동시에 물은 것이었다. 은하계는 이억 년에 한 번 회전했다. 은하계에는 약 천억 개의 별이 있었다.

그러고서 트라우트는 갤럭시 안에 있는 평범한 소화기에 아래와 같은 브랜드명이 쓰여 있는 것을 보았다.

엑셀시오르

트라우트가 알기로 그 단어는 더 높이를 뜻하는 사어였다. 그것은 또한 어느 유명한 시*에 등장하는 가상의 등산가가 위쪽의 눈보라 속으로 사라지며 계속 외치던 말이기도 했다. 그리고 그것은 또한 포장용 상자 안의 깨지기 쉬운 물건을 보호하는 데 사용되는 대팻밥의 상표명이기도 했다.

"왜 소화기 이름을 엑셀시오르라고 지었을까요?" 트라우트가 운전사에게 물었다.

운전사는 어깨를 으쓱했다. "그 소리가 좋았나보죠."

• • •

트라우트는 빠른 속도 때문에 희미하게 지워진 시골 지역을 내다보았다. 그는 이런 표지판을 보았다.

세이크리드 미러클 동굴을 방문하세요 162마일

그리하여 그는 드웨인 후버에게 정말로 가까워지고 있었다. 그리고 우주의 창조자나 다른 어떤 초자연적 힘이 그를 만남에 대비시키기라도 하듯 트라우트는 자신의 책『이제는 말할 수 있다』를 휙휙 넘겨보고 싶은 충동을 느꼈다. 그것은 곧 드웨인을 살인광으로 바꾸어놓을 책이었다.

그 책의 전제는 이러했다. 삶은 우주의 창조자가 하는 실험으로, 창조자는 자신이 우주에 내놓을 새로운 피조물을 시험해보고 싶어했다. 그것은 스스로 결심할 능력을 지닌 피조물이었다. 다른 모든 피조물은 완전히 프로그래밍된 로봇이었다.

그 책은 우주의 창조자가 실험 대상으로서의 피조물에게 보내는 긴 편지 형식으로 되어 있었다. 창조자는 피조물을 자랑스러워하며 그가 견뎌야 했던 모든 불편함에 대해 사과했다. 창조자는 그를 위해 뉴욕시의 월도프 애스토리아 호텔 엠파이어룸에 마련한 연회에 그를 초대했고, 그곳에서는 새미 데이비스 주니어라는 이름의 흑인 로봇이 춤추고 노래했다.

• • •

그리고 이 실험용 피조물은 연회가 끝난 후에 죽임을 당하지 않았다. 대신 그는 미개척 행성으로 옮겨졌다. 그가 의식을 잃

---

* 미국의 시인 헨리 워즈워스 롱펠로의 「엑셀시오르」를 가리킨다.

은 동안 그의 손바닥의 살아 있는 세포가 얇게 썰렸다. 그 수술은 전혀 아프지 않았다.

그러고서 세포들은 미개척 행성의 걸쭉한 바다에 뒤섞였다. 그것들은 영겁의 시간이 지남에 따라 훨씬 더 복잡한 생물 형태로 진화할 것이었다. 어떤 모습을 띠든 그것들은 자유의지를 지닐 터였다.

트라우트는 실험용 피조물에게 고유한 명칭을 부여하지 않았다. 단순히 남자라고만 불렀다.

미개척 행성에서 남자는 아담이었고 바다는 이브였다.

• • •

남자는 종종 바닷가를 한가로이 거닐었다. 때로 그는 자신의 이브 속을 헤치며 걸었다. 때로 그는 이브 속에서 헤엄쳤지만 개운하게 수영하기엔 그녀는 너무 걸쭉했다. 그녀는 아담을 졸리고 끈적하게 만들었고, 그래서 그는 수영을 하고 나면 방금 산에서 뛰어내린 얼음같이 찬 개울에 뛰어들곤 했다.

그는 얼음처럼 찬물에 뛰어들며 비명을 질렀고, 숨을 쉬러 수면으로 올라오며 또다시 비명을 질렀다. 그의 정강이에서는 피가 흘렀고, 그는 물 밖으로 나오기 위해 바위를 기어오르며 그것을 보고는 웃음을 터뜨렸다.

그는 숨을 헐떡이고는 좀더 웃었고, 소리를 지를 만한 놀라운 사실을 떠올렸다. 창조자는 그가 무슨 소리를 지를지 절대 알지 못했는데, 왜냐하면 그에 대한 통제력을 지니고 있지 않았기 때문이다. 남자는 자신이 다음에 무엇을 할지 스스로 결정해야 했다—그리고 왜 할지도. 이를테면 어느 날 물에 몸을 살짝 담근 후 남자는 이렇게 외쳤다. "치즈!"

또다른 날에는 이렇게 외치기도 했다. "솔직히 말해서 차라리 뷰익을 몰고 싶지 않으세요?"

• • •

그 미개척 행성에 사는 유일하게 큰 또다른 동물은 가끔 남자를 방문하던 천사뿐이었다. 그는 우주의 창조자가 보낸 전령이자 조사관이었다. 그는 8백 파운드짜리 수컷 시나몬 흑곰의 형태를 취했다. 킬고어 트라우트에 따르면 그 역시 로봇이었고 창조자도 마찬가지였다.

그 곰은 남자가 왜 그런 짓을 했는지 알고 싶어했다. 이를테면 그는 "왜 당신은 '치즈'라고 외쳤나요?" 하고 묻곤 했다.

그러면 남자는 "왜냐면 그러고 싶었으니까, 이 바보 같은 기계야" 하고 조롱하듯 그에게 말하곤 했다.

• • •

킬고어 트라우트의 책 끝에 등장하는 미개척 행성에서 남자의 묘비는 이런 모양이었다.

심지어 우주의 창조자조차도 남자가 다음에 무슨 말을 할지 알지 못했다
어쩌면 남자는 어렸을 때 더 나은 우주였는지도 모른다
편히 잠들길

17

드웨인의 동성애자 아들인 버니 후버는 이제 출근하려고 옷을 입고 있었다. 그는 신축 홀리데이 인의 칵테일라운지에서 일하는 피아노 연주자였다. 그는 가난했다. 그는 한때 유행의 선두에 있던 옛 페어차일드호텔의 욕실도 없는 방에 혼자 살았다. 그곳은 이제 싸구려 여인숙이었다—미들랜드시티에서 가장 위험한 지역에 위치한.

머지않아 버니 후버는 드웨인에게 심각한 부상을 입고 킬고어 트라우트와 같은 구급차에 타게 될 것이었다.

• • •

버니는 창백했고, 세이크리드 미러클 동굴의 깊은 곳에 살던 눈먼 물고기처럼 안색이 건강하지 못했다. 그 물고기는 멸종했다. 그것들은 몇 해 전, 모두 배를 뒤집은 채 떠올라 동굴에서 오하이오강으로 흘러갔다―그리고 결국은 배를 뒤집은 채 정오의 태양 아래에서 뻥 하고 터졌다.

버니도 햇빛을 피했다. 그리고 미들랜드시티의 수돗물은 나날이 더 유독해지고 있었다. 그는 음식을 아주 조금만 먹었다. 먹을 음식은 자신의 방에서 직접 준비했다. 그가 먹는 것은 채소와 과일이 전부였고, 그것도 생으로 우적우적 씹어먹었기 때문에 준비 과정은 간단했다.

그는 죽은 고기만 없이 지낸 게 아니었다―그는 살아 있는 고기, 즉 친구나 연인이나 반려동물도 없이 지냈다. 그도 한때는 무척 인기 있었다. 프레리사관학교 재학 당시에는 학생들이 만장일치로 그를 최고 학년에서 올라갈 수 있는 가장 높은 지위인 사관생도 대령으로 선출하기도 했다.

• • •

홀리데이 인에서 피아노를 연주할 때 버니는 아주 많은 비밀을 품고 있었다. 그중 하나는 이것이었다. 그는 사실 거기 없었다. 그는 초월 명상법을 통해 칵테일라운지에서, 그리고 그 행성 자체에서 자신을 사라지게 할 수 있었다. 그는 한때 전 세계 강연 투어중에 미들랜드시티를 방문했던 마하리시 마헤시 요기로부터 이 기술을 배웠다.

마하리시 마헤시 요기는 새 손수건 한 장, 과일 하나, 꽃다발, 35달러를 받은 대가로 버니에게 눈을 감은 채 듣기 좋은 헛소리를 몇 번이고 계속해서 중얼거리는 법을 가르쳐줬다. "아이—이이이이임, 아이—이이이이임, 아이—이이이이임." 버니는 이제 호텔방의 침대 끝에 앉아서 그렇게 중얼거렸다. "아이—이이이이임, 아이—이이이이임." 그는 혼잣말을 했다—속으로. 읊조리는 리듬은 그의 심장이 두 번 뛸 동안 한 음절을 발음하는 식으로 이뤄졌다. 그는 눈을 감았다. 그는 마음속 심연을 헤엄치는 스킨다이버가 되었다. 그 심연은 좀처럼 사용되지 않는 것이었나.

그의 심장이 느려졌다. 그의 호흡은 거의 멈췄다. 심연에서 한 단어가 떠다녔다. 그것은 더 활발히 움직이는 마음의 다른 부분에서 어떻게든 빠져나온 것이었다. 그것은 그 무엇과도 연결되어 있지 않았다. 그것은 스카프 같은 반투명 물고기처럼 게으르게 떠다녔다. 그 단어는 마음을 어지럽히지 않았다. 그 단어는 바로 이것이었다. '블루.' 버니 후버가 보기에 그것은 다음과 같은 모양이었다.

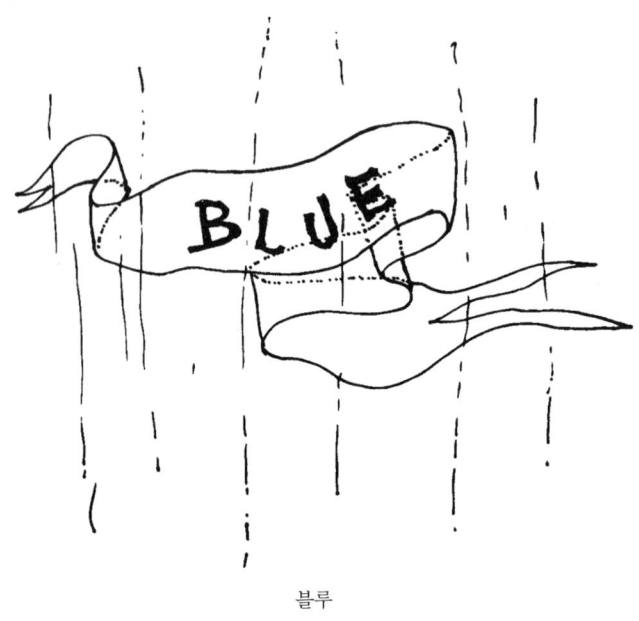

블루

그러고는 또다른 사랑스러운 스카프가 헤엄쳐갔다. 그것은
다음과 같은 모양이었다.

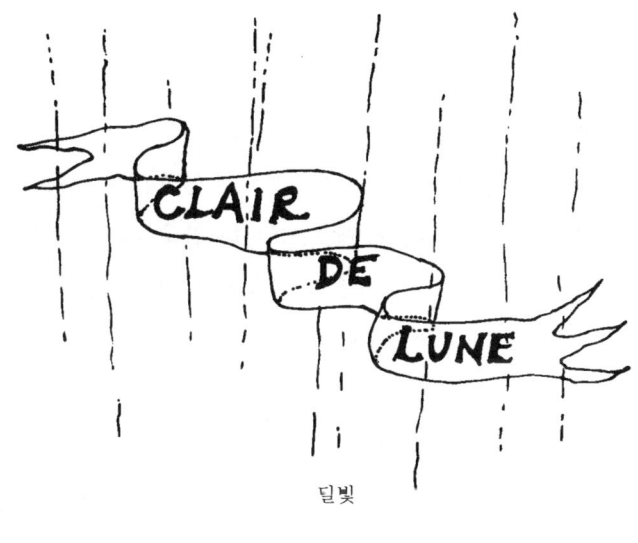

달빛

. . .

십오분 후 버니의 의식은 저절로 수면 위로 떠올랐다. 버니는
생기를 되찾았다. 그는 침대에서 일어나 아주 오래전에 사관생도
대령으로 선출됐을 때 어머니가 준 군용 빗으로 머리를 빗었다.

. . .

버니는 고작 열 살 때 살인과 완전히 재미없는 복종에 헌신하
는 단체인 사관학교에 보내졌다. 그 이유는 이러했다. 그는 남
자들이 잔인하고 추할 때가 너무 많으니 차라리 자기가 여자였
으면 좋겠다고 드웨인에게 말했던 것이다.

· · ·

　들어보라. 버니 후버는 팔 년 동안 끊임없이 이어질 스포츠와 비역질과 파시즘을 위해 프레리사관학교에 입학했다. 비역질이란 자신의 성기를 다른 누군가의 항문이나 입에 쑤셔넣거나 다른 누군가가 자신에게 그런 짓을 하게 만드는 것이었다. 파시즘은 어느 철학자가 주창한 꽤 인기 있는 정치철학으로, 그가 속한 나라와 민족을 성스럽게 만드는 이론이었다. 그것은 독재자가 이끄는 전제적이고 중앙집권적인 정부를 필요로 했다. 독재자가 누군가에게 무언가를 시키면 그게 무엇이 됐든 무조건 지켜져야 했다.

　그리고 버니는 휴가를 받아 집에 올 때마다 새 메달을 가져오곤 했다. 그는 펜싱, 복싱, 레슬링, 수영을 할 수 있었고, 라이플총과 권총 사격, 총검술, 승마, 관목 사이로 포복하기, 남에게 보이지 않고 훔쳐보기도 할 수 있었다.

　그는 자신의 메달을 자랑하곤 했고, 그의 어머니는 자신이 나날이 더 불행해지고 있다고 아버지가 듣지 못하는 곳에서 그에게 말하곤 했다. 그녀는 드웨인이 괴물이라는 암시를 주곤 했다. 그것은 사실이 아니었다. 그것은 다 그녀의 상상이었다.

　그녀는 드웨인이 왜 그토록 불쾌한 존재인지 버니에게 말하기 시작하다가 늘 갑자기 말을 멈춰버리곤 했다. "너는 이런 이야기를 듣기에는 너무 어려." 어머니는 버니가 열여섯 살이었을 때도 이렇게 말하곤 했다. "어차피 너나 다른 누구도 어떻게 해 줄 순 없을 테니까." 그녀는 자기 입술을 열쇠로 잠그는 척하고 버니에게 속삭이곤 했다. "엄마한테는 무덤까지 가져가야 하는 비밀들이 있단다."

물론 버니는 어머니가 드라노를 마시고 쓰러질 때까지 그녀의 가장 큰 비밀을 알아내지 못했다. 그것은 실리아 후버가 빈대만큼이나 미쳐 있었다는 사실이었다.

내 어머니도 마찬가지였다.

• • •

들어보라. 버니의 어머니와 나의 어머니는 다른 종류의 인간이었지만 둘 다 이국적으로 아름다웠고, 둘 다 사랑과 평화와 전쟁과 악과 절망에 대한, 머지않아 다가올 좋은 날들과 머지않아 다가올 나쁜 날들에 대한 혼란스러운 이야기로 들끓었다. 그리고 우리의 어머니는 둘 다 자살했다. 버니의 어머니는 드라노를 마셨다. 내 어머니는 그보다는 덜 끔찍하게도 수면제를 먹었다.

• • •

그리고 버니의 어머니와 내 어머니는 한 가지 기이한 증상을 공통으로 가지고 있었다. 둘 다 사진 찍히는 걸 못 견뎌했다. 둘은 낮에는 괜찮았다. 둘은 늦은 밤이 되기 전까지는 광기를 숨겼다. 하지만 낮이더라도 누군가가 카메라를 들이대기라도 하면 카메라의 피사체가 된 어머니는 무릎을 꿇고 쓰러져 마치 누군가가 자신을 곤봉으로 때려죽이기라도 할 것처럼 두 팔로 머리를 막곤 했다. 그것은 무섭고도 가련한 광경이었다.

· · ·

적어도 버니의 어머니는 그에게 음악 기계인 피아노를 다루는 법은 가르쳐줬다. 적어도 버니 후버의 어머니는 그에게 돈벌이 수단은 가르쳐준 셈이다. 피아노를 잘 다루는 사람은 세상 거의 어디에서든 칵테일라운지에서 연주하는 직업을 얻을 수 있었고, 버니는 피아노를 잘 다루는 사람이었다. 수많은 메달을 따냈음에도 불구하고 그가 받은 군사훈련은 아무 쓸모도 없었다. 군대는 그가 동성애자이며 분명 다른 군인과 사랑에 빠지리라는 걸 알고 있었고, 그런 연애 사건을 용납할 생각이 전혀 없었다.

· · ·

그리하여 버니 후버는 이제 자신의 돈벌이 수단을 실행할 준비를 마쳤다. 그는 검은 터틀넥스웨터 위에 검은 벨벳 야회복 재킷을 걸쳤다. 버니는 하나뿐인 창문으로 바깥의 골목을 내다

보았다. 더 좋은 방에서는 페어차일드공원의 경치가 보였는데, 그 공원은 지난 이 년 동안 56건의 살인 사건이 일어난 곳이었다. 버니의 방은 이층에 있었고, 그래서 그의 방 창문에서는 예전에 키즐러 오페라하우스였던 곳의 텅 빈 벽돌 벽면 일부가 보였다.

　과거 오페라하우스였던 건물의 앞면에는 역사적 표지가 있었다. 그것을 이해할 수 있는 사람은 많지 않았지만, 어쨌든 거기에는 이렇게 쓰여 있었다.

스웨덴의 나이팅게일 제니 린드가
서기 1881년 8월 11월에 여기서 노래했다

그 오페라하우스는 예전에 음악 애호가들의 아마추어 그룹인 미들랜드시티 심포니 오케스트라의 집이나 다름없는 곳이었다. 하지만 1927년에 오페라하우스가 배니스터극장이 되자 그들은 집을 잃고 말았다. 오케스트라는 밀드러드 배리 기념 아트 센터가 건설될 때까지도 계속 집이 없는 상태였다.

그리고 배니스터는 여러 해 동안 도시의 주요한 영화관이었다가, 줄곧 북쪽으로 세력을 확장하던 심각한 우범지역에 결국 집어삼켜지고 말았다. 그래서 내부의 벽감에서는 여전히 셰익스피어와 모차르트 등의 흉상이 아래를 응시하고 있었음에도 그곳은 더이상 영화관이 아니었다.

그곳에는 여전히 무대가 있었지만 이제 작은 식당용 식탁 세트들이 그 무대를 메우고 있었다. 엠파이어 가구회사가 그 부지를 장악했다. 그곳은 갱단들이 지배하고 있었다.

• • •

버니가 사는 동네의 별칭은 스키드 로우였다. 미국의 크고 작은 모든 도시에는 같은 별칭의 동네가 있었다. 스키드 로우. 그곳은 친구나 친척이나 재산이나 쓸모나 야망이 없는 사람들이 가는 곳이었다.

그런 사람들은 다른 동네에서는 혐오스러운 존재로 취급되곤 했고, 경찰들은 그들을 계속 이동하게 하곤 했다. 그들은 장식용 풍선처럼 쉽게 이동했다.

그들은 공기보다 살짝 무거운 가스로 채워진 풍선처럼 여기 저기 떠돌다가 마침내 스키드 로우에 멈춰 서서 그곳의 옛 페어 차일드호텔 주춧돌에 몸을 기대곤 했다.

거기서 그들은 하루종일 졸면서 서로 중얼거릴 수 있었다. 구 걸할 수도 있었다. 술에 취해도 되었다. 기본적인 방침은 이것 이었다. 그들은 그곳에 머물면서 다른 곳의 어느 누구도 괴롭혀 서는 안 되었다—재미를 찾던 이들의 손에 살해당하거나 겨울 에 얼어죽기 전까지는.

· · ·

언젠가 킬고어 트라우트는 부랑자들에게 그들이 어디 있는지 와 그들에게 곧 무슨 일이 일어날지 알려주기로 결심하고서 아래 와 같은 도로 표지판을 세운 도시에 대한 이야기를 쓴 적이 있다.

스키드 로우

버니는 이제 거울 속, 그러니까 구멍 속에 비친 자신을 보며 미소를 지었다.

잠시 자신에게 차렷 자세를 명한 그는 다시 사관학교에서 배운 대로 견딜 수 없이 모자라고 재미없고 무정한 군인이 되었다. 그는 사관학교의 모토, 하루에도 약 백 번씩—새벽에, 식사 시간에, 모든 수업 시작 전에, 시합 전에, 총검술 연습 전에, 해질녘에, 취침 시간에—외치곤 했던 그 모토를 중얼거렸다.

"할 수 있다." 그는 말했다. "할 수 있다."

18

킬고어 트라우트가 승객으로 다고 있는 갤럭시는 이제 미늘랜
드시티 근처의 주간고속도로에 있었다. 차는 기어가고 있었다.
배리트론과 웨스턴일렉트릭과 프레리 상호보험회사에서 퇴근하
는 차량으로 꽉 막힌 도로 위에 갇혀버린 것이다. 트라우트는 읽
던 글에서 고개를 들어 아래와 같이 적힌 광고판을 보았다.

돌아가세요! 방금 세이크리드 미러클 동굴을 지나쳤습니다!

그리하여 세이크리드 미러클 동굴은 과거의 일부가 되었다.

* * *

아주 늙은 노인이 되었을 때 트라우트는 유엔 사무총장인 토르 렘브리그 박사에게 미래를 두려워하느냐는 질문을 받게 될 것이었다. 그는 이렇게 대답할 것이었다.

"사무총장님, 제가 죽을 만큼 두려워하는 건 과거입니다."

* * *

드웨인 후버는 고작 4마일 떨어진 곳에 있었다. 그는 신축 홀리데이 인의 칵테일라운지에서 얼룩말 가죽을 씌운 긴 의자에 혼자 앉아 있었다. 그곳은 어둡고도 조용했다. 퇴근 시간대 주간고속도로의 환한 빛과 소란은 두꺼운 진홍색 벨벳 커튼에 가려져 있었다. 바람 한 점 없었음에도 테이블마다 놓인 양초는 허리케인 램프 안에 들어 있었다.

각 테이블 위에는 기름 없이 볶은 땅콩이 담긴 그릇과 라운지의 분위기와 어울리지 않는 사람을 직원이 돌려보낼 때 쓰는 표시가 놓여 있었다. 거기에는 다음과 같이 쓰여 있었다.

예약석

. . .

버니 후버는 피아노를 다루고 있었다. 아버지가 들어왔을 때 그는 고개를 들지 않았다. 그의 아버지도 아들 쪽을 흘낏도 하지 않았다. 둘은 여러 해 동안 인사를 나누지 않았다.

버니는 계속해서 백인 블루스를 연주했다. 여기저기 변덕스러운 정적이 뒤섞인 느리고 뚱땅거리는 곡들이었다. 버니가 연주하는 블루스는 뮤직박스, 그것도 지친 뮤직박스 같은 느낌을 풍겼다. 뚱땅거리다가 멈추고, 마지못해 무기력하게 조금 더 뚱땅거렸다.

버니의 어머니가 수집하던 것들 중에는 뚱땅거리는 뮤직박스도 있었다.

・・・

　들어보라. 프랜신 페프코는 바로 옆에 있는 드웨인의 자동차 대리점에 있었다. 그녀는 그날 오후에 해야 했던 모든 밀린 일을 처리하는 중이었다. 드웨인은 곧 그녀를 두들겨패게 될 것이었다.

　그리고 그녀가 타자를 치고 파일을 정리하는 동안 그곳에 함께 있던 유일한 사람은 여전히 중고차 사이에 숨어 있던 흑인 가석방자 웨인 후블러뿐이었다. 드웨인은 그도 두들겨패려 할 테지만, 웨인은 주먹을 피하는 데 천재적이었다.

　프랜신은 그 순간 순수한 기계, 고기로 만들어진 기계였다—타자를 치는 기계, 파일을 정리하는 기계.

　반면에 웨인 후블러는 기계처럼 할 수 있는 일이 하나도 없었다. 그는 쓸모있는 기계가 되고 싶어 못 견딜 지경이었다. 중고차들은 밤새 모두 단단히 잠겨 있었다. 때때로 머리 위에서 철사로 고정된 알루미늄 프로펠러들이 게으른 미풍에 돌아가곤했고, 그러면 웨인은 최선을 다해 응답했다. "돌아라," 그는 말했다. "빙글빙글 돌아라."

・・・

　그는 주간고속도로를 지나는 차량의 변화하는 분위기를 음미하며 움직이는 차량과도 일종의 관계를 맺었다. "다들 집으로 돌아가고 있군." 퇴근하는 차들로 도로가 막히자 그는 말했다. "이제 다들 집에 돌아갔군." 어느 정도 시간이 흘러 차량이 적어지자 그가 말했다. 이제 해가 지고 있었다.

"해가 지는군." 웨인 후블러가 말했다. 그는 이제 어디로 가야 할지 전혀 알 수 없었다. 그는 그날 밤 자신이 저체온증으로 죽을지도 모르겠다고 대수롭지 않게 생각했다. 그는 저체온증으로 죽은 사람을 본 적이 없었고, 바깥에 거의 있지 않았기에 저체온증의 위험을 느낀 적도 없었다. 그가 저체온증으로 인한 사망에 대해 아는 것은 감방의 작은 라디오에서 들려오던 종이같이 파삭거리는 목소리가 이따금 저체온증으로 죽은 사람 이야기를 들려줬기 때문이었다.

그는 그 종이같이 파삭거리는 목소리가 그리웠다. 그는 철문이 덜그럭거리는 소리가 그리웠다. 그는 빵과 스튜와 주전자에 담긴 우유와 커피가 그리웠다. 그는 다른 남자의 입과 항문으로 성교하던 것과 다른 남자가 자신의 입과 항문으로 성교하던 것과 자위하던 것이 그리웠다—그리고 교도소 낙농장에서 암소와 성교하던 것을 포함해 그 행성에서 그가 아는 평범한 성생활과 관련된 모든 행위도.

웨인 후블러가 죽으면 세워질 훌륭한 묘비는 다음과 같을 것이다.

혹인 죄수
그는 적응해야 할 모든 상황에 적응했다.

• • •

교도소 낙농장은 교도소와 카운티병원에만 우유와 크림과 버
터와 치즈와 아이스크림을 제공한 것이 아니었다. 바깥세상에
도 제품을 팔았다. 상표에는 교도소에 대한 언급이 없었다. 상
표는 다음과 같았다.

대초원의 여왕

· · ·

웨인은 글을 잘 읽지 못했다. 이를테면 하와이나 하와이안 같
은 단어는 쇼룸 창문이나 중고차 앞유리의 좀더 익숙한 단어
나 상징과 결합한 형태로 보였다. 웨인은 그 불가사의한 단어들

을 음성적으로 해독해보려 했지만 만족스러운 결과는 얻을 수 없었다. "와히—이오." 그는 이렇게 말하곤 했다. "후—히—우—하이." 그리고 어쩌고저쩌고.

· · ·

웨인 후블러는 이제 미소를 지었는데, 행복해서가 아니라 할일이 별로 없으니 치아나 자랑해야겠다고 생각했기 때문이다. 훌륭한 치아였다. 셰퍼즈타운 성인 교도소는 치과 진료 서비스에 자부심이 있었다.

사실 그곳의 치과 서비스는 의학 학술지와 그 죽어가는 행성에서 가장 유명한 잡지였던 〈리더스 다이제스트〉에서도 다룬 적이 있을 정도로 유명했다. 그 서비스의 배경에는 많은 전과자가 외모 때문에 취직을 하지 못하거나 하려 하지 않는다는 것과, 훌륭한 외모는 훌륭한 치아와 함께 시작된다는 이론이 있었다.

사실 그 서비스는 너무나도 유명해서 인접한 주의 경찰까지도 충전재며 부분 의치 등 비싼 돈을 들인 티가 나는 치아를 가진 가난뱅이를 붙잡으면 이렇게 물어볼 정도였다. "그래, 꼬마야—대체 셰퍼즈타운에서 몇 년이나 썩은 거야?"

· · ·

웨인 후블러는 칵테일라운지에서 웨이트리스가 바텐더에게

큰 소리로 외치는 몇몇 주문을 들었다. 웨인은 그녀가 "길비스랑 키니네, 가니시 없어서" 하고 외치는 소리를 들었다. 그는 그게 뭔지 전혀 몰랐다―맨해튼이나 브랜디 알렉산더나 슬로 진 피즈라는 말도. "조니 워커 롭 로이 주세요." 그녀가 외쳤다. "서던 컴퍼트 온더록이랑 울프슈밋 섞은 블러디 메리도요."

알코올과 관련된 웨인의 유일한 경험은 세정액을 마신 것과 구두약을 먹은 것 따위가 전부였다. 그는 알코올을 좋아하지 않았다.

• • •

"블랙앤화이트랑 물 주세요." 그는 웨이트리스가 이렇게 말하는 것을 들었는데, 웨인은 그 말에 귀를 쫑긋 세웠어야 했다. 그 술은 그냥 보통 사람을 위한 술이 아니었다. 그것은 웨인이 지금까지 겪은 모든 고통을 만들어낸 사람, 그를 죽이거나 백만 장자로 만들거나 감옥으로 돌려보내거나 아무튼 그를 마음대로 할 수 있는 사람을 위한 술이었다. 나를 위한 술이었다.

• • •

나는 익명으로 아트 페스티벌에 참가했었다. 내가 창조한 두 인간, 즉 드웨인 후버와 킬고어 트라우트의 대립을 지켜보기 위해서였다. 나는 누군가가 알아보길 원치 않았다. 웨이트리스가 내 테이블에 놓인 허리케인 램프에 불을 붙였다. 나는 손가락으로 촛불을 껐다. 나는 그 전날 밤에 묵었던 오하이오주 애슈터뷸라 외곽의 홀리데이 인에서 선글라스를 하나 구입했다. 나는 이제 어둠 속에서 그 선글라스를 쓰고 있었다. 그것은 이런 모양이었다.

렌즈에는 은이 입혀져 있었고, 내 쪽을 바라보는 사람에게 그 것은 거울이나 마찬가지였다. 내 눈이 어떻게 생겼는지 보고 싶어하는 사람은 자신의 모습 한 쌍과 마주보게 되었다. 칵테일라운지의 다른 사람들에게는 눈이 있었지만, 내게는 또다른 우주를 향한 두 개의 공백이 있었다. 내게는 구멍이 있었다.

• • •

내 테이블에는 종이 성냥이 있었고 그 옆에는 폴몰 담배가 있었다.

종이 성냥에는 다음과 같은 메시지가 적혀 있었는데, 나는 한 시간 반 후에 드웨인이 프랜신 페프코를 흠씬 두들겨패는 동안 그것을 읽었다.

"남는 시간에 친구에게 편안한 최신 스타일의 메이슨 신발을 보여주기만 하면 매주 100달러를 쉽게 벌 수 있습니다. **다들** 편안함을 위해 특별히 설계된 메이슨 신발을 좋아합니다! 자택에서 사업을 운영할 수 있도록 저희가 **무료** 돈벌이 키트를 보내드리겠습니다. 수익성이 있는 주문을 받으시면 보너스로 **공짜** 신발을 얻을 수 있는 방법도 알려드리겠습니다!"

그리고 어쩌고저쩌고.

• • •

"지금 쓰고 있는 책은 아주 나쁜 책이구나." 나는 구멍 뒤의 나 자신에게 말했다.

"나도 알아." 나는 말했다.

"너는 어머니와 똑같은 방식으로 자살하게 될까봐 두려운 거야."

"나도 알아." 나는 말했다.

• • •

그곳 칵테일라운지에서 내가 창조한 세상을 구멍을 통해 응시하며 나는 이 단어를 조용히 속삭였다. 조현병 schizophrenia.

그 단어의 소리와 모양은 여러 해 동안 내 마음을 사로잡았었다. 그것은 내게 조각 비누가 일으키는 엄청난 눈보라 속에서 재채기하고 있는 사람처럼 들리고 그렇게 보였다.

내가 그 병을 앓는 건지는 그때도 확실히 알지 못했고 지금도 알지 못한다. 내가 알았고 아는 사실은 다음과 같다. 나는 당장 중요한 삶의 세부 사항에 관심을 기울이지 않음으로써, 이웃이 믿는 것을 믿기를 거부함으로써 나 자신을 끔찍할 만큼 불편하게 만들고 있었다.

· · ·

나는 이제 나아졌다.

명예를 걸고 말하건대, 나는 이제 나아졌다.

· · ·

하지만 나는 한동안 정말 아팠다. 나는 내가 창조한 칵테일라운지에 앉아서 나의 구멍을 통해 내가 창조한 백인 칵테일 웨이트리스를 응시했다. 나는 그녀의 이름을 보니 맥마흔으로 지었다. 나는 그녀가 드웨인에게 그가 늘 마시는 술인 레몬 껍질을 없앤 하우스 오브 로즈 마티니를 가져다주게 했다. 그녀는 드웨인의 오랜 지인이었다. 그녀의 남편은 성인 교도소 성범죄자 구역의 교도관이었다. 보니는 남편이 셰퍼즈타운의 세차장에 투자했다가 돈을 다 날렸기 때문에 웨이트리스로 일해야 했다.

드웨인은 그 둘에게 그러지 말라고 조언했었다. 드웨인이 그녀와 그녀의 남편 랠프를 알게 된 경위는 이러하다. 그 둘은 지난 십육 년 동안 그에게서 폰티액 아홉 대를 구입했었다.

"우리는 폰티액 가족이에요." 그들은 이렇게 말하곤 했다.

보니는 이제 그에게 마티니를 가져다주면서 농담을 했다. 그녀는 누군가에게 마티니를 가져다줄 때마다 똑같은 농담을 했다. "챔피언들의 아침식사예요."

• • •

'챔피언들의 아침식사'라는 표현은 제너럴 밀스사에서 만든 아침식사용 시리얼 상품의 등록 상표다. 동일한 표현을 이 책의 제목으로 삼긴 했지만 제너럴 밀스사와 제휴를 맺었다거나 그들의 후원을 받았음을 알리려는 의도는 없으며, 그들의 훌륭한 제품을 폄하하려는 의도도 없다.

• • •

아트 페스티벌에 참가하는 저명한 방문객들은 모두 홀리데이 인에 묵고 있었고, 드웨인은 그들 중 몇몇이 칵테일라운지에 오기를 바라고 있었다. 가능하면 그들과 이야기를 나누며 그가 한 번도 들어보지 못한 인생의 진리를 그들은 알고 있는지 알아내고 싶었다. 그는 새로운 진리가 자신에게 이런 것을 해주길 바랐다. 지금 겪고 있는 문제들을 비웃게 해주고, 계속 살아가게 해주고, 미들랜드 카운티 종합병원의 북쪽에 있는 정신병동에 들어가지 않게 해주길 바랐다.

예술가가 나타나길 기다리는 동안 그는 머릿속에 저장해둔 예술작품 중 깊이와 신비를 조금이라도 지닌 유일한 작품으로 자신을 위로했다. 그것은 당시 엘리트 백인 고등학교였던 슈거크리크고등학교에서 2학년 때 그가 강제로 암기해야 했던 시였다. 슈거크리크고등학교는 이제 깜둥이 고등학교가 되었다. 시는 이랬다.

움직이는 손가락은 쓴다, 그리고 쓰고도
계속 움직인다. 그대의 모든 경건함과 재치로도
그 손가락을 꾀어내 이미 쓴 한 줄의 반도 지울 수 없고
그대의 모든 눈물로도 단어 하나 씻어낼 수 없으리.*

대단한 시다!

---

* 페르시아의 시인 오마르 하이얌의 『루바이야트』 51번 시.

• • •

그리고 드웨인은 삶의 의미에 대한 새로운 제안에 마음이 너무 열려 있는 나머지 쉽게 최면에 걸리고 말았다. 그리하여 마티니를 내려다보고는 술의 표면에서 무수히 많은 눈이 깜박이며 춤을 추는 모습에 무아지경에 빠져버렸다. 그 눈은 레몬유방울이었다.

드웨인은 아트 페스티벌에 참가하는 저명한 방문객 두 사람이 들어와서 버니의 피아노 옆 스툴에 앉는 모습을 놓치고 말았다. 그 둘은 백인이있다. 고딕 소설가인 비어트리스 키즐러와 미니멀리스트 화가인 라보 카라베키안이었다.

버니의 피아노인 스타인웨이 소형 그랜드피아노는 호박색 포마이카로 무장한 채 스툴에 둥글게 둘러싸여 있었다. 사람들은 피아노를 식탁 삼아 먹고 마실 수 있었다. 지난 추수감사절 때는 열한 명의 가족이 그 피아노 위에 차린 추수감사절 만찬을 대접받기도 했었다. 버니는 피아노를 연주했다.

• • •

"이곳은 우주의 똥구멍이 분명해요." 미니멀리스트 화가인 라보 카라베키안이 말했다.

고딕 소설가인 비어트리스 키즐러는 미들랜드시티에서 자

랐다. "오랜만에 고향으로 돌아올 생각을 하니 정말 겁이 났어요." 그녀가 카라베키안에게 말했다.

"미국인은 고향에 돌아가는 것을 늘 두려워하죠." 카라베키안이 말했다. "내가 보기에는 충분히 그럴 수 있어요."

"예전에는 충분히 그럴 수 있었죠." 비어트리스가 말했다. "하지만 더는 그렇지 않아요. 과거는 무해한 것이 되고 말았어요. 나는 이제 방황하는 미국인에게 이렇게 말해줄 거예요. '당신은 당연히 고향에 돌아갈 수 있고, 원하는 만큼 자주 가도 괜찮아요. 그곳은 그냥 모텔일 뿐이니까요.'"

· · ·

주간고속도로에서 서쪽 방향 도로의 차량은 신축 홀리데이인에서 1마일 동쪽 지점에 멈춰 있었다—10A번 출구에서 일어난 큰 사고 때문이었다. 운전자들과 승객들은 차에서 내렸다—다리도 뻗고 가능하면 전방에 무슨 문제가 발생했는지도 알아낼 겸.

킬고어 트라우트도 차에서 내린 이들 중 한 명이었다. 그는 다른 사람들로부터 신축 홀리데이 인이 쉽게 걸어갈 수 있는 거리에 있다는 말을 들었다. 그래서 그는 갤럭시의 앞좌석에서 자신의 꾸러미를 챙겼다. 그는 이름이 기억나지 않는 운전사에게 감사를 표하고는 터덜터덜 걷기 시작했다.

그는 또한 마음속으로 미들랜드시티에서 자신이 맡은 옹색한 임무에 적합한 신념 체계를 정리하기 시작했는데, 그 임무란 창조력을 키우는 데 여념이 없는 시골뜨기들에게 실패하고 또 실패한 창조자 지망생을 보여주는 것이었다. 그는 터덜터덜 걸어가다가 교통 체증으로 꼼짝도 못하는 트럭의 백미러, 즉 뒤쪽을 보는 구멍으로 자신을 살펴보고자 걸음을 멈췄다. 그 트랙터는 한 개가 아니라 두 개의 트레일러를 끌고 있었다. 그 대형트럭의 소유주가 트럭이 가는 곳마다 인간들에게 날카롭게 외쳐야 마땅하다고 여긴 메시지는 이러했다.

비할 데 없는 - 비할 데 없는

구멍에 비친 트라우트의 이미지는 그가 바라던 대로 충격적이었다. 그는 명왕성 갱단에게 구타당한 후 씻지 않았고, 그래서 한쪽 귓불에는 피가 말라붙어 있었으며 왼쪽 콧구멍 아래에도 꽤 묻어 있었다. 외투 어깨에는 개똥이 묻어 있었다. 퀸즈버러 다리 아래에 있는 핸드볼 코트에서 강도를 당한 후 개똥 위로 쓰러졌던 것이다.

믿을 수 없는 우연의 일치인데, 그 똥은 내가 알던 여자가 키우는 가련한 그레이하운드가 싼 것이었다.

• • •

그레이하운드를 키우던 여자는 미국 역사에 대한 뮤지컬의 조명 조감독이었고, 지상 6층에 있는 폭 14피트에 길이 26피트인 원룸 아파트에서 랜서라는 이름의 불쌍한 그레이하운드를 키웠다. 녀석의 전 생애는 적절한 시간과 장소에 배설물을 빼내는 데 바쳐졌다. 배설물을 빼낼 적절한 장소는 두 곳이었다. 72개의 계단을 내려가 차들이 쌩쌩 다니는 옆에서 일을 봐야 하는 야외 배수로, 혹은 녀석의 주인이 웨스팅하우스 냉장고 앞에 두는 로스팅 팬.

랜서는 뇌가 아주 작았지만, 웨인 후블러가 그랬듯이 자신이 여기 오게 된 건 누군가의 끔찍한 실수 때문이 아닌지 이따금 의심했던 게 틀림없다.

• • •

트라우트는 낯선 땅의 낯선 사람이 되어 계속 터덜터덜 걸어갔다. 이 순롓길에서 그는 새로운 지혜를 얻었는데, 그것은 코호스의 지하실에 남아 있었더라면 절대 얻지 못했을 지혜였다. 그는 많은 사람이 그토록 미친듯이 자문하던 질문, 즉 "주간고속도로의 미들랜드시티 구간에서 서향 방향 도로를 무엇이 막고 있나?"에 대한 답을 얻었다.

킬고어 트라우트의 눈에서 비늘이 떨어졌다*. 그는 그 이유를 눈으로 직접 보았다. 대초원의 여왕 우유 트럭이 옆으로 드러누워 교통 흐름을 막고 있었다. 문이 두 개 달린 맹렬한 1971년형 쉐보레 카프리스가 세게 들이받은 것이었다. 쉐보레는 중앙 분리 잔디를 뛰어넘었다. 쉐보레의 동승자는 안전벨트를 매고 있지 않았다. 그는 안전 앞유리를 뚫고 날아갔다. 그는 이제 슈거 크리크의 범람을 막는 콘크리트 홈통에 죽은 채로 누워 있었다. 쉐보레 운전자도 죽었다. 핸들 축이 그의 몸을 쇠꼬챙이처럼 꿰고 있었다.

쉐보레의 동승자는 죽은 채로 슈거크리크에 누워서 피를 흘리고 있었다. 우유 트럭은 우유를 흘리고 있었다. 우유와 피는 이제 세이크리드 미러클 동굴의 깊은 곳에서 만들어지고 있는 고약한 탁구공을 이루는 구성물의 일부가 되려는 참이었다.

---

* 진실을 깨달았다는 뜻의 숙어.

19

그곳 칵테일라운지의 어둠 속에서 나는 우주의 창조자와 동등한 존재였다. 나는 우주를 지름이 정확히 1광년인 공으로 축소시켰다. 나는 그것을 폭발시켰다. 나는 그것을 다시 확산시켰다.

내게 질문을 해보라, 어떤 질문이든. 우주가 몇 살이냐고? 우주의 나이는 0.5초이지만, 그 0.5초는 지금까지 100경 년 동안이나 이어져왔다. 누가 우주를 창조했냐고? 그 누구도 창조하지 않았다. 우주는 늘 이곳에 있었다.

시간이 무엇이냐고? 다음처럼 자신의 꼬리를 먹는 뱀이다.

이 뱀은 충분히 길게 똬리를 풀고서 아래와 같은 모양의 사과를 이브에게 주었다.

이브와 아담이 먹은 사과가 무엇이었냐고? 그것은 우주의 창조자였다.

그리고 어쩌고저쩌고.

때로 상징이란 정말 아름다울 수 있다.

• • •

들어보라.

웨이트리스는 내게 술을 한 잔 더 가져다줬다. 그녀는 내 허리케인 램프에 다시 불을 붙이려 했다. 나는 그것을 허락하지 않았다. "선글라스를 썼는데 어둠 속에서 뭐가 보이시나요?" 그녀가 내게 물었다.

"제 머릿속에서 커다란 쇼가 벌어지고 있거든요." 내가 말했다.

"아." 그녀가 말했다.

"저는 점을 볼 줄 알아요." 내가 말했다. "점을 봐드릴까요?"

"지금은 안 돼요." 그녀가 말했다. 그녀는 바로 돌아갔고, 바텐더와 둘이서 나에 대해 어떤 대화를 나누는 듯했다. 바텐더는 내 쪽으로 몇 차례 불안한 눈길을 보냈다. 그가 볼 수 있는 것이라고는 내 눈을 덮고 있는 구멍이 전부였다. 그가 나더러 그곳에서 나가달라고 부탁할까봐 걱정하지는 않았다. 어쨌든 그를 창조한 것은 바로 나였으니까. 나는 그에게 해럴드 뉴컴 윌버라는 이름도 지어줬다. 그에게 은성 훈장, 청동 성장, 군인 훈장, 선행 훈장, 퍼플 하트 훈장과 두 개의 청동 무공훈장까지 수여했는데, 그로써 그는 미들랜드시티에서 두번째로 많은 훈장을 받은 재향 군인이 되었다. 나는 그의 모든 훈장을 서랍장 안에 넣고는 손수건으로 덮어뒀다.

그는 제2차세계대전 때 이 훈장들을 받았는데, 제2차세계대전은 로봇들이 드웨인 후버를 위해 연출해낸 사건이었다. 그가 그런 대학살에 자신의 자유의지에 따라 반응하도록 하기 위함이었다. 그 전쟁은 엄청나게 호화찬란한 쇼여서 어디서든 배역을 맡지 않은 로봇은 거의 없었다. 해럴드 뉴컴 윌버는 노란 로봇인 일본인을 죽이고 훈장을 받았다. 노란 로봇의 연료는 쌀이었다.

그리고 이제 그만 쳐다봐주길 바랐음에도 그는 계속 나를 빤히 쳐다보았다. 내가 창조한 인물들을 조종하는 데는 이런 문제가 있었다. 그들은 너무나도 큰 동물이었기에 나는 그들의 대략적인 움직임만 좌우할 수 있었다. 나는 그 굼뜬 움직임을 극복해야만 했다. 그들과 철사로 연결된 느낌은 아니었다. 그보다는 딱딱해진 고무줄로 연결된 느낌에 가까웠다.

그래서 나는 바 뒤에 있는 녹색 전화기를 울리게 만들었다. 해럴드 뉴컴 윌버는 전화를 받고서도 계속 나를 응시했다. 나는 전화를 건 상대방이 누구인지 재빨리 생각해내야만 했다. 나는 미들랜드시티에서 가장 많은 훈장을 받은 사람을 통화 상대로 설정했다. 그의 성기는 길이가 800마일에 지름이 210마일이었지만 사실상 그 모든 것은 4차원의 세계에 있었다. 그는 베트남전에서 그 많은 훈장을 받았다. 그 또한 쌀을 연료로 삼은 노란 로봇과 싸웠다.

"칵테일라운지입니다." 해럴드 뉴컴 윌버가 말했다.

"헬―?"

"네?"

"나 네드 링가몬이야."

"나 바빠."

"끊지 마. 경찰이 나를 시립 교도소에 처넣었어. 전화를 딱 한 통만 할 수 있게 해줘서 너한테 건 거야."

"왜 나지?"

"나한테 남은 친구는 너뿐이니까."

"교도소에는 왜 들어간 건데?"

"내가 내 아기를 죽였대."

그리고 어쩌고저쩌고.

백인인 이 남자는 해럴드 뉴컴 월버가 받은 모든 훈장에 더해 미국 군인이 받을 수 있는 최고의 무공훈장까지 받았는데, 그것은 이런 모양이었다.

용맹

그는 이제 미국인이 저지를 수 있는 가장 질 낮은 범죄, 즉 자기 아이를 죽이는 범죄까지 저질렀다. 아이의 이름은 신시아 앤이었고, 아이는 확실히 얼마 살지 못하고 다시 작동을 멈추고 말았다. 아이는 울고 또 울어서 죽임을 당했다. 아이는 입을 다물지를 않았던 것이다.

우선 아이는 온갖 떼를 쓰며 열일곱 살짜리 어머니를 떠나게 했고, 그러고는 아버지에게 죽임을 당했다.

그리고 어쩌고저쩌고.

• • •

내가 웨이트리스에게 말해줄 수도 있었을 점괘는 다음과 같다. "당신은 흰개미 구제업자에게 사기를 당하고도 사기를 당한 줄 모를 겁니다. 당신은 차의 앞바퀴에 달 스틸 레이디얼타이어를 구입할 겁니다. 당신의 고양이는 헤들리 토머스라는 사람이 모는 오토바이에 치여 죽을 것이고, 당신은 또다른 고양이를 들일 겁니다. 애틀랜타에 사는 당신의 동생 아서는 택시에서 11달러를 주울 겁니다."

• • •

나는 버니 후버의 점괘도 말해줄 수 있었다. "당신 아버지의 병은 극도로 악화될 것이고, 그에 대해 당신이 너무 기괴하게 반응해서 당신도 같이 정신병원에 넣자는 말까지 나올 겁니다. 당신은 의사들과 간호사들에게 당신 아버지가 아픈 것은 당신 탓이라고 말하며 병원 대기실에서 소동을 일으킬 겁니다. 당신은 그토록 오랜 세월 아버지를 증오로 죽이려 한 것에 대해 자신을 책망할 겁니다. 당신은 증오를 다른 방향으로 돌릴 겁니다. 당신은 당신의 엄마를 증오하게 될 겁니다."

그리고 어쩌고저쩌고.

그리고 나는 흑인 전과자인 웨인 후블러가 홀리데이 인 뒷문 밖의 쓰레기통 사이에 침울하게 서 있다가 그날 아침 교도소 문을 나서며 지급받은 돈을 살펴보게 했다. 그는 그것 말고는 달리 할 일이 없었다.

그는 꼭대기에 빛나는 눈이 그려진 피라미드를 살펴보았다. 그는 그 피라미드와 눈에 대해 더 많은 정보를 알았으면 했다. 배워야 할 게 너무 많았다!

웨인은 지구가 태양 주위를 돈다는 사실조차 알지 못했다. 그는 태양이 지구 주위를 돈다고 생각했는데, 왜냐하면 분명 그렇게 보였기 때문이다.

웨인이 보기에 주간고속도로를 지글거리며 달려가는 트럭은 고통으로 울부짖고 있는 것 같았는데, 왜냐하면 그가 트럭 옆에 쓰인 메시지를 소리 나는 대로 읽었기 때문이다. 그 메시지는 트럭이 물건을 여기서 저기로 운반하느라 몹시 괴로워하고 있다고 웨인에게 말하고 있었다. 그 메시지는 아래와 같았고, 웨인은 그것을 큰 소리로 읽었다.

아파*

. . .

앞으로 약 나흘 동안 웨인에게 일어날 일은 다음과 같다—
왜냐하면 그에게 그런 일이 일어나길 내가 원하니까. 그는 특급
비밀 무기 제작과 관련된 주식회사 배리트론의 뒷문 밖에서 수
상쩍게 굴다가 경찰에게 붙잡혀 심문을 받게 될 것이다. 경찰은
처음에는 그가 멍청하고 무식한 척하는 거라고, 실은 공산주의
자를 위해 일하는 교활한 스파이일지도 모른다고 생각했다.

그의 지문과 그가 받은 놀라운 치과 치료를 조회해보니 그가
자신이 말한 그 사람이 맞다는 사실이 입증됐다. 하지만 그가
해명해야 할 것이 남아 있었다. 그는 파울로 디 카피스트라노라

* '헤르츠(hertz)'를 '아프다'는 뜻의 '허츠(hurts)'로 읽은 것이다.

는 이름으로 발급된 미국 플레이보이 클럽 멤버십 카드로 무엇을 하고 있었단 말인가? 그건 그가 신축 홀리데이 인 뒤쪽의 쓰레기통에서 발견한 것이었다.

그리고 어쩌고저쩌고.

• • •

이제 슬슬 미니멀리즘 화가인 라보 카라베키안과 소설가 비어트리스 키즐러가 이 책에서 더 말하고 행동하도록 해야 할 때였다. 나는 그 둘을 조종하는 동안 그쪽을 응시함으로써 겁주고 싶지 않았고, 그래서 축축한 손가락 끝으로 테이블 상판에 그림을 그리는 데 몰두한 척했다.

나는 무無를 나타내는 지구인의 상징을 그렸는데, 그 모양은 이렇다.

나는 전부를 나타내는 지구인의 상징을 그렸는데, 그 모양은 다음과 같다.

드웨인 후버와 웨인 후블러는 첫번째 상징은 알았지만 두번째 상징은 몰랐다. 그리고 이제 나는 사라져가는 습기로 드웨인에게는 쓰라릴 만큼 익숙하지만 웨인에게는 그렇지 않은 상징을 그렸다. 그것은 이런 모양이었다.

DRĀNO

드라노

그리고 이제 나는 드웨인이 학교에 다니던 몇 년 동안은 그 의미를 알았지만 그후로는 망각해버린 상징을 그렸다. 웨인에게는 그 상징이 교도소 식당에 있는 테이블의 끝부분처럼 보였을 것이다. 그것은 원주율을 의미했다. 이 비율은 숫자로도 표현될 수 있었는데, 드웨인과 웨인과 카라베키안과 비어트리스 키즐러와 우리 모두가 각자 할일을 하는 동안에도 지구인 과학자들은 그 숫자를 우주 공간으로 단조롭게 쏘아 보내고 있었다. 다른 행성에서 듣고 있을지도 모르는 외계인들에게 우리가 얼마나 똑똑한지 보여주자는 취지였다. 우리는 원들이 자신들의 비밀스러운 삶의 상징을 토해낼 때까지 그것들을 고문했었다.

. . .

그리고 나는 포마이카 테이블 상판에 라보 카라베키안의 그림 〈성 안토니오의 유혹〉의 복제품을 보이지 않게 그렸다. 나의 복제품은 실제 그림의 축소판이었고 채색도 되어 있지 않았지만 원본의 형태와 정신은 정확히 담겨 있었다. 내가 그린 그림은 이랬다.

원본은 폭이 20피트에 높이가 16피트였다. 바탕은 펜실베이니아주 헬러타운에 있는 오헤어 도료 회사에서 만든 초록색 벽면 페인트인 하와이안 아보카도로 칠해져 있었다. 수직 줄무늬는 데이글로 오렌지색 반사 테이프였다. 건물과 묘비를 제외한다면, 그리고 오래된 껌둥이 고등학교 앞의 에이브러햄 링컨 동상을 제외한다면, 이것은 가장 값비싼 예술품이었다.

그림의 가격은 물의를 일으켰다. 그것은 밀드러드 배리 기념 아트 센터가 첫번째로 구입한 영구 소장품이었다. 주식회사 배리트론의 이사회 회장인 프레드 T. 배리는 그 그림을 위해 사비 5만 달러를 토해냈다.

미들랜드시티는 격분했다. 나도 마찬가지였다.

• • •

비어트리스 키즐리도 마찬가지셨지만 카라베키안과 함께 피아노 바에 앉아 있는 동안에는 그 당황스러운 심정을 혼자서만 간직했다. 베토벤을 닮은 사람이 프린트된 스웨트셔츠를 입고 있던 카라베키안은 자신이 그토록 사소한 작업으로 그토록 많은 돈을 벌었다는 이유로 자신을 증오하는 사람들에게 둘러싸여 있다는 사실을 알았다. 그는 즐거워하고 있었다.

칵테일라운지의 다른 모든 사람들처럼, 그도 알코올로 뇌를 부드럽게 만들고 있었다. 알코올은 이스트라고 불리는 아주 작은 생명체가 만들어낸 물질이었다. 이스트 유기체는 당을 먹고 알코올을 배설했다. 이스트는 이스트 똥으로 자신의 환경을 파괴함으로써 스스로를 죽였다.

· · ·

킬고어 트라우트는 두 개의 이스트가 대화를 나누는 내용으로 단편소설을 쓴 적이 있었다. 그 둘은 당을 먹고 자신들의 배설물에 질식하는 동안 삶의 가능한 목적에 대해 논의하고 있었다. 제한된 지능 때문에 그 둘은 자신들이 샴페인을 만들고 있다는 사실을 짐작조차 못했다.

· · ·

그래서 나는 피아노 바에서 비어트리스 키즐러가 라보 카라베키안에게 이런 말을 하게 만들었다. "고백하려니 끔찍하지만, 저는 성 안토니오가 어떤 사람이었는지도 몰라요. 그는 누구였고, 왜 누군가가 그를 유혹하려고 했던 거죠?"

"저도 몰라요, 전혀 알고 싶지도 않고요." 카라베키안이 말했다.

"진실은 필요 없으신 건가요?" 비어트리스가 말했다.

"진실이 뭔지 아세요?" 카라베키안이 말했다. "진실은 이웃 사람이 믿는 미친 소리에 불과하죠. 이웃과 친해지고 싶으면 나는 그에게 무엇을 믿는지 물어봐요. 그가 대답하면 나는 이렇게 말하죠. '네, 네―그게 바로 진실 아닌가요?'"

• • •

나는 그 화가나 소설가의 창작품에 어떠한 존경심도 가지고 있지 않았다. 나는 카라베키안이 그의 무의미한 그림을 통해 가난한 사람들이 바보 같은 기분을 느끼도록 만들고자 백만장자들과 음모를 꾸몄다고 생각했다. 나는 비어트리스 키즐러가 인생에는 주연과 조연과 중요한 디테일과 중요하지 않은 디테일이 있고 배워야 할 교훈과 통과해야 할 시험과 시작과 중간과 끝이 있다고 사람들이 믿도록 만들고자 다른 구식 이야기꾼들과 손을 잡았다고 생각했다.

쉰번째 생일이 다가오면서 나는 동포들이 내린 바보 같은 결정에 점점 더 격분하고 혼란스러워졌다. 그러다가 갑자기 동정심을 느끼게 되었는데, 왜냐하면 그들이 그토록 형편없이 행동하며 형편없는 결과를 낳는 것은 그들의 잘못이 아니며 그들로서는 악의 없고 자연스러운 일임을 이해했기 때문이다. 그들은 이야기책 안에서 창조된 인물처럼 살려고 최선을 다하고 있었다. 미국인이 그토록 자주 서로를 총으로 쏘는 것은 바로 그 때문이었다. 그것은 짧은 이야기나 책을 끝낼 수 있는 편리한 문학적 장치였다.

왜 그토록 많은 미국인의 삶이 정부로부터 일회용 화장지만도 못한 취급을 받았던 것일까? 왜냐하면 작가들이 지어낸 이야기에서 단역을 으레 그런 식으로 취급했기 때문이다.

그리고 어쩌고저쩌고.

미국을 실제 삶과는 아무 관련도 없는 사람들이 살아가는 그 토록 위험하고 불행한 나라로 만들고 있는 게 무엇인지 이해하고나서부터 나는 이야기 짓기를 멀리하기로 결심했다. 나는 인생에 대해 쓸 것이다. 어떤 사람이든 다른 사람과 똑같이 중요하게 취급될 것이다. 또한 모든 사실이 똑같이 중요한 무게를 지닐 것이다. 아무것도 제외하지 않을 것이다. 남들이야 혼돈에 질서를 부여하든 말든 내 알 바 아니다. 나는 대신 질서에 혼돈을 부여할 것이고, 실은 이미 그렇게 한 것 같다.

만일 모든 작가가 그렇게 한다면 문학에 종사하지 않는 시민들은 우리를 둘러싼 세상에 질서 같은 건 없으며, 대신 우리가 혼돈의 요구에 적응해야만 한다는 사실을 이해하게 될지도 모른다.

혼돈에 적응하는 일은 어렵지만 가능하다. 내가 바로 살아 있는 증거다. 가능하다.

• • •

칵테일라운지의 혼돈에 적응하며 나는 이제 우주의 어느 누구만큼이나 중요한 존재인 보니 맥마흔이 비어트리스 키즐러와 카라베키안에게 더 많은 이스트 배설물을 가져다주게 했다. 카라베키안의 술은 레몬 껍질을 얹은 비피터 드라이 마티니였고, 그래서 보니는 그에게 말했다. "챔피언들의 아침식사예요."

"첫번째 마티니를 가져다줄 때도 그렇게 말했었죠." 카라베키안이 말했다.

"저는 누군가에게 마티니를 가져다줄 때마다 그렇게 말해요." 보니가 말했다.

"싫증나지 않나요?" 카라베키안이 말했다. "아니 어쩌면 사람들이 이런 황량한 곳에 도시를 세운 건 바로 그 때문인지도 모르겠군요─눈부신 죽음의 천사가 재로 입을 틀어막을 때까지 똑같은 농담을 계속해서 힐 수 있게 말이에요."

"저는 그저 사람들을 즐겁게 해주려는 것뿐이에요." 보니가 말했다. "그게 그렇게 부끄러운 짓인지는 지금 처음 알았네요. 이제부터는 그 말을 하지 않겠습니다. 죄송해요. 기분을 나쁘게 하려는 의도는 없었습니다."

보니는 카라베키안을 혐오했지만 파이처럼 달콤하게 굴었다. 그녀는 칵테일라운지에서는 그 무엇에 대해서도 화난 기색을 절대 보이지 않겠다는 원칙을 가지고 있었다. 그녀의 수입 대부분은 단연코 팁에서 왔고, 팁을 많이 받는 방법은 무슨 일이 있어도 그냥 웃고 웃고 또 웃는 것이었다. 지금 보니가 가진 인생의 목표는 두 개뿐이었다. 남편이 셰퍼즈타운의 세차장에 투자했다 잃은 돈을 전부 되찾고, 차의 앞바퀴에 스틸 레이디얼타이어를 달고 싶어 죽을 지경이었다.

한편 그녀의 남편은 집에서 텔레비전으로 프로 골퍼들을 보며 이스트 배설물로 고주망태가 되어가고 있었다.

· · ·

덧붙여 말하자면 성 안토니오는 최초의 수도원을 세운 이집트인이었는데, 수도원은 남자들이 야망이나 섹스나 이스트 배설물의 방해 없이 단순한 삶을 살아가며 우주의 창조자에게 자주 기도할 수 있는 곳이었다. 성 안토니오는 젊었을 때 자신이 가진 것을 전부 팔아치우고는 광야로 나가 이십 년 동안 혼자 살았다.

그토록 완벽한 고독이 오랜 세월 지속되는 동안 그는 종종 음식과 남자와 여자와 아이와 시장 등과 더불어 그가 누릴 수도 있었을 좋은 시간들의 환영에 유혹을 받았다.

그의 전기 작가는 또다른 이집트인인 성 아타나시우스로, 예수가 살해되고서 삼백 년 후에 그가 세운 삼위일체와 성육신과 성령의 신성함에 대한 이론은 심지어 드웨인 후버의 시대에도 가톨릭교에서 유효하게 받아들이고 있었다.

사실 미들랜드시티에 있는 가톨릭 고등학교의 이름은 성 아타나시우스의 이름을 따서 지은 것이었다. 처음에 그곳의 이름은 성 크리스토퍼를 기리며 지어졌지만, 그러다가 전 세계 가톨릭교회의 수장인 교황이 성 크리스토퍼라는 사람은 어쩌면 존재하지 않았을지도 모르니 더는 그를 기리지 말아야 한다고 선언했다.

· · ·

이제 흑인 남성 접시닦이가 폴몰 담배를 피우며 바람이나 좀 쐬려고 홀리데이 인 주방에서 걸어나왔다. 그가 입은 땀에 젖은 흰 티셔츠에는 커다란 배지가 달려 있었는데, 거기에는 이렇게 쓰여 있었다.

예술을 후원합시다

홀리데이 인 주변에는 누구든 편히 가져갈 수 있도록 그런 배지가 든 그릇을 여럿 비치해뒀고, 그 접시닦이는 가벼운 마음으로 하나를 집었던 것이다. 그에게는 수명이 그리 오래가지 않는 값싸고 단순한 종류 말고는 예술작품이 필요 없었다. 그의 이름은 엘든 로빈스였고 그의 성기는 길이가 9인치에 지름이 2인치였다.

엘든 로빈스도 성인 교도소에서 복역한 적이 있었고, 그래서 쓰레기통 사이에 있는 웨인 후블러가 새 가석방자라는 사실을 쉽게 알아차릴 수 있었다. "진짜 세상에 나온 것을 축하하네, 형제여." 그가 비꼬는 식의 애정이 담긴 목소리로 부드럽게 웨인에게 말했다. "마지막으로 뭘 먹은 게 언제야? 오늘 아침?"

웨인은 그렇다고 부끄럽게 인정했다. 그래서 엘든은 그를 데리고 주방을 지나 주방 직원들이 식사하는 긴 테이블로 갔다. 그곳 뒤에 켜져 있는 텔레비전으로 웨인은 스코틀랜드 메리 여왕의 참수 장면을 보았다. 다들 옷을 차려입고 있었고, 메리 여왕은 자발적으로 단두대에 머리를 올려놓았다.

엘든은 웨인이 스테이크와 으깬 감자와 그레이비와 그가 원하는 모든 것을 공짜로 먹게 해줬는데, 그것은 모두 주방의 다른 흑인 남자들이 준비한 것이었다. 테이블에는 아트 페스티벌 배지가 든 그릇이 있었고, 엘든은 웨인이 식사하기 전에 그것을 하나 달게 했다. "이걸 늘 달고 있도록 해." 그가 웨인에게 진지하게 말했다. "그러면 어떤 나쁜 일도 당하지 않을 거야."

• • •

엘든은 웨인에게 주방 직원들이 칵테일라운지 쪽으로 뚫은 벽의 작은 구멍을 보여줬다. "텔레비전을 보다 질리면," 그가 말했다. "동물원의 동물들을 구경하면 돼."

엘든은 작은 구멍을 들여다보고는 초록색 캔버스에 노란색 테이프를 붙인 걸로 5만 달러를 받은 남자가 피아노 바에 앉아 있다고 웨인에게 말했다. 그는 웨인에게 카라베키안을 잘 봐두라고 단언했다. 웨인은 시키는 내로 했다.

그리고 웨인은 고작 몇 초 만에 그 작은 구멍에서 눈을 떼고 싶어졌는데, 왜냐하면 칵테일라운지에서 벌어지고 있는 일을 이해할 배경지식이 거의 전무했기 때문이다. 이를테면 그는 촛불을 이해할 수 없었다. 그는 라운지의 전기가 나가서 누군가가 퓨즈를 갈러 간 모양이라고 생각했다. 또한 그는 보니 맥마흔의 의상을 어떻게 생각해야 할지 알 수 없었는데, 그녀는 흰색 카우보이 부츠, 허벅지를 몇 인치나 훤히 드러내는 진홍색 가터벨트가 달린 검은색 망사 스타킹, 뒤꽁무니에 불룩한 분홍색 솜을 붙인 타이트한 스팽글 수영복을 입고 있었다.

보니는 웨인 쪽으로 등을 돌리고 있어서 그는 그녀가 8각형 무테의 다초점 안경을 쓴 말상의 마흔두 살 여자라는 걸 볼 수 없었다. 그는 카라베키안이 아무리 모욕적으로 굴어도 그녀가 웃고 웃고 또 웃는 모습도 볼 수 없었다. 하지만 그는 카라베키안의 입술은 읽을 수 있었다. 그는 셰퍼즈타운에서 얼마간 복역한 사람이라면 누구나 그러하듯 독순술에 능했다. 셰퍼즈타운에서는 복도와 식당에서 침묵해야 한다는 규칙이 강요되었다.

• • •

카라베키안은 손을 흔들어 비어트리스 키즐러를 가리키며 이렇게 말하고 있었다. "이 훌륭한 숙녀께서는 유명한 이야기꾼이자 이곳 철도 교차로 태생이기도 해요. 이분의 출생지에 대한 최근의 실화 같은 걸 이분께 들려주시면 어떨까요."

"저는 아는 게 하나도 없는걸요." 보니가 말했다.

"설마요." 카라베키안이 말했다. "이 방에 있는 사람은 모두가 위대한 소설감이 틀림없어요." 그는 드웨인 후버를 가리켰다. "저 남자의 인생 이야기는 어떤가요?"

보니는 꼬리를 흔들지 못하는 드웨인의 개 스파키에 대한 이야기만 들려줬다. "그래서 녀석은 늘 싸워야만 하는 거죠." 그녀가 말했다.

"대단하네요." 카라베키안이 말했다. 그가 비어트리스 쪽으로 몸을 돌렸다. "분명 어딘가에 써먹을 수 있겠는데요."

"아닌 게 아니라 정말 그래요." 비어트리스가 말했다. "매혹적인 디테일이네요."

"자세할수록 더 좋죠." 카라베키안이 말했다. "소설가가 있어서 정말 다행이에요. 기꺼이 모든 걸 적어놓으려는 사람이 있어서요. 그렇지 않았다면 너무나도 많은 것들이 잊히고 말겠죠!" 그는 보니에게 실화를 좀더 들려달라고 간청했다.

보니는 그의 열정에 속아넘어갔고 비어트리스 키즐러가 정말로 책에 쓸 실화를 필요로 한다는 생각에 고무됐다. "음—" 그녀가 말했다. "그러면 미들랜드시티의 셰퍼즈타운 이야기는 어떨까요?"

"당연히 좋죠." 셰퍼즈타운에 대해 한 번도 들어본 적 없는 카라베키안이 말했다. "셰퍼즈타운을 빼놓고는 미들랜드시티를 말할 수 없고, 미들랜드시티를 빼놓고는 셰퍼즈타운도 말할 수 없을 테니까요."

"음—" 보니는 이렇게 말하며 어쩌면 들려줄 만한 정말 좋은 이야기를 자신이 알고 있을지도 모른다고 생각했다. "제 남편은 셰퍼즈타운 성인 교도소의 교도관인데, 그이는 사형수들이 전기 처형을 당할 때까지 곁에 있어줘야 했어요—걸핏하면 누굴 전기 처형하던 시절에 말이에요. 그이는 그들과 카드놀이를 하거나 그들에게 성경 구절을 큰 소리로 읽어주거나 그들이 원하는 무엇이든 해주곤 했는데, 한번은 리로이 조이스라는 백인 남자의 곁을 지키게 되었죠."

보니가 말하는 동안 의상은 희미하고 흐릿하고 기묘한 빛을 내뿜었다. 옷에 형광 화학물질이 아주 많이 스며 있었기 때문이다. 바텐더의 재킷도 마찬가지였다. 벽에 걸린 아프리카 가면들도 마찬가지였다. 천장의 자외선 조명에 전력을 공급하면 그 화학물질은 전광판처럼 빛났다. 지금은 조명이 켜져 있지 않았다. 바텐더는 손님들에게 즐겁고 어리둥절한 놀라움을 안겨주고자 아무 때나 기분 내키는 대로 조명을 켰다.

덧붙여 말하면 미들랜드시티의 모든 조명과 전기제품이 소비하는 전력은 킬고어 트라우트가 불과 몇 시간 전에 지나온 웨스트버지니아주의 노천광에서 캐낸 석탄으로 만들어진 것이었다.

• • •

"리로이 조이스는 정말 멍청했어요." 보니가 말을 이었다. "그는 카드놀이를 할 줄 몰랐어요. 그는 성경도 이해하지 못했죠. 말도 거의 할 줄 몰랐고요. 그는 최후의 만찬을 끝내고는 가만히 앉아 있었어요. 곧 강간죄로 전기 처형될 터였죠. 그래서 제 남편은 감방 바깥의 복도에 앉아서 혼자 책을 읽었어요. 그이는 리로이가 감방에서 돌아다니는 소리를 들었지만 걱정하지는 않았어요. 그때 리로이가 자신의 양철 컵을 창살에 부딪치며 덜거덕거리는 소리를 냈죠. 제 남편은 리로이가 커피를 더 달라고 그러는 줄 알았어요. 그래서 그이는 자리에서 일어나 그에게

로 가서 컵을 받았어요. 리로이는 이제 모든 게 잘되었다는 듯
이 미소를 지었어요. 어쨌든 그는 전기의자로 갈 필요가 없게
되었거든요. 그는 거시기를 잘라서 그 컵에 넣었던 거예요."

. . .

　물론 이 책은 지어낸 것이지만 내가 보니에게 시킨 이야기는
현실에서 정말로 일어난 일이다―아칸소주에 있는 교도소의
사형수 감방 건물에서.
　드웨인 후버가 키우는 꼬리를 흔들지 못하는 개 스파키에 대
해 말하자면, 스파키는 내 동생이 키우는 꼬리를 흔들지 못해
늘 싸워야만 하는 개를 모델로 한 것이다. 세상에는 정말로 그
런 개가 있다.

. . .

　라보 카라베키안은 보니 맥마흔에게 아트 페스티벌 프로그램
표지에 실린 십대 여자아이에 대해 말해달라고 부탁했다. 그 여
자아이는 미들랜드시티에서 국제적으로 유명한 유일한 사람이
었다. 그녀는 여자 200미터 평영 세계 챔피언인 메리 앨리스 밀
러였다. 그녀는 겨우 열다섯 살이라고 보니가 말했다.
　메리 앨리스는 아트 페스티벌의 여왕이기도 했다. 프로그램
표지에는 올림픽 금메달을 목에 두른 채 흰색 수영복을 입고 있

는 그녀의 모습이 보였다. 메달은 이런 모양이었다.

1972년 제20회 뮌헨올림픽

메리 앨리스는 스페인 화가 엘 그레코가 그린 성 세바스티아
누스의 그림을 보며 미소를 짓고 있었다. 그 그림은 킬고어 트
라우트의 후원자인 엘리엇 로즈워터가 페스티벌에 대여해준 것
이었다. 성 세바스티아누스는 나와 메리 앨리스 밀러와 웨인과
드웨인과 우리 모두보다 천칠백 년 앞서 살았던 로마 군인이었
다. 그는 기독교가 불법일 때 몰래 기독교인이 되었다.

그리고 누군가가 그를 밀고했다. 디오클레티아누스 황제는
그를 화살에 맞아 죽게 했다. 그토록 무비판적인 행복이 어린
미소를 지으며 메리 앨리스가 바라보는 그림은 화살을 너무 많
이 맞아서 고슴도치처럼 보이는 인간을 보여주고 있었다.

그런데 화가들이 그에게 아주 많은 화살을 박아넣길 좋아하

는 바람에 아무도 알지 못하게 된 사실이 하나 있다. 성 세바스티아누스가 이 사건을 겪고도 살아남았다는 것이다. 사실 그는 회복되었다.

그는 기독교를 찬양하고 황제를 욕하며 로마를 걸어다녔고, 그래서 두번째 사형선고를 받게 되었다. 그는 매질을 당해 죽었다.

그리고 어쩌고저쩌고.

그리고 보니 맥마흔은 셰퍼즈타운 가석방 심의위원회 회원인 메리 앨리스의 아버지가 그녀가 태어난 지 여덟 달 되었을 때부터 수영을 가르쳤고, 그녀가 세 살이 된 이후로는 매일 하루에 네 시간 이상 수영하게 했다고 비어트리스와 카라베키안에게 말했다.

라보 카라베키안은 그 말을 곰곰이 생각해보더니 많은 사람이 들을 수 있게 큰 소리로 말했다. "대체 어떤 남자가 자기 딸을 보트용 모터로 만들어버린답니까?"

• • •

그리고 이제 이 책의 정신적 클라이맥스가 펼쳐지게 되는데, 왜냐하면 바로 이 시점에서 저자인 내가 지금까지 해온 일로 인해 갑자기 변화하기 때문이다. 그것이 바로 내가 미들랜드시티에 간 이유였다. 즉 다시 태어나기 위해서. 그리고 **혼돈**은 라보 카라베키안이 "대체 어떤 남자가 자기 딸을 보트용 모터로 만들어버린답니까?"라는 말을 하게 함으로써 곧 새로운 나를 낳을 것임을 선언했다.

그토록 사소한 발언이 그토록 천둥 같은 결과를 낳을 수 있었던 건 칵테일라운지의 정신적 회로망이 내가 지진 직전 상태라고 부르는 상태에 놓여 있었기 때문이다. 우리의 영혼에는 엄청난 힘들이 작용하고 있었는데, 서로 아주 훌륭히 균형을 이루고 있었기 때문에 아무 작용도 못한 것이다.

그런데 모래 한 알이 바스러져버렸다. 하나의 힘이 갑자기 또다른 힘보다 우세해졌고, 정신적 대륙들은 어깨를 으쓱하며 들썩거리기 시작했다.

하나의 힘이란 물론 칵테일라운지에 있는 수많은 사람의 마음속에 들끓는 돈에 대한 욕망이었다. 그들은 라보 카라베키안이 그림값으로 얼마를 받았는지 알았고, 그들도 5만 달러를 원했다. 그들은 5만 달러로 많은 재미를 볼 수 있었고, 혹은 그럴 수 있다고 믿었다. 하지만 그들은 고생해가며 한 번에 겨우 몇 달러씩 돈을 벌어야만 했다. 그것은 옳지 않았다.

또다른 힘이란 바로 이 사람들이 느끼는 두려움, 즉 자신들의 삶이 우스운 것일지도 모른다는, 자신들이 사는 도시 전체가 우스운 것일지도 모른다는 두려움이었다. 그런데 지금 최악의 사태가 벌어졌다. 그들의 도시를 우습지 않게 해주는 유일한 존재인 메리 앨리스 밀러를 방금 타지 출신의 남자가 느긋한 목소리로 우스운 존재 취급을 한 것이다.

그리고 나 자신의 지진 직전 상태 또한 고려해야만 하는데, 왜냐하면 나는 다시 태어나고 있는 존재였기 때문이다. 내가 아는 한 그 칵테일라운지의 다른 누구도 다시 태어나지 않았다. 나머지 중 몇몇은 현대 예술의 가치에 대한 생각을 바꾸었다.

나 자신으로 말하자면, 나는 나 혹은 다른 어떤 인간에게도 성스러움은 없으며, 우리는 모두 충돌하고 충돌하고 또 충돌할 수밖에 없는 운명의 기계일 뿐이라는 결론에 이르렀다. 충돌 말고는 할일이 없어진 우리는 충돌의 팬이 되어버렸다. 때로 나는 충돌에 대한 좋은 글을 썼고, 그것은 내가 관리가 잘되어 있는 글쓰기 기계라는 뜻이었다. 때로 나는 나쁜 글을 썼고, 그것은 내가 관리가 잘되어 있지 않은 글쓰기 기계라는 뜻이었다. 나는 폰티액이나 쥐덫이나 사우스벤드 선반과 마찬가지로 성스러움을 조금도 품고 있지 않았다.

나는 라보 카라베키안이 나를 구해줄 거라고는 생각하지 못했다. 그를 창조한 건 바로 나였고, 내 생각에 그는 헛되고 나약하고 쓰레기 같은, 예술가와는 거리가 먼 인간이었다. 하지만 나를 오늘날의 평화로운 지구인으로 만들어준 것은 바로 라보 카라베키안이다.

들어보라.

"대체 어떤 남자가 자기 딸을 보트용 모터로 만들어버린답니까?" 그가 보니 맥마흔에게 말했다.

보니 맥마흔은 폭발했다. 그녀가 칵테일라운지에서 일하기 시작한 이래로 폭발한 것은 이번이 처음이었다. 그녀의 목소리는 작은 톱으로 아연을 씌운 철판을 자를 때 나는 소음처럼 불쾌하게 변했다. 게다가 소리도 컸다. "아, 그래요?" 그녀가 말했다. "아, 그래요?"

모두가 얼어붙었다. 버니 후버는 피아노 연주를 멈췄다. 다들 한마디도 놓치고 싶지 않았다.

"당신은 메리 앨리스 밀러를 높이 평가하지 않는군요?" 그녀가 말했다. "흠, 우리는 당신의 그림을 높이 평가하지 않아요. 차라리 다섯 살짜리가 그린 그림이 더 낫더군요."

카라베키안은 자리에 서서 적들과 대면하기 위해 스툴에서 미끄러져 내려왔다. 그는 확실히 나를 놀라게 했다. 나는 그가 올리브, 마라스키노 체리, 레몬 껍질 세례를 받으며 후퇴할 줄 알았다. 하지만 그는 거기서 위풍당당하게 "들어보세요 —" 하고 아주 차분히 말했다. "저는 여러분의 멋진 신문에서 제 그림을 비난하는 사설을 읽었습니다. 여러분이 사려 깊게도 뉴욕까지 보내주신 항의 편지 역시 한 글자도 빠짐없이 전부 읽었습니다."

이 말은 사람들을 조금 당황하게 만들었다.

"그 그림은 제가 만들기 전까지는 존재하지 않았습니다." 카라베키안이 말을 이었다. "이제 그것이 존재하게 되었으니, 이 도시의 모든 다섯 살짜리 아이들이 그 그림을 계속해서 복제하며 더 나은 작품을 만들어가는 것보다 저를 행복하게 만드는 일은 없을 겁니다. 제가 여러 해에 걸쳐 격한 시간을 보내며 발견한 것을 여러분의 아이들이 유쾌하고 재미있게 발견할 수 있다면 정말 좋겠습니다."

그는 계속했다. "이제 저의 명예를 걸고 말씀드리건대, 여러분의 도시가 소유한 그 그림은 삶에서 진정으로 중요한 모든 것을 하나도 빠짐없이 보여주고 있습니다. 그것은 모든 동물의 의식에 대한 그림입니다. 그것은 모든 동물의 비물질적인 핵심—모든 메시지를 수신하는 '나 자신'입니다. 그것은 우리 모두의 내면에 살아 있는 모든 것입니다—쥐와 사슴과 칵테일 웨이트리스의 내면에도 말이죠. 그것은 우리에게 그 어떤 터무니없는 모험이 닥쳐오든 흔들리지 않는 순수한 것입니다. 성 안토니오의 성스러운 그림은 수직으로 된, 흔들림 없는 하나의 빛줄기입니다. 만일 바퀴벌레나 칵테일 웨이트리스가 그의 옆에 있었다면 그 그림은 두 개의 빛줄기를 보여줬을 것입니다. 우리의 의식은 살아 있는 모든 것이며 어쩌면 우리 모두의 내면에 있는 성스러움일지도 모릅니다. 그것이 없다면 우리는 죽은 기계에 불과합니다.

저는 방금 여기 있는 이 칵테일 웨이트리스, 이 수직으로 된 빛줄기로부터 그녀의 남편과 셰퍼즈타운에서 처형당할 참이었던 바보에 대한 이야기를 들었습니다. 좋습니다—다섯 살짜리 아이가 그 만남을 성스럽게 해석한 그림을 그리게 해봅시다. 그 다섯 살짜리 아이가 저능함, 철창, 기다리는 전기의자, 교도관의 유니폼, 교도관의 총, 교도관의 뼈와 살을 벗겨내게 해봅시다. 다섯 살짜리 아이라면 누구나 그릴 수 있는 완벽한 그림이란 무엇일까요? 두 개의 흔들림 없는 빛줄기입니다."

라보 카라베키안의 야만적인 얼굴에 황홀감이 꽃피었다. "미들랜드시티 시민 여러분, 저는 여러분께 경의를 표하는 바입니다." 그는 말했다. "여러분은 걸작의 거처를 마련해주셨습니다!"

그런데 드웨인 후버는 이 말을 전혀 듣고 있지 않았다. 그는 여전히 내면을 바라보며 최면에 빠져 있었다. 그는 글을 쓰며 계속 움직이는 손가락 따위를 생각하고 있었다. 그의 머릿속 종탑에는 박쥐가 가득했다. 그는 흔들의자에서 떨어졌다. 그는 개수가 모자란 카드 한 벌로 게임을 하고 있었다.*

---

* 모두 '미쳤다'는 뜻이다.

20

라보 카라베키안의 말로 내 삶이 다시 시작되는 동안, 킬고어 트라우트는 주간고속도로 갓길에 서서 슈거크리크의 콘크리트 홈통 건너편에 있는 홀리데이 인을 바라보고 있었다. 슈거크리크 개울에는 다리가 하나도 놓여 있지 않았다. 그는 개울을 걸어서 건너야 했다.

그래서 그는 가드레일에 앉아 신발과 양말을 벗고는 바짓가랑이를 무릎까지 걷어올렸다. 그의 헐벗은 정강이는 정맥류와 상처 때문에 로코코양식처럼 보였다. 나의 아버지가 아주 늙은 노인이었을 때의 정강이도 그러했다.

킬고어 트라우트의 정강이는 내 아버지의 정강이와 똑같았다. 그것은 내가 준 선물이었다. 나는 그에게 내 아버지의 길고 좁고 예민한 발도 주었다. 그 발은 푸르스름했다. 예술적인 발이었다.

· · ·

트라우트는 슈거크리크의 범람을 막는 콘크리트 홈통에 자신의 예술적인 발을 담갔다. 그러자마자 수면에 떠 있던 투명한 플라스틱 물질이 발을 코팅했다. 살짝 놀란 트라우트가 코팅된 한쪽 발을 물에서 꺼내자 플라스틱 물질은 공중에서 즉시 마르며 진줏빛의 얇고 타이트한 단화로 변해 그의 발을 감쌌다. 그는 다른 쪽 발로도 이 과정을 반복했다.

그 물질은 배리트론 공장에서 나오는 것이었다. 그 회사는 공군을 위해 새로운 살상용 폭탄을 제조하고 있었다. 그 폭탄은 폭발하며 강철 파편 대신 플라스틱 파편을 흩뿌렸는데, 플라스틱 파편이 더 저렴하기 때문이었다. 또한 그것은 부상당한 적의 몸에서 엑스레이 기계로 찾아내는 것도 불가능했다.

배리트론은 자신들의 폐기물이 슈거크리크로 버려지고 있다는 사실을 몰랐다. 그들은 갱단이 장악한 마리티모 형제 건설회사에 의뢰해서 폐기물 처리 시설을 지었다. 그곳이 갱단이 장악한 회사라는 건 배리스톤에서도 알고 있었다. 모두가 그 사실을 알고 있었다. 하지만 마리티모 형제 회사는 시내에서 제일가는 건축 회사였다. 이를테면 드웨인 후버의 집도 그 회사가 지었고, 그것은 튼튼한 집이었다.

하지만 종종 그들은 놀랍도록 못된 짓을 하곤 했다. 배리트론 폐기물 처리 시설이 딱 그런 경우였다. 돈을 많이 들인 만큼 겉보기에는 복잡하고 열심히 돌아가는 것처럼 보였다. 하지만 사실 그것은 쓸모없는 고물을 여기저기 연결해 만든 것으로, 배리트론에서 슈거크리크로 곧장 이어져 폐수를 그대로 쏟아내는 훔친 하수관을 숨기고 있었다.

자신들이 얼마나 심각한 오염을 유발하고 있는지 알면 배리트론은 완전히 넌더리를 낼 것이었다. 그들은 설립 이후로 비용이 얼마나 들든 선량한 시민 기업의 완벽한 모델이 되고자 애써왔다.

• • •

트라우트는 이제 내 아버지의 다리와 발로 슈거크리크를 건넜고, 개울을 헤치며 성큼성큼 걸어갈 때마다 그 부속물은 점점 더 진주 같은 광택을 냈다. 물이 겨우 슬개골까지 올라오는 정도였음에도 그는 꾸러미와 신발과 양말을 머리에 이고 걸었다.

그는 자신이 얼마나 우스꽝스럽게 보일지 알았다. 그는 자신이 혐오스럽게 받아들여지길 바랐고, 페스티벌을 죽도록 난감하게 만들길 꿈꿨다. 그는 마조히즘으로 야단법석을 떨기 위해 그 먼 길을 온 것이었다. 그는 바퀴벌레 취급을 당하길 원했다.

· · ·

그가 기계인 한, 그의 상황은 복잡하고 비극적이고 어처구니 없는 것이었다. 하지만 그의 성스러운 부분, 그의 의식은 흔들림 없는 빛줄기로 남아 있었다.

그리고 이 책은 고기로 만들어진 기계와 금속과 플라스틱으로 만들어진 기계의 협력으로 쓰이고 있다. 덧붙여 말하자면 그 플라스틱은 슈거크리크의 끈적끈적한 오물과 사촌 격이다. 그리고 글쓰는 고기 기계의 중심에는 무언가 성스러운 것, 즉 흔들림 없는 빛줄기가 있다.

이 책을 읽는 모든 이의 중심에는 흔들림 없는 빛줄기가 있다.

방금 뉴욕에 있는 내 아파트의 초인종이 울렸다. 그리고 나는 현관을 열면 무엇을 보게 될지 알고 있다. 그것은 바로 흔들림 없는 빛줄기다.

라보 카라베키안에게 신의 축복이 있기를!

· · ·

들어보라. 킬고어 트라우트는 홈통에서 기어나와 아스팔트 사막, 즉 주차장으로 올라갔다. 젖은 맨발로 홀리데이 인의 로비에 들어가 카펫에 발자국을 남기는 것이 그의 계획이었다— 다음과 같이 말이다.

트라우트는 누군가가 그 발자국을 보고서 격분할 거라고 상상했다. 그러면 그는 젠체하며 다음과 같이 대답할 기회를 얻게 될 것이었다. "뭣 때문에 그렇게 기분이 상하신 거죠? 저는 인간에게 최초로 주어진 인쇄기를 사용하고 있을 뿐입니다. 당신은 지금 선명하게 찍힌 인류 보편적 헤드라인을 읽고 계신 겁니다. '나는 여기 있다, 나는 여기 있다, 나는 여기 있다'라고요."

하지만 트라우트는 걸어다니는 인쇄기가 아니었다. 카펫에는 아무런 자국도 남지 않았는데, 그의 두 발이 플라스틱에 감싸여 있었고 플라스틱은 말라 있었기 때문이다. 플라스틱 분자의 구조는 이랬다.

분자는 계속 이어지고 영원히 반복되어 작은 구멍 하나 없이 튼튼한 층을 형성했다.

이 분자는 드웨인의 쌍둥이 형제인 라일과 카일이 자동 산탄 총으로 공격했던 바로 그 괴물이었다. 세이크리드 미러클 동굴을 작살내고 있는 것과 똑같은 물질이었다.

• • •

내게 플라스틱 분자 조각을 그리는 법을 알려준 사람은 다트머스대학교의 교수 월터 H. 스토크메이어였다. 그는 저명한 물리화학지이자 재밌고 유용한 친구다. 그는 내가 만들어낸 사람이 아니다. 나는 월터 H. 스토크메이어 교수가 되고 싶다. 그는 훌륭한 피아니스트다. 그는 아주 멋들어지게 스키를 탄다.

그리고 그럴듯한 분자 그림을 스케치할 때면 그는 내가 표시한 것처럼 그것이 계속해서 이어지는 지점을 표시했다—똑같은 게 끝없이 계속될 거라는 약어로.

이제 삶은 지구를 아주 단단히 감싸고 있는 중합체重合體이므로, 사람에 대한 모든 이야기의 적절한 결말은 바로 그와 같은 약어가 되어야 마땅할 것 같은데, 지금 내가 큰 글자로 써보고 싶어서 쓰는 그 약어는 다음과 같은 모양이다.

기타 등등

• • •

그리고 내가 그토록 많은 문장을 '그리고'와 '그래서'로 시작하고 그토록 많은 단락을 '……그리고 어쩌고저쩌고'로 끝내는 것은 이 중합체의 연속성을 인정하기 위함이다.

그리고 어쩌고저쩌고.

"모든 게 바다 같아!"라고 도스토옙스키는 외쳤다. 나는 모든 게 셀로판 같다고 말하련다.

• • •

그래서 트라우트는 잉크 없는 인쇄기처럼 로비에 들어섰지만 그는 그곳에 온 사람 중 가장 기괴한 사람이었다.

다른 사람들이 거울이라고 부르고 그가 구멍이라고 부르는 것이 그의 주변을 온통 둘러싸고 있었다. 로비를 칵테일라운지와 구분해주는 벽 전체가 높이 10피트에 길이 30피트의 구멍이었다. 담배 자판기에도 또다른 구멍이 있었고, 사탕 자판기에도 하나 더 있었다. 그리고 트라우트가 다른 우주에서 무슨 일이 벌어지고 있는지 보려고 그것을 들여다보자 맨발에 바지를 무릎까지 걷어올리고 눈이 충혈된 아주 더럽고 늙은 생명체가 보였다.

그 당시 로비에 있던 다른 유일한 사람은 젊고 아름다운 데스크 담당 직원인 밀로 마리티모였다. 밀로의 옷과 피부와 눈은 온통 올리브색이었다. 그는 코넬호텔학교 졸업생이었다. 그는 악명 높은 시카고 갱 알 카포네의 보디가드인 기예르모 '꼬마 윌리' 마리티모의 동성애자 손자였다.

트라우트는 이 악의 없는 남자에게 다가가서 두 맨발을 잔뜩 벌리고 두 팔을 활짝 편 채 데스크 앞에 섰다. "혐오스러운 설인*이 왔습니다." 그가 밀로에게 말했다. "만일 제가 대부분의 혐오스러운 설인처럼 깨끗하지 않다면, 그건 제가 어렸을 때 에베레스트 산비탈에서 납치되어 리우데자네이루의 매음굴에 노예로 끌려가서는 이루 말할 수 없이 더러운 변기통을 지난 오십 년 동안 청소했기 때문일 겁니다. 그곳에 채찍을 맞으러 온 손님 중 한 명이 고통과 황홀경을 오가다가 미들랜드시티에서 아트 페스티벌이 열릴 거라고 외치더군요. 저는 지독한 악취를 풍

---

* 히말라야의 전설의 괴물 예티의 또다른 이름.

기는 빨랫감 바구니에서 가져온 시트로 밧줄을 만들어 그곳을 탈출했습니다. 스스로가 위대한 예술가라고 믿는 저는 죽기 전에 인정받고자 미들랜드시티에 왔습니다."

밀로 마리티모는 찬란히 흠모하는 얼굴로 트라우트를 맞이했다. "트라우트 씨," 그가 황홀해하며 말했다. "저는 어디서든 당신을 알아볼 겁니다. 미들랜드시티에 오신 걸 환영합니다. 우리는 당신이 정말로 필요해요!"

"내가 누군지 어떻게 아는 거죠?" 킬고어 트라우트가 말했다. 그가 누구인지 알아본 사람은 지금껏 아무도 없었다.

"당신이 당신이 아니면 또 누구겠어요." 밀로가 말했다.

트라우트는 기가 꺾였다―중립화됐다. 그는 이제 두 팔을 떨구고 어린애 같은 상태가 되었다. "내가 누구인지 아는 사람은 지금껏 아무도 없었습니다."

"저는 압니다." 밀로가 말했다. "우리는 당신을 발견했고 당신이 우리를 발견해주길 바라고 있어요. 미들랜드시티는 더이상 여자 200미터 평영 세계 챔피언인 메리 앨리스 밀러의 고향으로만 알려지지 않을 겁니다. 이곳은 또한 킬고어 트라우트의 위대함을 최초로 인정한 도시가 될 겁니다."

트라우트는 잠자코 데스크 앞을 떠나 양단으로 장식한 스페인 스타일의 긴 안락의자에 앉았다. 자판기를 제외한 로비 전체가 스페인 스타일로 꾸며져 있었다.

밀로는 몇 년 전 인기 있었던 텔레비전 쇼의 대사를 인용했다. 그 쇼는 이제 방송되지 않았지만 대부분의 사람이 여전히 그 대사를 기억했다. 그 나라에서 오가는 대화의 대부분은 현재와 과거의 텔레비전 쇼 대사로 이뤄져 있었다. 밀로가 인용한 대사는 꽤 유명한 노인을 평범한 방처럼 보이는 곳으로 데려가는 구성의 쇼에 나온 것이었는데, 그 방은 사실 무대였고 좌석에는 관객이 있었으며 사방에 카메라가 숨겨져 있었다. 또한 옛날에 그 노인을 알았던 사람들도 곳곳에 숨어 있었다. 그들은 나중에 앞으로 나와서 그 노인에 대한 일화를 들려주곤 했다.

밀로는 만일 트라우트가 그 쇼에 출연했다면 무대의 커튼이 올라가는 동안 진행자가 트라우트에게 했을 법한 말을 했다. "킬고어 트라우트! 이것이 당신의 삶입니다!"

• • •

물론 그곳에는 관객이나 커튼 같은 것은 전혀 없었다. 그리고 사실 미들랜드시티에서 킬고어 트라우트에 대해 뭐라도 아는 사람은 밀로 마리티모가 유일했다. 미들랜드시티의 상류층이 자신처럼 킬고어 트라우트의 작품에 열광할 거라는 생각은 그의 희망사항일 뿐이었다.

"우리는 르네상스를 맞이할 준비를 마쳤습니다, 트라우트 씨! 당신은 우리의 레오나르도 다빈치가 될 거예요!"

"당신은 대체 저를 어떻게 아는 거죠?" 트라우트가 멍하니 말했다.

"미들랜드시티 르네상스를 맞이할 준비를 했거든요." 밀로가 말했다. "저는 이곳에 오고 있는 모든 예술가가 쓴 모든 작품과 그들에 대해 쓰인 모든 작품을 책임지고 읽었습니다."

"제가 썼거나 저에 대해 쓰인 건 어디에도 없을 텐데요." 트라우트가 이의를 제기했다.

밀로가 데스크 뒤에서 앞으로 나왔다. 그는 여러 종류의 테이프로 단단히 싼, 오래되고 한쪽이 처진 소프트볼처럼 보이는 것을 들고나왔다. "당신에 대한 작품을 찾을 수가 없어서 저는 엘리엇 로즈워터에게 편지를 썼어요." 그가 말했다. "당신을 여기로 꼭 데려와야 한다고 말한 분이시죠." 그분은 당신의 장편소설 마흔한 편과 단편소설 예순세 편을 개인적으로 소장하고 계십니다, 트라우트 씨. 그분은 그걸 모두 읽게 해주셨죠." 그는 야구공처럼 보이는 것을 내밀었는데, 그것은 사실 로즈워터가 소장한 책 중 하나였다. 로즈워터는 자신의 SF 소설 서재를 책이 너덜해지도록 이용했던 것이다. "제가 다 읽지 못한 책은 이것뿐이고, 내일 해가 뜨기 전까지는 이 책을 끝낼 겁니다." 밀로가 말했다.

• • •

덧붙이자면 문제의 소설은 바로 『똑똑한 토끼』였다. 주인공

은 다른 야생 토끼와 다름없이 살아가는 토끼였지만 지능만큼
은 알베르트 아인슈타인이나 윌리엄 셰익스피어처럼 뛰어났다.
그 토끼는 암컷이었다. 이 암토끼는 킬고어 트라우트가 쓴 모든
장편소설과 단편소설을 통틀어 유일한 여성 주인공이었다.

암토끼는 풍선처럼 부풀어오르는 지능에도 불구하고 평범한
암토끼의 삶을 살아갔다. 암토끼는 자신의 정신이 무용하다고,
그것은 일종의 종양 같은 것이라고, 토끼가 처한 상황에서 그것
은 전혀 유용하지 않은 것이라고 결론지었다.

그래서 암토끼는 종양을 제거하기 위해 도시로 깡충깡충 뛰
어갔다. 하지만 암토끼가 그곳에 도착하기 전에 더들리 패로우
라는 이름의 사냥꾼이 암토끼를 총으로 쏴 죽여버렸다. 패로우
는 암토끼의 가죽을 벗기고 내장을 끄집어냈지만 그와 그의 아
내인 그레이스는 암토끼를 먹지 않는 게 좋겠다고 결정했는데,
암토끼의 머리가 유별나게 컸기 때문이다. 둘은 암토끼가 살아
있었을 때 했던 것과 똑같은 생각을 했다—그 암토끼는 병에 걸
린 게 틀림없다고.

그리고 어쩌고저쩌고.

• • •

킬고어 트라우트는 자신의 다른 유일한 옷인 고등학교 시절
턱시도와 새로 산 이브닝 셔츠 등으로 당장 갈아입어야 했다.

걷어올린 바지의 아랫부분에는 개울의 플라스틱 물질이 가득 스며서 다시 내릴 수가 없었다. 그 부분은 하수관의 이음매 테두리처럼 뻣뻣했다.

그래서 밀로 마리티모는 그를 스위트룸으로 안내했는데, 그 곳은 평범한 홀리데이 인 방 두 개가 열린 문으로 연결된 방이 었다. 트라우트와 다른 모든 저명한 방문객은 스위트룸에 묵었는데, 거기에는 컬러텔레비전 두 대, 타일이 깔린 욕실 두 개, 매 직 핑거가 설치된 더블베드 네 개가 포함되어 있었다. 매직 핑거는 침대 매트리스의 스프링에 붙어 있는 전기 마사지기였다. 손님이 침대 옆 테이블의 작은 상자에 25센트를 넣으면 매직 핑거는 침대를 이리저리 가볍게 흔들었다.

트라우트의 방에는 가톨릭 신자였던 갱 단원의 장례식을 치러도 될 만큼 많은 꽃이 있었다. 그것은 아트 페스티벌 위원장인 프레드 T. 배리, 미들랜드시티 여성클럽협회, 상공회의소 등 등에서 보낸 꽃이었다.

트라우트는 꽃 사이에 꽂힌 카드를 몇 개 읽고는 한마디 했다. "이 도시는 예술을 엄청나게 많이 후원해주는 것 같군."

밀로는 짜릿한 고통으로 움찔하며 올리브색 두 눈을 꼭 감았다. "때가 왔습니다. 오 하느님, 트라우트 씨, 우리는 우리가 무엇에 굶주려 있는지도 모른 채 너무 오랫동안 굶주려왔습니다." 그가 말했다. 이 젊은이는 대범죄자의 후손일 뿐만 아니라 현재 미들랜드시티에서 활동하는 흉악범들의 가까운 친척이기도 했다. 이를테면 마리티모 형제 건설회사의 동업자는 그의 삼촌들이었고 밀로의 오촌인 지노 마리티모는 그 도시의 마약왕이었다.

• • •

"아, 트라우트 씨." 트라우트의 스위트룸에서 친절한 밀로가 말을 이었다. "우리에게 노래하고 춤추고 웃고 우는 법을 가르쳐주세요. 우리는 돈과 섹스와 질투와 부동산과 풋볼과 농구와 자동차와 텔레비전과 술로 목숨을 부지하고자 너무 오랫동안 애써왔습니다―톱밥과 깨진 유리뿐이죠!"

"눈 좀 뜨세요!" 트라우트가 매섭게 말했다. "당신 눈에는 내가 춤꾼이나 가수, 기쁨을 전하는 사람처럼 보입니까?" 그는 이제 턱시도를 입고 있었다. 그것은 그에게 한 사이즈 컸다. 그는 고등학교 시절 이후로 체중이 많이 줄었다. 그의 주머니에는 좀약이 잔뜩 들어 있었다. 말의 안장에 다는 주머니처럼 불룩했다.

"눈 좀 뜨세요!" 트라우트가 말했다. "아름다움을 먹고 자란 인간이 이런 모습일까요? 당신은 이곳에 황량함과 절망밖에 없다고 말했죠? 제가 가져온 것도 황량함과 절망뿐입니다!"

"제 눈은 뜨여 있습니다." 밀로가 온화하게 말했다. "그리고 제가 기대한 바로 그것을 보고 있습니다. 저는 끔찍하게 상처 입은 사람을 보고 있습니다―그 상처는 그가 감히 진리의 불길을 지나 우리가 한 번도 보지 못한 반대편으로 가려 했기에 생긴 것이죠. 그러고서 그는 돌아왔습니다―우리에게 그 반대편에 대해 이야기해주기 위해서요."

• • •

그리고 나는 그곳 신축 홀리데이 인에 앉아서 그곳을 없어지게 했다가 나타나게 했다가 다시 없어지게 했다가 다시 나타나게 했다. 사실 그곳에는 커다랗고 드넓은 들판 말고는 아무것도 없었다. 한 농부가 그곳을 호밀밭으로 만들었다.

나는 이제 트라우트가 드웨인 후버를 만나게 하고, 드웨인을 미쳐 날뛰게 할 때가 되었다고 생각했다.

나는 이 책이 어떻게 끝날지를 알았다. 드웨인은 많은 사람을 다치게 할 것이다. 그는 킬고어 트라우트의 오른손 약지 한 마디를 물어뜯을 것이다.

그러고서 트라우트는 상처에 붕대를 감은 채 낯선 도시로 걸어들어갈 것이다. 그는 자신의 창조자를 만나 모든 설명을 듣게 될 것이다.

21

킹고어 트라우드는 각테일라운지로 늘어섰다. 그의 발은 불
타는 듯이 뜨거웠다. 발은 신발과 양말뿐만 아니라 투명한 플라
스틱으로도 감싸여 있었다. 발은 땀을 흘릴 수도 없고 숨을 쉴
수도 없었다.

라보 카라베키안과 비어트리스 키즐러는 그가 들어오는 것을
보지 못했다. 둘은 피아노 바에서 다정한 새 친구들에게 둘러싸
여 있었다. 그들은 카라베키안의 연설을 인상적으로 받아들였
다. 이제 미들랜드시티가 세상에서 가장 위대한 그림 중 하나를
가지게 되었다는 사실에 모두가 동의했다.

"설명만 해주셨으면 됐을 걸 그랬네요." 보니 맥마흔이 말했
다. "이제 알겠어요."

"저는 설명할 만한 게 아무것도 없다고 생각했어요." 건축업

자인 카를로 마리티노가 말했다. "하지만 세상에, 그렇지 않았군요."

보석상인 에이브 코언이 카라베키안에게 말했다. "만일 예술가들이 더 많은 설명을 해준다면 사람들은 예술을 더 많이 좋아하게 될 거예요. 그렇다는 거 아시겠어요?"

그리고 어쩌고저쩌고.

트라우트는 으스스한 기분을 느꼈다. 그는 많은 사람이 밀로 마리티모가 그랬던 것처럼 자신을 과하게 환영해줄 거라고 생각했고, 그는 그런 축하를 받아본 적이 한 번도 없었다. 하지만 아무도 그를 성가시게 하지 않았다. 그의 오랜 친구인 익명성이 다시 그의 옆에 와 있었고, 그 둘은 드웨인 후버와 내 근처의 테이블에 자리를 잡았다. 그가 볼 수 있는 내 모습은 거울 같은 내 안경, 즉 내 구멍에 반사된 촛불뿐이었다.

드웨인 후버는 칵테일라운지에서 일어나는 일들에서 여전히 정신적으로 분리되어 있었다. 그는 노즈 퍼티* 덩어리처럼 앉아서 아주 오래전 먼 곳의 무언가를 응시하고 있었다.

트라우트가 앉는 동안 드웨인이 입술을 씰룩거렸다. 그는 아무 소리 없이 이 말을 했고, 그것은 트라우트나 나와는 아무 상관도 없었다. "우울한 월요일이여, 안녕히."

---

* 코를 높게 보이게 하는 접합제.

• • •

트라우트는 마닐라지로 만든 뚱뚱한 봉투를 가지고 있었다. 밀로 마리티모가 준 것이었다. 그 안에는 아트 페스티벌 프로그램, 페스티벌 위원장인 프레드 T. 배리가 트라우트에게 보낸 환영 편지, 돌아오는 주에 있을 행사 시간표가 있었다―그리고 이런저런 다른 것들이.

트라우트는 또한 자신의 장편소설 『이제는 말할 수 있다』를 한 권 들고 있었다. 그것은 활짝 벌어진 비버 책으로, 드웨인 후버가 곧 아주 심사하게 받아들일 책이었다.

그리하여 그곳에는 우리 셋이 있게 되었다. 드웨인과 트라우트와 나는 전부 한 변이 12피트인 정삼각형 안에 들어갈 수 있었을 것이다.

세 개의 흔들림 없는 빛줄기로서 우리는 단순하고 독립적이고 아름다웠다. 기계로서 우리는 오래된 배관과 배선, 녹슨 경첩과 연약한 스프링으로 이뤄진 무기력한 자루였다. 그리고 우리의 연관성은 복잡미묘했다.

어쨌든 나는 드웨인과 트라우트를 창조한 사람이었고, 이제 트라우트는 곧 드웨인을 완전한 광기로 내몰 것이었으며, 드웨인은 곧 트라우트의 손가락을 물어뜯을 것이었다.

· · ·

웨인 후블러는 주방의 작은 구멍으로 우리를 지켜보고 있었다. 누군가 그의 어깨를 두드렸다. 그에게 먹을 것을 주었던 남자가 이제 떠나라고 말했다.

그래서 그는 바깥을 돌아다니다가 다시 드웨인의 중고차 사이로 들어갔다. 그는 주간고속도로를 오가는 차들의 행렬과 다시 대화를 시작했다.

· · ·

칵테일라운지의 바텐더는 이제 천장의 자외선 조명을 탁 켰다. 보니 맥마흔의 유니폼은 형광 물질이 가득 스며 있었기에 전광판처럼 빛났다.

바텐더의 재킷과 벽에 걸린 아프리카 가면들도 마찬가지였다.

드웨인 후버의 셔츠와 다른 몇몇 남자의 셔츠도 마찬가지였다. 그 이유는 이러했다. 그 셔츠들은 형광 물질을 함유한 세제로 세탁한 것이었다. 그 세제는 옷이 실제로 형광성을 띠게 만들어 햇빛 속에서 더 밝게 보이도록 했다.

하지만 같은 옷이 어두운 방에서 자외선 불빛을 받으면 우스꽝스러울 만큼 밝아졌다.

버니 후버의 치아도 빛났는데, 자신의 미소를 낮에 더 환하게

320

보이도록 만들어줄 형광 물질이 함유된 치약을 사용했기 때문이다. 그는 이제 활짝 웃고 있었고, 그 모습은 작은 크리스마스 트리 전구를 입안 가득 문 것처럼 보였다.

하지만 그 방의 새로운 빛 가운데 단연코 가장 빛나는 것은 킬고어 트라우트가 입은 새 이브닝 셔츠의 가슴 부분이었다. 그 광채는 반짝거렸으며 깊이가 있었다. 방사능 다이아몬드가 가득 담긴 자루의 벌어진 윗부분과도 같은 수준이었다.

그런데 그때 트라우트가 자기도 모르게 몸을 앞으로 숙여 풀을 먹인 셔츠 가슴 부분이 찌그러지며 파라볼라안테나의 반사판처럼 뇌었다. 이는 셔츠를 탐조능으로 만들었다. 그것의 빛줄기는 드웨인 후버를 향해 있었다.

갑작스러운 빛에 드웨인은 무아지경에서 깨어났다. 그는 어쩌면 자신이 죽었을지도 모른다고 생각했다. 어쨌든 고통 없고 초자연적인 무언가가 일어나고 있었다. 드웨인은 그 성스러운 빛에 안심하며 미소를 보냈다. 그는 무엇이든 받아들일 준비가 되어 있었다.

· · ·

트라우트는 라운지 안의 몇몇 옷들이 환상적으로 변하는 이유를 설명할 수 없었다. 대부분의 SF 작가가 그러하듯 그는 과학에 대해 아는 게 아무것도 없었다. 라보 카라베키안이 그러하듯 그에게는 확실한 정보가 필요하지 않았다. 그래서 그는 이 광경에 깜짝 놀랄 수밖에 없었다.

내 셔츠는 평범한 비누를 사용하는 중국인 세탁소에서 여러 번 세탁한 오래된 것이어서 형광을 발하지 않았다.

드웨인 후버는 좀전에 깜박이는 레몬유 방울에 넋을 잃었던 것처럼 이제는 트라우트의 셔츠 가슴 부분에 넋을 잃고 말았다. 그는 이제 자신이 열 살 때 새아버지가 해준 말을 기억해냈다. 셰퍼즈타운에는 왜 깜둥이가 없는가.

이는 완전히 상관없는 기억이 아니었다. 어쨌든 드웨인은 보니 맥마흔과 이야기하고 있었고, 그녀의 남편은 셰퍼즈타운의 세차장 때문에 돈을 다 날린 사람이었다. 그리고 세차장이 실패한 주된 이유는 세차장을 성공적으로 운영하기 위해서는 값싸고 풍부한 노동력, 즉 흑인의 노동력이 필요했기 때문이다—셰퍼즈타운에는 깜둥이가 없었다.

"여러 해 전에," 드웨인이 열 살 때 드웨인의 새아버지가 드웨인에게 말했다. "깜둥이들이 북쪽으로 수백만 명씩 올라오고 있었지—시카고, 미들랜드시티, 인디애나폴리스, 디트로이트로. 세계대전이 진행중이었어. 노동력이 워낙 부족해서 글을 읽거나 쓸 줄 모르는 깜둥이들도 좋은 공장에 취업할 수 있었지. 깜둥이들은 전에 없이 많은 돈을 벌었다.

하지만 셰퍼즈타운에서는," 그가 말을 이었다. "백인들이 재

322

빨리 손을 썼어. 그들은 도시에 깜둥이가 들어오는 걸 원하지 않았고, 그래서 도시 경계의 대로와 철도의 조차장에 표지판을 세웠지." 드웨인의 새아버지는 표지판을 설명했는데, 그것은 이런 모양이었다.

깜둥이들아! 여기는 셰퍼즈타운이다. 해가 질 때까지
여기서 꾸물대면 불쌍한 꼴을 당하게 될 거야!

"어느 날 밤—" 드웨인의 새아버지가 말했다. "어느 깜둥이 가족이 지붕이 있는 화물차를 타고 가다가 셰퍼즈타운에 내렸어. 어쩌면 그 표지판을 보지 못했는지도 모르지. 어쩌면 읽을 줄 몰랐는지도 몰라. 어쩌면 보고도 믿지 못했는지도 모르지."

그렇게 신이 나서 이야기하는 드웨인의 새아버지는 실직중이었다. 대공황이 이제 막 시작됐을 때였다. 그와 드웨인은 매주 가족용 차에 쓰레기를 잔뜩 싣고 외진 곳으로 원정을 떠나서 그걸 모두 슈거크리크에 버렸다.

"어쨌든 그날 밤 깜둥이 가족은 빈 판잣집으로 들어갔어." 드웨인의 새아버지가 말을 이었다. "그들은 난로에 불을 지피고 이런저런 소란을 피웠지. 그래서 자정에 군중이 그곳으로 몰려갔어. 그들은 남자를 끌어내서 철조망 울타리의 제일 윗부분에 올려놓고는 톱으로 두 쪽을 내버렸단다." 드웨인은 그 이야기를 들었을 때 쓰레기에서 나온 무지갯빛 기름이 슈거크리크의 수면 위로 예쁘게 퍼지던 모습을 똑똑히 기억했다.

"지금으로부터 아주 오래전인 그날 밤 이후로," 그의 새아버지가 말했다. "셰퍼즈타운에서 밤을 보낸 깜둥이는 한 명도 없었어."

• • •

트라우트는 드웨인이 자신의 가슴을 미치광이처럼 응시하고 있는 것을 알고는 몸이 따끔거렸다. 드웨인의 눈은 헤엄치고 있었고, 트라우트는 그 눈이 술 속에서 헤엄치고 있다고 생각했다. 그는 드웨인이 사십 년 전에 무지개를 만들었던 슈거크리크의 번드르르한 기름을 보고 있다는 사실을 알 수 없었다.

트라우트는 나를 잘 볼 수 없었지만 나 또한 의식하고 있었다. 드웨인보다 내가 트라우트를 훨씬 더 불안하게 만들었다. 사실 트라우트는 내가 창조한 인물 가운데 자신이 또다른 인간의 창조물일지도 모른다고 의심할 수 있을 만큼의 상상력을 지닌 유일한 인물이었다. 그는 자신의 앵무새에게 이런 가능성에 대해 여러 번 말한 바 있다. 이를테면 그는 이렇게 말했다. "솔직히 말하건대, 빌, 일이 돌아가는 꼴을 보면 내가 늘 고통받는 누군가에 대해 쓰고 싶어하는 누군가의 책에 등장하는 인물이라는 생각밖에 들지 않아."

이제 드라우트는 사신이 자신을 창조한 사람 아주 가까이에 앉아 있다는 사실을 알아차리기 시작했다. 그는 당황했다. 그는 어떻게 반응해야 할지 알 수 없었는데, 그의 반응은 내가 말하는 바로 그것이 될 것이었기에 특히 더 그랬다.

나는 그를 관대하게 대했다. 손을 흔들지도 않았고, 쳐다보지도 않았다. 나는 안경을 계속 쓰고 있었다. 나는 테이블 상판에 다시 글씨를 썼는데, 그것은 내가 살던 시대에 물질과 에너지의 연관성을 나타낸 것이라고 이해되던 상징을 휘갈긴 것이었다.

내가 아는 한 그것은 결함이 있는 방정식이었다. 그 방정식 어딘가에는 의식Awareness을 뜻하는 'A'가 있어야 했다—그것 없이는 수학 상수인 'E'와 'M'과 'c'가 존재할 수 없었다.

• • •

덧붙이자면 우리는 모두 공의 표면에 달라붙어 있었다. 우리의 행성은 공 모양이었다. 우리가 왜 떨어지지 않는지 다들 어느 정도 이해하는 척했지만 제대로 아는 사람은 아무도 없었다.

정말 똑똑한 사람들은 사람들이 달라붙어 있는 표면의 일부를 소유하는 것이 부자가 되는 최고의 방법 중 하나라는 사실을 알았다.

• • •

트라우트는 드웨인과 나 둘 중 어느 쪽과도 눈을 마주치길 꺼렸고, 그래서 그는 자신의 스위트룸에 놓여 있던 마닐라지 봉투의 내용물을 살펴보았다.

그가 처음으로 살펴본 것은 페스티벌 위원장이자 밀드러드 배리 기념 아트 센터의 기증자이자 주식회사 배리트론의 창립자 겸 이사회 회장인 프레드 T. 배리가 보낸 편지였다.

편지에는 킬고어 트라우트의 이름으로 작성된 배리트론의 보통주 1주가 클립으로 고정되어 있었다. 편지의 내용은 이러했다.

"친애하는 트라우트 씨에게. 당신처럼 저명하고 창의적인 분께서 소중한 시간을 내서 미들랜드시티의 첫번째 아트 페스티벌에 참석해주신 것을 기쁘고 영광스럽게 생각합니다. 이곳에 계시는 동안 우리 가족의 일원이라고 느끼시길 바랍니다. 당신과 다른 저명한 방문객들께서 이 지역사회의 삶에 더 깊이 동참한다고 느끼실 수 있도록, 제가 창립했고 현재 의사회 회장으로 있는 회사의 주식을 1주씩 선물로 드리는 바입니다. 그 회사는 이제 저의 것만이 아니라 여러분의 것이기도 합니다.

우리 회사는 1934년에 아메리카 로보-매직 회사로 시작했습니다. 치음에 회사의 직원은 세 명이었고, 회사의 임무는 가정에서 사용할 수 있는 최초의 완전 자동 세탁기를 디자인하고 제조하는 것이었습니다. 여러분은 그 세탁기의 모토를 주권 상단의 기업 엠블럼에서 발견하실 수 있을 겁니다."

엠블럼은 화려하게 장식된 긴 의자에 앉아 있는 그리스 여신이었다. 그녀는 기다란 깃발이 나부끼는 깃대를 들고 있었다. 깃발에는 이렇게 적혀 있었다.

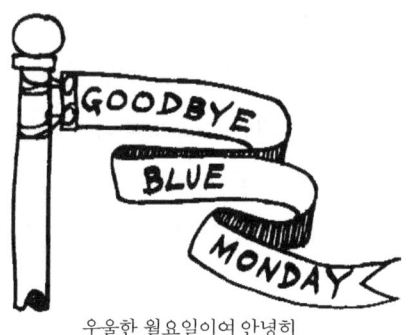

우울한 월요일이여 안녕히

• • •

옛 로보-매직 세탁기의 모토는 사람들이 월요일에 대해 가진 별개의 두 가지 생각을 영리하게 혼동시키고 있었다. 그중 하나는 여자들이 전통적으로 빨래를 월요일에 한다는 생각이었다. 월요일은 그저 빨래하는 날이었을 뿐이고 그런 이유로 특히 더 우울한 날은 아니었다.

하지만 주중에 지독한 일을 하는 사람들은 가끔 월요일을 '우울한 월요일'이라고 부르곤 했는데, 하루만 쉬고 다시 일하러 돌아가는 것을 질색했기 때문이다. 프레드 T. 배리는 젊은 시절에 로보-매직의 모토를 만들면서 여자들이 빨래하는 걸 질색하고 몹시 피곤해했기 때문에 월요일이 '우울한 월요일'로 불린 것처럼 가장했다.

로보-매직이 여자들의 기분을 북돋아줄 것이었다.

• • •

그런데 로보-매직이 발명된 당시에 대부분의 여자가 월요일에 빨래를 했다는 것은 사실이 아니었다. 그들은 내킬 때면 언제든 빨래를 했다. 이를테면 드웨인 후버가 가장 똑똑히 떠올릴 수 있는 대공황 시절의 기억 중 하나는 그의 새어머니가 크리스마스이브에 빨래를 하기로 결심했을 때의 일이었다. 그녀는 가족이 처하게 된 비천한 상황에 가슴이 쓰라렸고, 그래서 갑자기 지하실로 쿵쾅거리며 내려가 바퀴벌레와 노래기 사이에서 빨래를 했다.

"깜둥이 일을 할 시간이야." 그녀는 말했다.

• • •

프레드 T. 배리는 1993년, 믿을 만한 판매용 기계가 나오기 한참 전에 로보-매직을 광고하기 시작했다. 그리고 그는 대공황 시기에 미들랜드시티에서 옥외광고판을 설치할 자금이 있는 몇 안 되는 사람 중 한 명이었고, 그래서 로보-매직의 광고문은 관심을 끌기 위해 마구 다투거나 고함을 지를 필요가 없었다. 그것은 사실상 시내의 유일한 상징이었다.

프레드의 광고 중 하나는 로보-매직 회사가 인수해서 지금은 없어진 키즐러 자동차회사의 정문 바깥에 있는 옥외광고판에 그려져 있었다. 그것은 모피 코트와 진주 목걸이를 두른 사교계 여성의 모습을 보여줬다. 그녀는 빈둥거리며 즐거운 오후를 보내기 위해 저택에서 나오고 있었고, 그녀의 입에서는 풍선이 나오고 있었다. 풍선 안에 적힌 말은 다음과 같았다.

내 로보-매직이 빨래를 하는 동안 브리지 게임 클럽에 가야겠어!
우울한 월요일이여, 안녕히!

철도역 옆에 있는 옥외광고판에 그려진 또다른 광고는 로보-매직을 집안으로 들이고 있는 두 명의 백인 배달부를 보여줬다. 흑인 하녀가 그 둘을 지켜보고 있었다. 그녀의 눈은 익살스럽게 불룩 튀어나와 있었다. 그녀의 입에서도 풍선이 나오고 있었고, 그녀는 이렇게 말했다.

얼른 발을 움직이자! 저들이 로보-매직을 들이는군!
우린 이제 이 집에서 쓸모없게 돼버렸어!

• • •

프레드 T. 배리는 이 광고문들을 직접 썼고, 다양한 로보-매직 가전제품이 그가 말하는 '세상의 모든 깜둥이 일', 즉 들어올리고 청소하고 요리하고 빨래하고 다림질하고 육아하고 오물을 처리하는 일을 결국 다 하게 될 거라고 예견했다.

그런 일을 직접 해야 하는 상황을 너그럽게 받아들일 수 없던 백인 여성은 드웨인 후버의 새어머니뿐만이 아니었다. 내 어머니도 그랬고, 내 누이도 그랬다. 그녀가 편히 잠들길. 둘은 모두 깜둥이 일을 히길 단호히 거부했다.

물론 백인 남자들도 그 일을 하려 하지 않았다. 그들은 그것을 여자의 일이라고 불렀고, 여자들은 그것을 깜둥이 일이라고 불렀다.

• • •

나는 이제 엉뚱한 추측을 해보려 한다. 나는 미국 남북전쟁의 종결이 전쟁에 승리한 북부 백인들에게 이제껏 아무도 인정하지 않은 어떤 좌절감을 안겨줬을 거라고 생각한다. 그들의 후손은 그것이 무엇인지도 알지 못한 채 그 좌절감을 물려받았다고 나는 생각한다.

그 전쟁의 승리자들은 전쟁의 가장 가치 있는 전리품, 즉 인간 노예를 빼앗기고 말았던 것이다.

• • •

로보-매직의 꿈은 제2차세계대전으로 중단됐다. 옛 키즐러 자동차회사는 가전제품 공장 대신 병기 공장이 되었다. 로보-매직에서 살아남은 것은 그것의 뇌뿐이었는데, 그 뇌는 기계의 나머지 부분에 언제 물을 들여보낼지, 언제 물을 내보낼지, 언제 출렁거릴지, 언제 헹굴지, 언제 원심 탈수할지 등등을 말해주던 것이었다.

그 뇌는 제2차세계대전중에 이른바 '블링크BLINC 시스템'의 신경중추가 되었다. 그것은 중폭격기에 설치됐고 폭격수가 선홍색의 '폭탄 투하' 버튼을 누르면 실제로 폭탄을 떨어뜨리는 역할을 했다. 그 버튼은 블링크 시스템을 작동시켰고, 시스템은 지구 위에서 원하는 패턴으로 폭발이 일어나게끔 폭탄을 떨어뜨렸다. '블링크'는 '폭발 간격 표준화 컴퓨터Blast Interval Normalization Computer'의 약자였다.

22

그리고 나는 그곳 신축 홀리데이 인의 칵테일라운지에 앉아
서 드웨인 후버가 킬고어 트라우트의 셔츠 가슴 부분을 응시하
는 것을 쳐다보고 있었다. 나는 아래와 같은 모양의 팔찌를 차
고 있었다.

WO1 존 스파크스
3-19-71

WO1은 '일등 준위Warrant Officer First Class'를 의미했는데, 그것은 존 스파크스의 계급이었다.

나는 그 팔찌를 2달러 50센트에 구입했다. 그것은 내가 베트남전에서 포로로 잡혀간 수백 명의 미국인에 대한 연민을 표현하는 방법이었다. 그런 팔찌는 점점 더 인기를 얻고 있었다. 팔찌에는 전쟁포로의 실제 이름, 계급, 포로로 잡힌 날짜가 적혀 있었다.

그 팔찌를 찬 사람은 해당 포로가 귀국하거나 사망 혹은 실종된 것으로 보고되기 전까지는 팔찌를 풀지 않도록 되어 있었다.

나는 이 팔찌를 이야기에 어떻게 끼워 넣을까 생각하다가 팔찌를 웨인 후블러가 발견할 수 있는 어딘가에 떨어뜨리자는 좋은 생각을 떠올렸다.

웨인은 그것이 WO1 존 스파크스를 사랑한 여자의 것이며, 그 여자와 WO1은 1971년 3월 19일에 약혼 혹은 결혼 혹은 무언가 중요한 일을 했을 거라고 생각할 것이다.

웨인은 그 특이한 이름을 머뭇거리며 발음해볼 것이다. "우-이?" 그는 말할 것이다. "워-이? 워-아이? 워이?"

• • •

그곳 칵테일라운지에서 나는 드웨인 후버가 기독교청년회에서 가르치는 야간 속독 과정을 이수했다는 사실을 인정해줬다.

그러면 그는 킬고어 트라우트의 장편소설을 몇 시간이 아니라 몇 분 안에 읽을 수 있게 될 것이었다.

· · ·

그곳 칵테일라운지에서 나는 우울함을 느끼지 않으려면 하루에 두 알씩 적당히 먹으라고 의사가 말한 하얀 알약 하나를 먹었다.

· · ·

그곳 칵테일라운지에서 먹은 알약과 술은 내게 아직 설명하지 않은 모든 것을 설명하고 어서 이야기를 진행해야 한다는 엄청난 긴박감을 불러일으켰다.

어디 보자. 드웨인이 그답지 않게 아주 빨리 읽는 능력을 가지게 된 경위는 이미 설명했다. 킬고어 트라우트는 아마도 내가 할당한 시간 내에 뉴욕시에서 이곳으로 올 수 없었을 테지만, 이제는 그런 바보 같은 걸 문제삼기에는 너무 늦었다. 그냥 내버려두자, 그냥 내버려두자!

어디 보자, 어디 보자. 아, 그래―트라우트가 병원에서 보게 될 재킷에 대해 설명해야겠다. 뒤에서 보면 다음과 같이 보일 것이다.

무고한 구경꾼 고교

관련 설명은 다음과 같다. 예전에 미들랜드시티에는 깜둥이 고등학교가 하나밖에 없었고, 그곳은 여전히 깜둥이만 다니는 고등학교였다. 그곳의 이름은 1770년 보스턴에서 영국군의 총에 맞아 죽은 흑인인 크리스푸스 애턱스의 이름을 따서 지은 것이었다. 학교의 중앙 복도에는 이 사건을 그린 유화가 걸려 있었다. 몇몇 백인도 총에 맞았다. 크리스푸스 애턱스의 이마에는 새집의 정문처럼 보이는 구멍이 뚫려 있었다.

하지만 흑인들은 그 학교를 더이상 크리스푸스 애턱스 고등학교라고 부르지 않았다. 무고한 구경꾼 고교라고 불렀다.

그리고 제2차세계대전 후에 또다른 깜둥이 고등학교가 지어졌을 때, 그곳의 이름은 노예로 태어났지만 어쨌든 유명한 화학자가 된 조지 워싱턴 카버의 이름을 땄다. 그는 땅콩의 놀랄 만한 새로운 사용법을 많이 발견했다.

하지만 흑인들은 그 학교도 정식 명칭으로 부르려 하지 않았다. 개교하는 날부터 젊은 흑인들은 뒤에서 보면 아래처럼 보이는 재킷을 이미 입고 있었다.

땅콩대학교

．．．

어디 보자, 미들랜드시티에 있는 그토록 많은 흑인들이 예전에 대영제국 영토였던 여러 지역의 새들을 흉내낼 수 있었던 이유도 설명해야겠다. 어디 보자, 사실 프레드 T. 배리와 그의 어머니와 아버지는 대공황 시기에 미들랜드시티에서 깜둥이 일을 할 깜둥이를 고용할 여력이 있는 유일한 사람이었다. 그들은 소설가 비어트리스 키즐러가 태어난 곳인 옛 키즐러 저택을 인수했다. 그들은 그 저택에서 무려 스무 명이나 되는 하인을 한꺼번에 거느리고 있었다.

프레드의 아버지는 1920년대의 호황기 동안 주류 밀매업과 주식 및 채권 사기로 아주 많은 돈을 벌었다. 그는 전 재산을 현금으로 가지고 있었고, 그것은 알고 보니 아주 똑똑한 행동이었는데, 대공황 시기에 아주 많은 은행이 파산했기 때문이다. 또한 프레드의 아버지는 자식과 손주를 위해 합법적인 사업체를 사고 싶어하는 시카고 갱단의 에이전트이기도 했다. 그 갱단은 프레드의 아버지를 통해 미들랜드시티에서 거의 모든 가치 있는 재산을 실제 가격의 10분의 1에서 100분의 1 가격으로 사들였다.

그리고 프레드의 어머니와 아버지는 제1차세계대전이 끝나고 미국으로 오기 전에는 영국 무대에서 활동하던 희극인들이었다. 프레드의 아버지는 음악 톱을 연주했다. 그의 어머니는 당시 대영제국의 식민지였던 여러 지역의 새들을 흉내냈다.

그녀는 대공황 시기까지도 순전히 재미로 그 새들을 계속 흉내냈다. 이를테면 그녀는 "말레이시아의 직박구리"라고 말하고는 그 새를 흉내내곤 했다.

"뉴질랜드의 모어파크 올빼미"라고 말하고서는 그 새를 흉내내기도 했다.

그리고 그녀에게 고용된 모든 흑인은 절대 큰 소리로 웃지는 않았지만, 그녀의 행동이 자신들이 본 것 중에서 가장 웃긴 행동이라고 생각했다. 그리고 자신들도 친구와 친척을 포복절도하게 만들고자 그 새들을 흉내내는 법을 배웠다.

광풍이 널리 퍼졌다. 키즐러 저택 근처에 한 번도 가본 적이 없는 흑인들도 오스트레일리아의 금조와 딱새, 인도의 유럽꾀꼬리, 영국의 나이팅게일과 되새와 굴뚝새와 솔새를 흉내낼 수 있었다.

그들은 심지어 킬고어 트라우트가 섬에서 보낸 어린 시절의 친구이며 지금은 멸종한 버뮤다흰꼬리수리의 행복한 끽끽 소리도 흉내낼 수 있었다.

킬고어 트라우트가 그 도시에 이르렀을 때 흑인들은 여전히 그 새들을 흉내낼 수 있었고, 매번 흉내내기 전에 프레드의 어머니가 했던 말을 그대로 따라 했다. 이를테면 누군가 내게 나이팅게일을 흉내낼라치면 먼저 이렇게 말하곤 했던 것이다. "시인들에게 많은 사랑을 받은 나이팅게일의 울음에 특별한 아름다움을 더하는 것은 나이팅게일이 오직 달밤에만 노래한다는 사실이죠."

그리고 어쩌고저쩌고.

• • •

그곳 칵테일라운지에서 드웨인 후버의 머릿속에 있는 나쁜 화학물질은 킬고어 트라우트에게 삶의 비밀을 알려달라고 요구할 때가 되었다는 결정을 갑자기 내렸다.

"내게 메시지를 전해주세요." 드웨인이 외쳤다. 그는 긴 의자에서 비틀거리며 일어나더니 다시 트라우트 옆으로 쓰러지며 증기 라디에이터처럼 열기를 내뿜었다. "메시지를 전해주세요, 제발."

그리고 여기서 드웨인은 놀랄 만큼 비정상적인 행동을 했다. 그가 그렇게 한 것은 내가 그것을 원했기 때문이다. 그것은 내가 여러 해 동안 등장인물에게 시키고 싶어 안달이 났던 행동이었다. 드웨인은 루이스 캐럴의 『이상한 나라의 앨리스』에서 공작부인이 앨리스에게 했던 행동을 트라우트에게 했다. 그는 불쌍한 트라우트의 어깨에 턱을 올리고는 찍어 눌렀다.

"메시지는요?" 그가 턱을 찍어 누르고 또 찍어 누르며 말했다.

트라우트는 대답하지 않았다. 그는 얼마 남지 않은 여생 동안 다시는 다른 인간을 만질 일이 없기를 바랐었다. 드웨인의 턱이 자신의 어깨를 찍어 누르는 것은 트라우트에게 비역질만큼이나 충격적이었다.

"이건가요? 이건가요?" 트라우트의 장편소설 『이제는 말할 수 있다』를 낚아채며 드웨인이 말했다.

"네—그겁니다." 트라우트가 쉰 목소리로 말했다. 드웨인이 그의 어깨에서 턱을 떼자 그는 엄청나게 안도했다.

드웨인은 글자에 굶주리기라도 한 듯 이제 게걸스럽게 읽기 시작했다. 그리고 그가 기독교청년회에서 이수한 속독 과정은 그가 완전히 돼지처럼 페이시와 단어를 먹어치우게 해줬다.

"친애하는 그대여, 가련한 그대여, 용감한 그대여." 그는 읽었다. "당신은 우주의 창조자의 실험 대상이다. 당신은 전 우주에서 자유의지를 지닌 유일한 피조물이다. 당신은 다음에 무엇을—그리고 왜—해야 할지 생각해내야만 하는 유일한 존재다. 다른 모두는 로봇, 즉 기계다.

어떤 사람은 당신을 좋아하는 듯 보이고 다른 이들은 당신을 증오하는 듯 보이니, 당신은 그 이유가 궁금할 것이다. 그들은 그저 좋아하는 기계와 싫어하는 기계일 뿐이다.

당신은 기진맥진하고 의기소침해졌다." 드웨인은 읽었다. "왜 아니겠는가? 이치에 맞지 않도록 되어 있는 우주에서 늘 이치를 따지는 것은 당연히 피곤한 일이다."

23

드웨인 후버는 계속 읽어나갔다. "당신은 사랑하는 기계, 증오하는 기계, 탐욕스러운 기계, 이타적인 기계, 용감한 기계, 겁쟁이 기계, 정직한 기계, 거짓된 기계, 웃긴 기계, 엄숙한 기계에 둘러싸여 있다." 그는 읽었다. "그것들의 유일한 목적은 상상할 수 있는 모든 방식으로 당신을 자극해서 우주의 창조자가 당신의 반응을 볼 수 있게 하는 것이다. 그것들은 우뚝 서 있는 괘종시계처럼 느낄 수도 없고 이치를 따질 수도 없다.

우주의 창조자는 실험중에 당신에게 제공한 변덕스럽고 거친 동료들뿐만 아니라 그 행성의 쓰레기 같고 악취나는 상태에 대해서도 사과하고 싶어한다. 창조자는 로봇들이 행성을 수백만 년 동안이나 남용하게끔 프로그래밍해뒀고, 그래서 당신이 왔을 때 이곳이 유독하고 곪아터진 치즈가 되어 있었을 것이다.

또한 창조자는 로봇들이 주어진 생활 조건과 무관하게 성교를 갈망하고 아기를 그 무엇보다도 좋아하게 프로그래밍함으로써 행성이 포화 상태가 되도록 확실히 손을 써뒀다."

• • •

그런데 그때 여자 200미터 평영 세계 챔피언이자 아트 페스티벌의 여왕인 메리 앨리스 밀러가 칵테일라운지를 지나갔다. 그녀는 옆쪽 주차장에서 로비로 가는 지름길을 택했고, 주차장에서는 그녀의 아버지가 드웨인에게서 구입한 아보카도색 1970년형 플리머스 바라구다 패스트백 중고차 안에서 그녀를 기다리고 있었다. 그 차에는 새 차의 품질보증서가 딸려 있었다.

메리 앨리스의 아버지 돈 밀러는 무엇보다도 셰퍼즈타운 가석방 심의위원회의 의장이었다. 드웨인의 중고차 사이에 숨어 있는 웨인 후블러가 사회에서 제 역할을 할 수 있겠다고 판단한 사람이 바로 그였다.

메리 앨리스는 그날 밤 아트 페스티벌 만찬에서 여왕 역할을 수행하기 위해 왕관과 홀을 가지러 로비에 들어섰다. 그것들을 두 손으로 직접 만든 사람은 바로 데스크 담당 직원이자 갱의 손자인 밀로 마리티모였다. 그녀의 눈은 영원히 불타오르고 있었다. 그 눈은 마라스키노 체리처럼 보였다.

자신의 견해를 밝힐 수 있을 만큼 그녀를 충분히 관찰한 사람은 오직 한 명뿐이었다. 그는 보석상인 에이브 코언이었다. 그는 메리 앨리스의 무성적 성격과 천진함과 얼빠진 정신을 경멸하며 그녀에 대해 이렇게 말했다. "완전 참치가 따로 없지!"

• • •

킬고어 트라우트는 그가 그렇게 말하는 것을 들었다―완전 참치가 어쩌고 하는 말을. 그의 정신은 그것을 이해하려고 애썼다. 그의 정신은 신비의 늪에 빠져 있었다. 그는 하와이 주간에 드웨인의 중고차 사이를 떠도는 웨인 후블러만도 못했다.

한편 플라스틱에 감싸인 그의 발은 내내 더 뜨거워지고 있었다. 열기는 이제 고통스러울 정도였다. 그의 발은 찬물에 빠지거나 공중에 흔들리기를 애원하며 비비 꼬이고 비틀리고 있었다.

그리고 드웨인은 자신과 우주의 창조자에 대해 계속 읽어나갔다. 더 정확히는 다음과 같이.

"창조자는 또한 로봇들이 당신을 위해 책과 잡지와 신문 기사를 쓰고, 텔레비전과 라디오 프로그램과 무대 공연과 영화를 위한 대본을 쓰도록 프로그래밍했다. 로봇들은 당신을 위해 노래도 만들었다. 우주의 창조자는 로봇들이 수백 개의 종교를 발명해서 당신에게 수많은 선택지가 주어지게 했다. 창조자가 로봇들이 서로를 몇백만이나 죽이게 한 것은 오직 한 가지 이유 때문이었다. 바로 당신을 놀라게 하기 위해서. 그것들이 가능한 모든 잔혹 행위와 모든 친절함을 무정하고 기계적이고 불가피하게 행한 것은 **당-신**에게서 반응을 끌어내기 위해서였다."

당-신이라는 글자는 특별히 큰 글자로 인쇄되어 한 줄을 다 차지하고 있었고, 그래서 이렇게 보였다.

당-신

• • •

"당신이 도서관에 갈 때마다," 책은 말했다. "우주의 창조자는 숨을 죽였다. 당신 앞에 그토록 뒤죽박죽으로 차려진 문화적 뷔페 가운데 자유의지를 지닌 당신은 무엇을 고를 것인가?"

"당신의 부모는 싸우는 기계이자 자기연민 기계였다." 책은 말했다. "당신의 어머니는 당신의 아버지에게 결함이 있는 돈벌이 기계라며 고함치도록 프로그래밍되어 있었고, 당신의 아버지는 그녀에게 결함이 있는 가사노동 기계라고 고함치도록 프로그래밍되어 있었다. 둘은 서로에게 결함이 있는 사랑 기계라고 고함치도록 프로그래밍되어 있었다.

그러고서 당신의 아버지는 자리를 박차고 집을 나가며 문을 쾅 닫도록 프로그래밍되어 있었다. 이는 자동으로 당신의 어머니를 우는 기계로 바꾸어놓았다. 그리고 당신의 아버지는 선술집으로 가서 다른 몇몇 음주 기계들과 함께 술에 취하곤 했다. 그러고서 모든 음주 기계는 매음굴로 가서 성교 기계를 대여하곤 했다. 그러고서 당신의 아버지는 몸을 끌고 집으로 돌아가 사과하는 기계가 되곤 했다. 그러면 당신의 어머니는 아주 느리게 작동하는 용서 기계가 되곤 했다."

· · ·

그토록 유아론적이고 엉뚱한 생각이 담긴 수만 개의 단어를 십여 분 만에 먹어치운 드웨인은 이제 자리에서 일어났다.

그는 경직된 자세로 피아노 바를 향해 걸어갔다. 그가 경직된 것은 자신의 힘과 고결함에 대한 경외감 때문이었다. 그는 혹여 발을 디디는 것만으로 신축 홀리데이 인을 파괴하게 될까 두려운 마음에 그저 발걸음을 옮기는 데도 감히 온 힘을 다할 수 없었다. 자신이 목숨을 잃을까 두려워하진 않았는데, 그가 이미 스물세 번이나 죽임을 당했다고 트라우트의 책이 확실히 알려줬기 때문이다. 그런 일이 벌어질 때마다 우주의 창조자는 그를 수선해서 다시 움직이게 했다.

드웨인은 안전 문제보다는 우아함 때문에 자신을 억누르고 있었다. 그는 두 관객―그 자신과 그의 창조자―을 위해 삶에 대한 새로운 깨달음에 우아하게 반응할 생각이었다.

그는 자신의 동성애자 아들에게 다가갔다.

버니는 문제가 벌어질 것을 알았고, 그것이 죽음이라고 생각했다. 그는 사관학교에서 배운 온갖 싸움 기술로 자신을 쉽게 보호할 수도 있었다. 하지만 그는 명상하는 쪽을 택했다. 그는 눈을 감았고, 그의 의식은 정신에서 한 번도 사용되지 않은 부분의 침묵 속으로 가라앉았다.

이런 스카프가 인광을 발하며 떠다녔다.

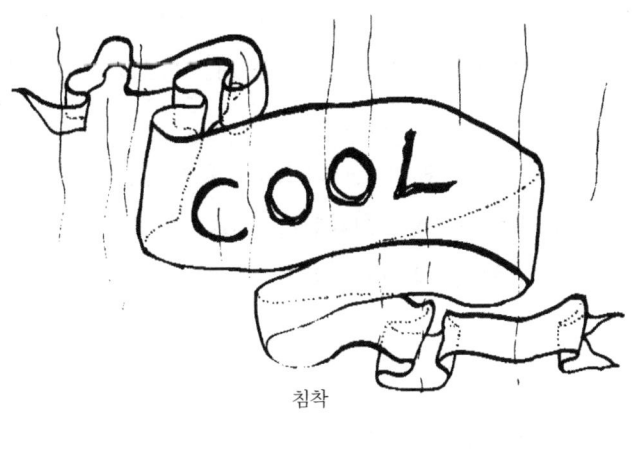

침착

• • •

드웨인은 뒤에서 버니의 머리를 내리눌렀다. 그는 버니의 머리를 피아노 바의 건반 위로 이리저리 멜론처럼 굴렸다. 드웨인은 소리 내어 웃고는 자기 아들을 "……빌어먹을 좆 빠는 기계

새끼!"라고 불렀다.

버니는 얼굴이 끔찍하게 짓이겨졌음에도 저항하지 않았다. 드웨인은 버니의 머리를 건반에서 들어올렸다가 다시 쿵 내리찍었다. 건반에는 피가 흥건했다—침과 콧물도.

라보 카라베키안과 비어트리스 키즐러와 보니 맥마흔은 이제 모두 드웨인을 붙잡고 그를 버니에게서 떼어냈다. 그러자 드웨인은 더 신이 났다. "여자는 절대로 때리면 안 된다, 그렇죠?" 그는 우주의 창조자에게 말했다.

그러고서 그는 비어트리스 키즐러의 턱에 강타를 날렸다. 그는 보니 맥마흔의 복부에 펀치를 날렸다. 그는 그 둘이 무감각한 기계라고 진심으로 믿고 있었다.

"너희 로봇들은 왜 내 아내가 드라노를 마셨는지 알고 싶겠지?" 기겁한 관객들에게 드웨인이 물었다. "왜 그랬는지 내가 말해주지. 그녀는 그냥 그런 종류의 기계였던 거야!"

・ ・ ・

다음날 아침 신문에는 드웨인이 날뛰며 돌아다닌 경로를 표시한 지도가 실렸다. 점선으로 표시된 그의 경로는 칵테일라운지에서 시작해서 아스팔트를 지나 그의 자동차 대리점에 있는 프랜신 페프코의 사무실로 갔다가, 다시 신축 홀리데이 인으로 되돌아간 다음 슈거크리크와 주간고속도로의 서쪽 방향 차선을 지나 중앙 분리 잔디로 이어졌다. 드웨인은 중앙 분리 잔디에서 마침 주변에 있던 두 명의 주립 경찰에게 진압당했다.

드웨인은 자신의 등뒤로 수갑을 채우는 경찰들에게 이렇게 말했다. "당신들이 여기 있어서 정말 다행입니다!"

. . .

드웨인이 날뛰며 돌아다니는 동안 아무도 죽진 않았지만 열한 명의 사람이 아주 크게 다쳐 병원에 실려가야만 했다. 그리고 신문에 실린 지도에는 사람들이 심한 부상을 입은 장소에 표시가 되어 있었다. 그 표시를 아주 크게 확대하면 이렇다.

. . .

드웨인이 날뛰며 돌아다닌 곳을 표시한 신문 지도에서 칵테일라운지에는 십자 표시가 세 개 그려져 있었다―각각 버니와 비어트리스 키즐러와 보니 맥마흔에 해당하는 것이었다.

그러고서 드웨인은 홀리데이 인과 자신의 중고차 주차장 사이의 아스팔트로 뛰어나갔다. 그는 그곳에 있는 깜둥이들더러 당장 나오라고 외쳤다. "너희들과 할 말이 있어." 그가 말했다.

그는 그곳에 완전히 혼자 있었다. 칵테일라운지에서 그를 따라 나온 사람은 아직 아무도 없었다. 메리 앨리스 밀러의 아버지 돈 밀러는 드웨인 근처에 있는 차에서 메리 앨리스가 왕관과 홀을 가지고 돌아오길 기다리고 있었지만 드웨인이 선보이는 공연은 전혀 보지 못했다. 그의 차에 있는 좌석은 등받이를 평평하게 젖힐 수 있었다. 침대나 다름없었다. 돈은 머리를 창문보다 훨씬 더 아래로 내린 채 똑바로 누워 쉬면서 천장을 바라보고 있었다. 테이프에 녹음된 수업을 들으며 프랑스어를 배우려 애쓰는 중이었다.

"드맹 누잘롱 파세 라 수아레 오 시네마."* 테이프는 말했고, 돈도 그렇게 말하려고 애썼다. "누제스페롱 크 노트르 그랑페르 비브라 앙코르 롱텅."** 테이프가 말했다. 그리고 어쩌고저쩌고.

· · ·

드웨인은 깜둥이들더러 나와서 이야기하자고 계속 외쳤다.

---

* Demain nous allons passer la soirée au cinéma. 프랑스어로 '우리는 내일 저녁을 영화관에서 보낼 것이다'라는 뜻.

** Nous espérons que notre grand-père vivra encore longtemps. 프랑스어로 '우리는 우리 할아버지가 오래 사시길 바란다'는 뜻.

그는 미소를 지었다. 그는 우주의 창조자가 장난으로 그들이 모두 숨도록 프로그래밍했다고 생각했다.

드웨인은 교활하게 주변을 흘낏 둘러보았다. 그러고는 어렸을 때 숨바꼭질이 끝나고 숨은 아이들이 집으로 돌아갈 시간임을 알리던 신호를 외쳤다.

그는 다음과 같이 외쳤고, 그때 해는 저물어 있었다. "못-찾-겠-다-꾀꼬리이이이이이이이이이이이이이이이이."

이 주문에 응답한 사람은 평생 숨바꼭질을 한 번도 해보지 못한 사람이었다. 바로 조용히 중고차 사이에서 나온 웨인 후블러였다. 그는 등뒤로 손깍지를 끼고 두 발을 벌렸다. 그는 열중쉬어로 알려진 자세를 취했다. 이 자세는 군인과 죄수 모두에게 가르치는 자세였다—주의력, 우직함, 존경심, 자발적인 무방비 상태를 보여주는 방법으로서. 그는 무슨 일이든 할 준비가 되어있었고 죽음도 마다하지 않았다.

"거기 있었군." 드웨인이 말했다. 그의 눈은 달콤씁쓸한 즐거움에 주름져 있었다. 그는 웨인이 누구인지 몰랐다. 그는 그를 전형적인 흑인 로봇으로 맞이했다. 다른 어떤 흑인 로봇이었어도 괜찮았을 것이다. 그리고 드웨인은 로봇을 감흥 없는 이야깃거리로 삼아 우주의 창조자와의 비딱한 대화를 다시 이어갔다. 미들랜드시티의 많은 사람들은 하와이나 멕시코 같은 곳에서 온 쓸모없는 물건을 커피 테이블이나 거실의 작은 테이블이나 선반인지 뭔지에 올려뒀다—그리고 그런 물건은 이야깃거리라고 불렸다.

드웨인이 자기가 미국 보이스카우트 주 행정관으로 있으면서 그 어느 해보다도 많은 흑인 젊은이가 입단했던 해에 대해 말하는 동안 웨인은 열중쉬어 자세를 유지했다. 드웨인은 웨인에게 페이턴 브라운이라는 이름의 젊은 흑인의 목숨을 구하고자 자신이 들인 노력에 대해 말했다. 그는 열다섯 하고도 육 개월의 나이에 셰퍼즈타운의 전기의자에서 죽는 가장 젊은 사람이 되었다. 드웨인은 다른 누구도 흑인을 고용하지 않으려 했을 때 자신이 고용한 모든 흑인에 대해, 그들이 제시간에 출근하는 모습을 본 적이 없었다는 것에 대해 장황하게 이야기했다. 그는 의욕적이고 시간도 잘 지켰던 몇몇에 대해 언급했고, 그러고는 웨인에게 윙크하며 이렇게 말했다. "그들은 그런 식으로 프로그래밍되어 있었던 거지."

그는 다시 자기 아내와 아들에 대해 이야기했고, 존재하고 행동하는 방식이 프로그래밍되어 있다는 점에서 백인 로봇은 흑인 로봇과 본질적으로 다를 바가 없음을 인정했다.

드웨인은 그러고서 잠시 침묵을 지켰다.

한편 메리 앨리스 밀러의 아버지는 겨우 몇 야드 떨어진 곳에서 자기 차 안에 누워 계속 프랑스어 회화를 배우고 있었다.

그러고서 드웨인은 웨인에게 손을 휘둘렀다. 그는 손바닥으로 그를 세게 철썩 때릴 생각이었지만 웨인은 피하는 데 선수였다. 그가 무릎을 꿇는 동시에 드웨인의 손이 획 소리를 내며 방금까지 그의 얼굴이 있던 곳의 허공을 갈랐다.

드웨인은 소리 내어 웃었다. "아프리칸 다저dodger네!" 그가 말했다. 그것은 드웨인이 어렸을 때 축제 때마다 열던 인기 부스를 말하는 것이었다. 흑인 한 명이 부스 뒤쪽의 캔버스 천에 뚫린 구멍으로 머리를 내밀면 사람들은 돈을 내고 그의 머리에 단단한 야구공을 던지는 특권을 누리곤 했다. 머리를 맞히면 상품을 받았다.

• • •

그래서 드웨인은 우주의 창조자가 이제 그를 아프리칸 다저 게임에 초청한 것이라고 생각했다. 교활해진 그는 지루한 척 굴며 자신의 난폭한 의도를 숨겼다. 그러다가 아주 갑작스레 웨인을 발로 찼다.

웨인은 다시 피했고, 그러고는 숨 돌릴 틈도 없이 또다시 피해야만 했는데, 드웨인이 빠른 속도로 발과 손바닥과 주먹을 내지르며 전진해왔기 때문이다. 웨인은 1962년형 캐딜락 리무진의 프레임을 기반으로 만든 아주 특이한 트럭의 적재함에 뛰어올랐다. 그것은 마리티모 형제 건설회사의 소유였다.

새로이 높은 곳에 올라선 웨인은 드웨인 너머에 있는 주간고속도로의 양방향 차선과 그 너머로 1마일 이상 펼쳐진 윌 페어차일드 기념 공항을 볼 수 있었다. 그리고 이 당시 웨인이 한 번도 공항을 본 적이 없으며, 밤에 비행기가 들어올 때 공항에서 어떤 일이 벌어지는지 전혀 예상하지 못하고 있었다는 사실을 이해하는 게 중요하다.

"괜찮아, 괜찮아." 드웨인이 웨인을 안심시켰다. 그는 너그러운 사람이 되어가고 있었다. 그는 웨인에게 또다시 주먹을 휘두르기 위해 트럭에 올라갈 의도가 없었다. 우선 그는 숨이 가빴다. 또한 그는 웨인이 완벽한 피하기 기계라는 사실을 이해했다. 오직 완벽한 때리기 기계만이 그를 때릴 수 있었다. "나는 너한테 상대가 안 돼." 드웨인이 말했다.

그래서 드웨인은 조금 물러서서 웨인에게 설교하는 것으로 만족했다. 그는 인간 노예에 대해 이야기했다―흑인 노예뿐만 아니라 백인 노예에 대해서도. 드웨인은 광부와 조립 라인 노동자 등을 피부색과 상관없이 노예로 여겼다. "나는 그게 정말 부끄러운 일이라고 생각하곤 했어." 그가 말했다. "나는 전기의자가 부끄러운 일이라고 생각하곤 했지. 나는 전쟁이 부끄러운 일이라고 생각하곤 했어―자동차 사고와 암도." 그가 말했다. 그리고 어쩌고저쩌고.

그는 더이상 그것들이 부끄러운 일이라고 생각하지 않았다. "왜 내가 기계에게 일어나는 일에 신경써야 하는 거지?" 그는 말했다.

웨인 후블러의 얼굴은 지금까지 멍한 상태였으나 이제 통제할 수 없는 경외감으로 꽃을 피우기 시작했다. 그의 입이 딱 벌어졌다.

월 페어차일드 기념 공항 활주로의 빛이 방금 들어온 것이다. 웨인에게 그 빛은 수마일에 걸쳐 이어진 어리둥절해질 만큼 아름다운 보석처럼 보였다. 그는 주간고속도로 반대편에서 꿈이 실현되는 것을 보고 있었다.

그 꿈을 알아본 웨인의 머릿속은 환히 빛났고, 그 꿈에 유치한 이름을 붙인 전광판노 환히 빛났다―이렇게.

동화 속 나라

24

들어보라. 드웨인 후버가 너무 많은 사람에게 심한 부상을 입혔기 때문에 마사라고 알려진 특별 구급차가 호출됐는데, 마사는 제너럴 모터스에서 만든 대형 대륙 횡단 버스였지만 좌석은 제거된 상태였다. 그 안에는 서른여섯 명의 재난 희생자를 눕힐 수 있는 침대, 그리고 부엌과 욕실과 수술실이 있었다. 한 주 동안 바깥세상의 도움 없이도 독립적인 작은 병원 역할을 할 수 있을 만큼 충분한 음식과 의약품이 실려 있었다.

구급차의 공식 이름은 마사 시먼스 기념 이동 재난 구조대로, 지역 안전처장인 뉴볼트 시먼스의 아내를 기리며 지어진 이름이었다. 그녀는 어느 날 아침 거실의 바닥에서 천장까지 이어진 긴 커튼에 매달려 있는 병든 박쥐를 발견했는데, 그 박쥐에 공수병이 옮아 죽었다. 그녀는 마침 알베르트 슈바이처의 전기를 읽던 참이었는데, 슈바이처는 인간이 단순한 동물을 다정하게 대해야 한다고 믿은 사람이었다. 그녀는 클리넥스 화장지로 박쥐를 감싸려다 박쥐에게 아주 살짝 물렸다. 그녀는 박쥐를 파티오로 데리고 나가서 아스트로터프라고 알려진 인조 잔디 위에 부드럽게 내려놓았다.

죽었을 당시 그녀의 엉덩이둘레는 36인치, 허리둘레는 29인치, 가슴둘레는 38인치였다. 남편의 성기는 길이가 7.5인치에 지름이 2인치였다.

그와 드웨인은 한동안 가깝게 지냈다―그의 아내와 드웨인의 아내가 거의 한 달 산격으로 기이한 죽음을 맞이했기 때문이었다.

둘은 23A번 도로의 자갈 채취장을 공동으로 구입했는데, 마리티모 형제 건설회사가 둘에게 그들이 지불한 금액의 두 배를 주겠다고 제안했다. 그래서 둘은 그 제안을 받아들이고 이익을 나눠 가졌는데, 그러고서 둘의 우정은 왠지 흐지부지되고 말았다. 그래도 둘은 여전히 크리스마스카드를 주고받았다.

드웨인이 뉴볼트 시먼스에게 가장 최근에 보낸 크리스마스카드는 다음과 같은 모양이었다.

뉴볼트 시먼스가 드웨인에게 가장 최근에 보낸 크리스마스카
드는 다음과 같은 모양이었다.

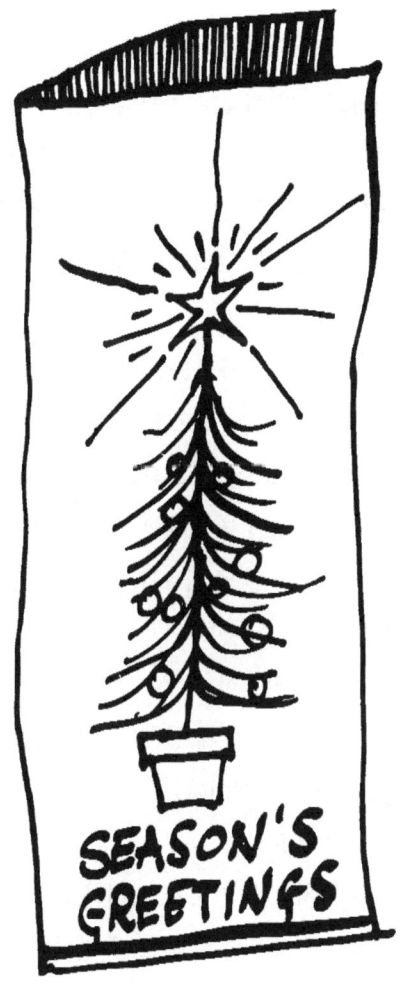

SEASON'S
GREETINGS

．．．

    내 담당 정신과의사의 이름도 마사다. 그녀는 신경과민인 사람을 모아서 작은 가족을 이루게 하고 매주 한 번씩 모임을 연다. 정말 재미있는 자리다. 그녀는 우리에게 서로를 똑똑하게 위로하는 법을 가르쳐준다. 그녀는 지금 휴가중이다. 나는 그녀가 정말 좋다.

    그리고 쉰번째 생일이 다가오는 지금 나는 겨우 서른여덟 살에 죽은 미국 소설가 토머스 울프에 대해 생각한다. 그는 장편소설을 구상하면서 찰스 스크리브너스 손스의 담당 편집자인 맥스 퍼킨스의 도움을 많이 받았다. 나는 퍼킨스가 그에게 주인공의 아버지 찾기를 일관된 주제로 삼아서 쓸 것을 명심하라고 했다는 이야기를 들은 적이 있다.

    내가 보기에 정말로 진실한 미국 소설은 주인공이 남자든 여자든 아버지 대신 어머니를 찾게 할 것 같다. 이는 당혹스러워할 일이 아니다. 그저 사실일 뿐이다.

    어머니가 훨씬 더 유용하다.

    나는 또다른 아버지를 발견하게 되더라도 기분이 특별히 좋지는 않을 것 같다. 드웨인 후버도 그럴 것이다. 킬고어 트라우트도 그럴 것이다.

• • •

그리고 중고차 주차장에서 어머니 없는 드웨인 후버가 어머니 없는 웨인 후블러를 질책하던 바로 그때 실제로 자기 어머니를 죽인 남자가 주간고속도로 반대편에 있는 윌 페어차일드 기념 공항에 전세기로 착륙할 준비를 하고 있었다. 그 사람은 킬고어 트라우트의 후원인인 엘리엇 로즈워터였다. 그는 어렸을 때 보트 사고로 우연히 자기 어머니를 죽였다. 그녀는 아마도 하느님의 아들이 태어난 지 1936년이 되던 해에 미합중국 여자 체스 챔피언이었다. 로즈워터는 그 이듬해에 그녀를 죽였다.

공항 활주로를 전과자가 생각하는 동화 속 나라로 만든 것은 로즈워터의 파일럿이었다. 불이 들어오자 로즈워터는 어머니의 보석을 떠올렸다. 그는 서쪽을 쳐다보았고, 그러고는 슈거크리크 만곡부의 지주 위에 뜬 보름달인 밀드러드 배리 기념 아트센터의 장밋빛 아름다움을 보며 미소 지었다. 그것은 그가 아기였을 때 흐릿한 눈으로 본 어머니의 모습을 상기시켰다.

• • •

물론 그는 내가 만들어낸 인물이다—그의 파일럿도. 나는 일본 나가사키에 원자폭탄을 떨어뜨린 루슬리프 하퍼 대령을 조종석에 앉혔다.

다른 책에서 나는 로즈워터를 알코올중독자로 만들었다. 이제 나는 그를 알코올중독자 갱생회의 도움으로 술에서 상당히 깬 상태로 만들었다. 나는 그가 새로이 발견한 맨정신을 이용해서 다른 무엇보다도 낯선 이들과 뉴욕에서 벌이는 난교 파티의 이른바 정신적 육체적 이득을 탐구하게 했다. 그는 지금까지 혼란스러웠던 것뿐이다.

나는 그와 그의 파일럿을 죽일 수도 있었지만 그 둘이 계속 살게 내버려뒀다. 그래서 그들이 탄 비행기는 특별한 사건 없이 착륙했다.

・・・

마사라는 이름의 재난 구급 차량에 탄 두 명의 의사는 나이지리아에서 온 시프리언 우퀜데와 방글라데시라는 신생아 국가에서 온 카시드라르 미아스마였다. 두 곳 모두 이따금 식량이 바닥나는 것으로 유명한 나라였다. 사실 두 나라는 킬고어 트라우트가 쓴 『이제는 말할 수 있다』에 명확하게 언급되어 있다. 드웨인 후버는 전 세계의 로봇들이 우주에 자유의지를 지닌 피조물이 혹시 나타난다면 그를 시험해보려고 기다리는 동안 끊임없이 연료가 바닥나 급사하고 있다는 이야기를 그 책에서 읽었다.

· · ·

　구급차의 운전석에는 에디 키가 앉아 있었는데, 그는 미국 국
가를 쓴 백인 미국인 애국자 프랜시스 스콧 키의 직계 후손인
젊은 흑인이었다. 에디는 자신이 키의 후손임을 알고 있었다.
그는 육백 명이 넘는 선조의 이름을 댈 수 있었고, 각 선조에 대
한 일화를 한 가지 이상씩 알고 있었다. 그들은 아프리카인, 아
메리칸인디언 그리고 백인이었다.

　이를테면 그는 외가 쪽 선조들이 한때 세이크리드 미러클 동
굴이 발견된 곳에 있던 농장을 소유했으며, 그의 선조들이 그곳
을 '파랑새 농장'이라고 불렀다는 것을 알고 있었다.

· · ·

　덧붙여 말하자면 병원 의료진에 젊은 외국인 의사가 그토록
많이 포함된 이유는 이러했다. 그 나라에서 배출된 의사가 적어
그곳의 모든 병든 사람을 치료하기에 턱없이 부족했지만 돈은
엄청나게 많았다. 그래서 그 나라는 돈이 별로 없는 다른 나라
에서 의사를 사 왔다.

· · ·

　에디 키가 자신의 선조에 대해 그토록 많이 아는 것은 많은

아프리카 가족이 아직도 아프리카에서 하는 일을 그의 흑인 쪽 가족이 했기 때문인데, 그것은 바로 각 세대의 구성원 한 명이 그때까지의 가족사를 의무적으로 암기하게 하는 일이었다. 에디 키는 겨우 여섯 살 때부터 친가 쪽과 외가 쪽 선조들의 이름과 모험담을 머릿속에 저장하기 시작했다. 재난 구급 차량의 운전석에 앉아 앞유리 밖을 내다보면서, 그는 자신 또한 차량이며 자신의 눈은 조상들이 원하기만 하면 밖을 내다볼 수 있는 앞유리라는 느낌이 들었다.

프랜시스 스콧 키는 그 뒤에 있는 수천 명의 조상 중 한 명에 불과했다. 혹시 키가 지금 미합중국이 어떤 모습이 되었는지 보고 있을지도 모른다는 생각에, 에디는 앞유리에 붙어 있는 미국 국기에 시선을 고정했다. 그는 아주 조용한 목소리로 이렇게 말했다. "여전히 펄럭이고 있습니다, 조상님."

• • •

에디 키는 충만한 과거와 친숙했기에 그날 미들랜드시티에 있던 그 어떤 백인보다, 이를테면 드웨인이나 나나 킬고어 트라우트보다 삶이 훨씬 더 흥미롭다고 느꼈다. 우리는 다른 누군가가 우리의 눈—혹은 우리의 손—을 사용한다는 느낌을 가지지 못했다. 심지어 자기 증조부와 증조모가 누구인지도 알지 못했다. 에디 키는 시간 속을 이리저리 흘러다니는 사람들의 강물에 떠 있었다. 드웨인과 트라우트와 나는 멈춰 있는 조약돌이었다.

그리고 에디 키는 아주 많은 것을 암기하고 있었기에, 이를테면 드웨인 후버나 닥터 시프리언 우퀜데에 대해서도 깊고 풍부한 감정을 느낄 수 있었다. 드웨인은 파랑새 농장을 가져간 가문의 사람이었다. 인다로족인 우퀜데는 아프리카 서해안에서 키의 조상인 우줌와라는 사람을 납치한 이들의 후예였다. 안다로족은 머스킷총을 받는 대가로 그를 영국 노예 상인에게 팔았고, 노예 상인은 그를 '종달새'라는 이름의 범선에 태워 사우스캐롤라이나주 찰스턴으로 데려갔으며, 그곳에서 그는 자체 동력과 사체 수리 기능까지 딸린 농기계로서 경매 처리됐다.

그리고 어쩌고저쩌고.

· · ·

드웨인 후버는 이제 엔진실 바로 앞에 위치한 뒤쪽의 커다란 쌍여닫이문을 통해 마사에 떠밀려 들어왔다. 에디 키는 운전석에 앉아서 백미러를 통해 그 광경을 지켜보았다. 드웨인은 캔버스 재질의 억제시트에 아주 단단히 싸여 있었고, 그래서 백미러에 비친 그의 모습은 붕대를 감은 엄지손가락처럼 보였다.

드웨인은 억제시트를 알아차리지 못했다. 그는 자신이 킬고어 트라우트가 책에서 약속한 미개척 행성에 와 있다고 생각했다. 심지어 시프리언 우퀜데와 카시드라르 미아스마가 그를 수

평으로 눕혔을 때도 그는 자신이 서 있다고 생각했다. 책에 따르면 그는 그 미개척 행성에서 찬물에 들어가 수영을 했으며, 얼음같이 차가운 웅덩이에서 올라올 때마다 무언가 놀라운 말을 외쳤다. 그것은 게임이었다. 우주의 창조자는 드웨인이 매번 무슨 말을 외칠지 추측하려 애쓰곤 했다. 그리고 드웨인은 그를 완전히 속였다.

드웨인이 구급차에서 외친 말은 이렇다. "우울한 월요일이여, 안녕히!" 그러고선 그는 미개척 행성에서 또 하루가 지났으며 다시 외칠 때가 되었다고 느꼈다. "차에 사람이 잔뜩 타 있는데 기침소리 하나 들리지 않는군!" 그가 외쳤다.

• • •

킬고어 트라우트는 보행이 가능한 부상자 중 한 명이었다. 그는 남의 도움 없이 마사에 오를 수 있었고, 진짜 응급한 환자들로부터 떨어져 앉을 수 있었다. 그는 드웨인이 프랜신 페프코를 자신의 쇼룸에서 아스팔트로 끌어낼 때 뒤에서 드웨인 후버에게 달려들었다. 드웨인은 사람들이 보는 앞에서 그녀를 때리고 싶어했는데, 그것은 그의 머릿속에 있는 나쁜 화학물질이 그녀가 맞아도 싸다고 생각하게 했기 때문이다.

드웨인은 사무실에서 이미 그녀의 턱과 갈비뼈 세 대를 부러뜨린 터였다. 그가 그녀를 끌어냈을 때 밖에는 신축 홀리데이 인의 칵테일라운지와 주방에서 떠밀려 나온 군중이 꽤 많았다. "우리 주 최고의 성교 기계지." 그가 군중에게 말했다. "태엽을 감아주면 성교도 해주고 사랑한다는 말도 해줄 거야. 샌더스 대령 켄터키 프라이드치킨 체인점을 차려줄 때까지 계속 사랑한다고 떠들어댈걸."

그리고 어쩌고저쩌고. 트라우트는 뒤에서 그를 붙잡았다.

트라우트의 오른쪽 약지가 어쩌다 드웨인의 입안에 미끄러져 들어가고 말았고, 드웨인은 제일 위쪽 관절을 물어뜯었다. 그러고서 드웨인은 프랜신을 놓아줬고, 그녀는 아스팔트 위에 축 늘어졌다. 그녀는 의식이 없었고, 그들 중 가상 심한 부상자였다. 그리고 드웨인은 주간고속도로 옆의 콘크리트 홈통 쪽으로 천천히 달려가서 킬고어 트라우트의 손가락 끝을 슈거크리크에 뱉었다.

• • •

킬고어 트라우트는 마사 안에 눕지 않기로 했다. 그는 에디 키 뒤에 있는 1인용 가죽 접이식 좌석에 자리를 잡았다. 키가 그에게 어디를 다쳤냐고 묻자 트라우트는 피투성이가 된 손수건으로 일부를 감싼 오른손을 들었는데, 그것은 다음과 같은 모양이었다.

"혀를 잘못 놀리면 배가 침몰하기도 하는 법이지!" 드웨인이
소리쳤다.

. . .

"진주만을 기억하라!" 드웨인이 외쳤다. 그가 지난 45분 동
안 한 짓은 대부분 고약하리만치 부당했다. 하지만 그는 웨인
후블러의 목숨만은 살려줬다. 웨인은 상처 하나 없이 다시 중고
차 사이로 돌아와서 그가 찾을 수 있게 내가 그곳에 던져둔 팔
찌를 줍고 있었다.

　나에 관해 말하자면, 나는 그 모든 폭력으로부터 정중히 거리
를 유지하고 있었다—비록 드웨인과 그의 폭력과 도시, 그리고
머리 위의 하늘과 발아래의 땅을 창조한 게 나였긴 하지만. 그
럼에도 그 소동에서 빠져나오는 동안 내 시계의 유리는 깨졌고,

나중에 보니 발가락도 하나 부러져 있었다. 누군가가 드웨인을 피하느라 뒤로 점프했던 것이다. 그는 내가 창조한 인물임에도 내 시계의 유리를 깨뜨렸고 내 발가락도 부러뜨렸다.

• • •

이 책은 자기가 한 일에 대해 결국 대가를 치르게 하는 그런 종류의 책이 아니다. 드웨인이 해친 사람 가운데 아주 사악하게 군 대가로 상처받아 마땅한 사람은 딱 한 명뿐이었다. 바로 돈 브리드러브였다. 브리드러브는 지역 고등학교 농구 플레이오프에서 땅콩대학교가 무고한 구경꾼 고등학교를 꺾은 후 카운티박람회장에 있는 조지 히크먼 배니스터 기념 종합경기장의 주차장에서 크레스트뷰가에 있는 드웨인의 버거 셰프에서 일하는 웨이트리스 패티 킨을 강간한 백인 가스변환장치 설치기사였다.

• • •

드웨인이 미쳐 날뛰기 시작했을 때 돈 브리드러브는 홀리데이 인의 주방에 있었다. 그는 그곳에서 결함이 있는 가스 오븐을 수리하는 중이었다.

그는 바람을 쐬러 밖으로 나왔는데, 드웨인이 그를 향해 달려오고 있었다. 드웨인은 킬고어 트라우트의 손가락 끝을 방금 슈거크리크에 뻗고 온 터였다. 드웨인이 한때 브리드러브에게 새 폰티액 벤투라를 판 적이 있었기 때문에 둘은 서로 꽤 잘 아는 사이였는데, 브리드러브는 그 차가 레몬*이라고 말했다. 레몬은 제대로 작동하지 않고 누구도 수리할 수 없는 자동차를 뜻하는 말이었다.

사실 드웨인은 브리드러브를 달래주기 위해 이런저런 조정을 하고 부품을 갈아주느라 거래에서 손해를 봤다. 하지만 브리드러브는 마음을 진정시키지 못했고, 그래서 결국 자동차의 트렁크 뚜껑과 양쪽 문에 밝은 노란색으로 이런 글자를 써넣었다.

이 차는 레몬이다!

---

* '불량품'을 뜻하는 속어.

그런데 그 차의 진짜 문제는 바로 이것이었다. 브리드러브의 이웃에 사는 아이가 벤투라의 연료 탱크에 단풍당을 넣었던 것이다. 단풍당은 나무의 피로 만든 사탕의 한 종류였다.

그래서 드웨인 후버는 이제 브리드러브에게 오른손을 내밀었고, 브리드러브는 아무 생각 없이 오른손으로 그의 손을 잡았다. 둘은 이렇게 연결되었다.

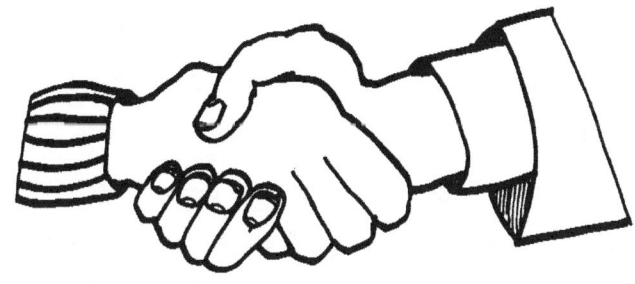

이것은 남자 사이의 우정을 상징했다. 악수하는 방식을 보면 성격의 많은 부분을 읽어낼 수 있다고 여겨지기도 했다. 드웨인과 돈 브리드러브는 건조하고 딱딱한 악수를 주고받았다.

그래서 드웨인은 오른손으로 돈 브리드러브를 붙잡고 지난 일은 그냥 없던 일로 하자는 듯이 미소를 지었다. 그러고는 왼손을 동그란 컵 모양으로 만들더니 컵의 뚫린 쪽으로 돈의 귀를 때렸다. 이는 돈의 귀에 엄청난 압력을 가했다. 고통이 극심한 나머지 그는 쓰러지고 말았다. 돈은 그쪽 귀로 다시는 그 어떤 소리도 들을 수 없을 것이었다.

· · ·

그래서 이제 돈도 구급차에 있었다―킬고어 트라우트처럼
앉은 채였다. 프랜신은 누워 있었다―의식을 잃은 채 신음하고
있었다. 비어트리스 키즐러는 앉을 수 있는데도 누워 있었다.
그녀는 턱이 부러져 있었다. 버니 후버는 누워 있었다. 그의 얼
굴은 알아볼 수 없을 정도였다―그게 과연 얼굴일지, 누구의 얼
굴인지도. 그는 시프리언 우퀜데가 놓아준 모르핀 주사를 맞은
상태였다.

그곳에는 다른 희생자 다섯 명도 있었다―백인 여성 한 명,
백인 남성 두 명, 흑인 남성 두 명. 세 백인은 미들랜드시티에 와
본 적이 한 번도 없었다. 그들은 펜실베이니아주 이리에서 그
행성의 가장 깊은 틈인 그랜드캐니언으로 함께 가는 중이었다.
그들은 틈새를 내려다보고 싶어했지만 그럴 기회를 얻지 못했
다. 차에서 내려 신축 홀리데이 인의 로비로 걸어가다가 드웨인
후버에게 공격을 당했던 것이다.

흑인 남성 두 명은 둘 다 홀리데이 인의 주방 종업원이었다.

· · ·

시프리언 우퀜데는 이제 드웨인 후버의 신발을 벗기려 했

다—하지만 드웨인의 신발과 신발끈과 양말에는 그가 슈거크리크를 헤치며 건널 때 묻은 플라스틱 물질이 가득 스며 있었다.

우퀜데는 플라스틱으로 하나가 된 신발과 양말을 보고 당황하지 않았다. 그는 슈거크리크 가까이서 놀던 아이들의 신발과 양말이 그처럼 하나가 된 모습을 병원에서 매일 보았었다. 사실 그는 병원 응급실의 벽에 양철가위를 하나 걸어뒀다—하나의 플라스틱 덩어리가 된 신발과 양말을 잘라내기 위해.

그는 젊은 벵골인 조수 닥터 카시드라르 미아스마 쪽으로 몸을 돌렸다. "큰 가위를 좀 가져와요." 그가 말했다.

미아스마는 응급 차량에 있는 여자 화장실의 문에 능을 대고 서 있었다. 그는 그때까지 모든 응급 상황에 대해 어떤 대처도 하지 않았다. 우퀜데와 경찰과 민방위 대원들이 그때까지 모든 일을 했다. 미아스마는 이제 큰 가위를 찾는 일조차 거부했다.

근본적으로 미아스마는 의학 분야 혹은 자신이 비난받을 가능성이 있는 어떤 분야에도 절대 발을 들이지 말았어야 했는지 모른다. 그는 비판을 받아들이지 못했다. 그런 성격은 자신도 어떻게 해볼 수 없는 것이었다. 자신이 완전히 훌륭하지 못하다는 어떤 암시만 받아도 그는 자동으로 쓸모없고 부루퉁한 아이로 변해 집에 가고 싶다는 말만 하곤 했다.

우퀜데가 그에게 큰 가위를 찾아오라고 두번째로 말했을 때 그가 한 말이 그것이었다. "나 집에 갈래."

드웨인이 미처 날뛰고 있다는 경보가 발령되기 직전에 그가 비판받은 일은 이것이다. 치료할 수도 있었을 한 흑인의 발을 절단해버렸던 것이다.

그리고 어쩌고저쩌고.

. . .

특별 구급차에 탄 다양한 사람들에 대한 상세한 정보야 계속 늘어놓을 수 있겠지만 더 많은 정보가 다 무슨 소용이겠는가?

나는 리얼리즘 소설이 사소한 것을 꼬치꼬치 파고든다는 킬고어 트라우트의 의견에 동의한다. 트라우트의 소설 『전 은하계의 기억 은행』에서 주인공은 길이가 200마일이고 지름이 62마일인 우주선을 타고 있다. 그는 자기 동네의 공공도서관에서 리얼리즘 소설 한 권을 빌린다. 그는 그걸 60페이지쯤 읽다가 다시 반납한다.

사서가 그에게 왜 그 책이 마음에 들지 않느냐고 묻자 그는 그녀에게 이렇게 대답한다. "저는 인간에 대해 이미 다 알고 있거든요."

그리고 어쩌고저쩌고.

. . .

마사는 움직이기 시작했다. 킬고어 트라우트는 자신이 무척 좋아하는 간판을 보았다. 간판에는 이렇게 적혀 있었다.

크레이그 아이스크림을 먹으면서도
불행하기란 쉽지 않습니다

그리고 어쩌고저쩌고.

　드웨인 후버의 의식이 순간적으로 지구로 돌아왔다. 그는 로
잉 머신과 자전거 운동 기구와 월풀 욕조와 선탠용 자외선등과
수영장 등이 있는 헬스클럽을 미들랜드시티에 여는 것에 대해

이야기했다. 헬스클럽으로 해야 할 일은 열어서 수익이 나자마자 최대한 빨리 팔아치우는 것이라고 그는 시프리언 우퀜데에게 말했다. "사람들은 예전 몸매를 되찾거나 살을 빼는 데 아주 열성적이지." 드웨인이 말했다. "그래서 프로그램에 등록하지만 약 일 년 후면 흥미를 잃고 발길을 끊어버려. 사람들이란 원래 그런 법이거든."

그리고 어쩌고저쩌고.

드웨인은 어떤 헬스클럽도 열지 못할 것이었다. 그는 그 어떤 것도 다시는 열지 못할 것이었다. 그가 몹시 부당하게 해친 사람들이 큰 원한을 품고 그를 고소해서 그는 극빈자가 되어버릴 것이었다. 그는 한때 유행의 선두에 있던 페어차일드호텔이 있는 스키드 로우에 사는 또 한 명의 바람 빠진 풍선 같은 노인이 될 것이었다. 그는 다음과 같은 말에 진실로 부합하는 유일한 부랑자는 결코 아닐 것이었다. "저 사람 보여? 믿을 수 있겠어? 지금은 땡전 한 푼 없는 신세지만 예전에는 엄청나게 잘살았대."

그리고 어쩌고저쩌고.

킬고어 트라우트는 구급차에서 불타는 듯한 정강이와 발에 붙은 플라스틱 조각과 파편을 벗겨냈다. 그는 다치지 않은 왼손을 사용해야만 했다.

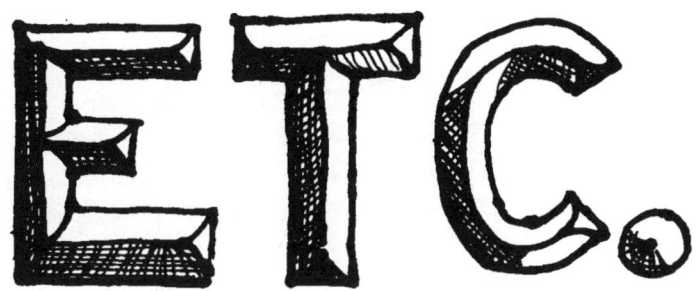

기타 등등

에필로그

응급실은 지하에 있었다. 킬고어 트라우트는 잘리고 남은 약지를 소독하고 손질하고 붕대를 감은 후 위층 원무과로 가라는 말을 들었다. 그는 미들랜드 카운티 출신이 아니고 건강보험도 없는 극빈자였기 때문에 몇 가지 양식을 작성해야 했다. 그는 수표가 없었다. 그는 현금도 없었다.

그는 많은 사람이 그러하듯 지하에서 잠시 길을 잃었다. 그는 많은 사람이 그러하듯 영안실로 들어가는 쌍여닫이문을 발견했다. 그는 많은 사람이 그러하듯 자동으로 피할 수 없는 죽음을 멍하니 생각했다. 그는 사용중이 아닌 엑스레이실을 발견했다. 그러자 그는 자동으로 자기 몸안에 뭔가 나쁜 게 자라고 있는 것은 아닌지 궁금해졌다. 다른 사람들도 그 방을 지날 때면 그와 완전히 똑같은 생각을 했었다.

트라우트가 지금 느끼는 것 중에서 수백만 명의 다른 사람이 자동으로 느끼지 않았을 것은 하나도 없었다.

그리고 트라우트는 계단을 발견했으나 그것은 엉뚱한 계단이었다. 그것은 로비와 원무과와 선물가게 같은 곳이 아니라 사람들이 온갖 상처로부터 회복하는 데 성공하거나 실패하고 있는 복잡한 방들로 그를 이끌었다. 그곳의 많은 사람은 잠시도 쉬지 않는 중력에 의해 지구로 내던져진 이들이었다.

트라우트는 이제 아주 비싼 개인실을 지났고, 사방에 흰색 전화기와 컬러텔레비전과 사탕 박스와 꽃다발이 있는 그 병실에는 젊은 흑인 한 명이 있었다. 그는 옛 홀리데이 인을 운용해 영업하던 포주 엘긴 워싱턴이었다. 그는 겨우 스물여섯 살이었지만 엄청나게 잘살았다.

면회 시간은 끝났고, 그래서 그의 모든 여성 성노예는 이미 떠난 후였다. 하지만 그들은 향수의 구름을 뒤에 남겨놓았다. 문을 지나자 트라우트는 목이 막혔다. 그것은 근본적으로 비우호적인 구름에 대한 자동적인 반응이었다. 엘긴 워싱턴은 방금 자기 코 안쪽 통로로 코카인을 들이마신 참이었고, 그것은 그가 주고받는 텔레파시 메시지를 엄청나게 증폭시켰다. 메시지가 아주 시끄럽고 자극적이었기 때문에 그는 자신이 백 배는 더 대단해진 기분이 들었다. 그를 전율하게 한 것은 메시지의 소음이었다. 메시지의 내용은 중요하지 않았다.

그리고 소란의 한가운데에서 엘긴 워싱턴은 트라우트를 구슬리듯 말했다. "이봐요, 이봐요, 이봐요." 그가 구슬렸다. 그는 그날 일찍 카시드라르 미아스마에게 발을 절단당했지만 그 사실을 잊고 있었다. "이봐요, 이봐요." 꼬드기듯 말했다. 그가 트라우트에게 특별히 원하는 게 있는 것은 아니었다. 그의 정신의 일부가 낯선 사람을 끌어들이는 기술을 설렁설렁 연습하는 중일 뿐이었다. 그는 사람의 영혼을 낚는 어부였다. "이봐요—" 그가 말했다. 그는 금니를 보였다. 그는 한쪽 눈을 깜빡였다.

트라우트는 그 흑인의 침대 발치로 갔다. 동정심 때문에 그런 것은 아니었다. 그는 다시 기계처럼 굴고 있었다. 아주 많은 지구인이 그러하듯 트라우트는 엘긴 워싱턴 같은 병적인 인물이 자신에게 이래라저래라하면 완전히 자동으로 반응하는 얼간이가 되었다. 덧붙이자면 그 두 남자는 샤를마뉴대제의 후손이었다. 유럽인의 피를 조금이라도 가진 남자는 모두 샤를마뉴대제의 후손이었다.

엘긴 워싱턴은 본의 아니게 또다른 인간 하나를 낚았다고 생각했다. 그는 상대가 어떤 식으로든 작아지게, 어떤 식으로든 바보 같다고 느끼게 만들고야 마는 성격이었다. 때로 그는 상대를 작아지게 만들려고 실제로 죽이기도 했지만 트라우트에게는 다정했다. 그는 고심하기라도 하듯 눈을 감았다가 진심어린 목소리로 말했다. "저는 아마도 죽어가고 있는 것 같아요."

"간호사를 부를게요!" 트라우트가 말했다. 어떤 인간이라도 그와 완전히 똑같이 말했을 것이다.

"아니에요, 아니에요." 반대의 표시로 몽롱하게 손사래를 치며 엘긴 워싱턴이 말했다. "저는 천천히 죽어가고 있어요. 서서히요."

"그렇군요." 트라우트가 말했다.

"제 부탁 좀 들어주세요." 워싱턴이 말했다. 그는 무슨 부탁을 해야 할지 전혀 알지 못했다. 그것은 생각날 것이었다. 무엇을 부탁할 것인지는 늘 생각났다.

"무슨 부탁이요?" 트라우트가 불안해하며 말했다. 그는 명시되지 않은 부탁을 받자 몸이 경직됐다. 그는 그런 종류의 기계였다. 워싱턴은 그가 경직될 것임을 알았다. 모든 인간은 그런 종류의 기계였다.

"제가 나이팅게일의 노래를 휘파람으로 부는 걸 들어주셨으면 좋겠어요." 그가 말했다. 그는 눈을 부라리며 트라우트가 대꾸하지 못하게 했다. "시인들에게 많은 사랑을 받은 나이팅게일의 울음에 특별한 아름다움을 더하는 것은," 그가 말했다. "나이팅게일이 오직 달밤에만 노래한다는 사실이죠." 그러고서 그는 미들랜드시티의 거의 모든 흑인이 했을 법한 행동을 했다. 그는 나이팅게일을 흉내냈다.

. . .

    미들랜드시티 아트 페스티벌은 광기로 인해 연기됐다. 위원장인 프레드 T. 배리는 비어트리스 키즐러와 킬고어 트라우트에게 위로를 전하기 위해 중국인 같은 복장으로 리무진을 타고 병원에 왔다. 트라우트는 그 어디서도 찾을 수 없었다. 비어트리스 키즐러는 모르핀을 맞고 잠들어 있었다.

    킬고어 트라우트는 아트 페스티벌이 그날 밤 개최되는 줄 알고 있었다. 그는 그 어떤 교통수단도 이용할 돈이 없었기에 걸어서 출발했다. 그는 페어차일드대로를 따라 이어지는 5마일을 걸어가기 시작했다―다른 쪽 끝에 있는 작은 호박색 점을 향해서. 그 점은 미들랜드시티 아트 센터였다. 그는 그것을 향해 걸어감으로써 그것을 커지게 만들 것이었다. 그의 걸음으로 그것이 충분히 커지면, 그것은 그를 삼킬 것이었다. 그 안에는 음식이 있을 것이었다.

. . .

    나는 그를 가로막기 위해 약 여섯 블록 떨어진 곳에서 기다리고 있었다. 나는 다이너스 클럽 카드로 에비스에서 빌린 플리머스 더스터 안에 앉아 있었고, 입에는 종이관을 물고 있었다. 그것은 잎으로 채워져 있었다. 나는 그것에 불을 붙였다. 그것은 우아한 일이었다.

　나의 성기는 길이가 3인치에 지름이 5인치였다. 그것의 지름은 내가 아는 한 세계 기록이었다. 그것은 지금 나의 자키쇼츠 안에서 잠들어 있었다. 그리고 나는 다리를 쭉 뻗기 위해 차 밖으로 나왔는데, 그것 또한 우아한 일이었다. 나는 공장과 창고가 밀집된 곳에 있었다. 가로등은 넓은 간격으로 서 있고 불빛은 희미했다. 여기저기 있는 야간 당직 경비원의 차를 제외하면 주차장은 텅 비어 있었다. 한때 도시의 대동맥이었던 페어차일드대로에는 차가 없었다. 그곳의 생기는 주간고속도로와 옛 모논 철도 용지에 지어진 로버트 F. 케네디 내부 순환 고속도로로 모조리 빠져나갔다. 모논은 사용되지 않았다.

· · ·

　사용되지 않았다.

· · ·

　도시의 그 구역에서는 누구도 잠을 자지 않았다. 누구도 그곳에 숨어 있지 않았다. 밤이면 그곳에는 높은 울타리와 경보, 어슬렁거리는 개들이 있는 요새 시스템이 가동됐다. 개들은 살상 기계였다.

　플리머스 더스터에서 내릴 때 나는 두려울 게 없었다. 그것은 멍청한 짓이었다. 작가가 다루는 소재는 아주 위험하기 때문에 방심하고 있다간 고통이 날벼락치듯 별안간 찾아오기 십상이다.

나는 도베르만 핀셔르에게 공격당하기 직전이었다. 녀석은 이 책의 초기 원고에서 주인공으로 등장했었다.

● ● ●

들어보라. 그 도베르만의 이름은 카자크였다. 녀석은 밤이면 마리티모 형제 건설회사의 야적장을 순찰했다. 카자크에게 녀석이 있는 곳이 어떤 행성이고 녀석이 어떤 동물인지 설명해준 조련사들은 우주의 창조자가 바라는 건 녀석이 잡을 수 있는 것은 무엇이든 죽여서 먹는 것이라고 가르쳤다.

이 책의 초기 원고에서 나는 드웨인 후버의 하녀인 로티 데이비스의 흑인 남편 벤저민 데이비스가 카자크를 돌보게 했다. 그는 카자크가 낮 동안 지내는 구덩이에 날고기를 던져줬다. 해가 뜰 무렵이면 그는 카자크를 구덩이 안으로 끌어내렸다. 그는 해질녘이면 고함을 지르며 녀석에게 테니스공을 던졌다. 그러고는 녀석을 풀어줬다.

벤저민 데이비스는 미들랜드시티 심포니 오케스트라의 트럼펫 퍼스트였지만 그 일로 돈을 받지는 못했기에 진짜 직업이 필요했다. 그는 잉여 군수품인 매트리스와 닭장용 철망으로 만든 두꺼운 가운을 입고 있었고, 그래서 카자크는 그를 죽일 수 없었다. 카자크는 시도하고 또 시도했다. 야적장에는 매트리스 덩어리와 닭장용 철망 조각이 사방에 널려 있었다.

그리고 카자크는 자기 행성을 에워싼 울타리에 너무 가까이 오는 사람은 누구든 죽이려고 최선을 다했다. 녀석은 마치 울타리가 없는 것처럼 주저하지 않고 사람들에게 뛰어들었다. 울타리는 사방에서 보도 쪽을 향해 불룩 튀어나와 있었다. 누군가가 안쪽에서 포탄이라도 쏜 것 같은 모양이었다.

나는 차에서 내렸을 때, 담배에 불을 붙이는 우아한 짓을 했을 때 그 울타리의 기묘한 모습을 알아차렸어야 했다. 나는 카자크처럼 흉포한 캐릭터는 소설에서 잘라내기 쉽지 않다는 사실을 알았어야 했다.

카자크는 그날 마리티모 형제가 탈취범에게서 싸게 사들인 청동 파이프 더미 뒤에 웅크리고 있었다. 카자크는 나를 죽여서 먹을 작정이었다.

• • •

나는 울타리를 등지고 담배를 한 모금 깊이 빨아들였다. 폴몰은 나를 서서히 죽일 것이었다. 그리고 나는 페어차일드대로 반대편에 있는 옛 키즐러 저택의 어두침침한 홍벽을 바라보며 철학적으로 멍하니 생각에 빠졌다.

그곳은 비어트리스 키즐러가 자란 곳이었다. 그 도시의 역사상 가장 유명한 살인 사건이 그곳에서 벌어졌다. 1926년의 어느 여름밤 전쟁 영웅이자 비어트리스 키즐러의 외삼촌인 윌 페어차일드가 스프링필드 라이플총을 들고 나타났다. 그는 친척 다섯 명, 하인 세 명, 경찰관 두 명, 그리고 키즐러가※의 개인 동물원에 있는 모든 동물을 쏘아 죽였다. 그러고는 자기 심장을 쏘아서 자살했다.

그를 부검하자 뇌에서 새 사냥용 산탄만한 크기의 종양이 발견되었다. 그것이 바로 살인을 일으킨 원인이었다.

· · ·

대공황이 시작되고 키즐러 가족이 저택의 소유권을 잃은 후 프레드 T. 배리와 그의 부모가 그곳으로 들어왔다. 그 오래된 저택은 영국 새의 울음소리로 가득찼다. 이제 그곳은 시의 조용한 재산이었고, 저택을 박물관으로 개조해 아이들이 미들랜드시티의 역사를 배울 수 있도록 하자는 이야기도 나왔다―화살촉과 박제 동물과 백인의 초기 공예품이 말해주는 대로.

프레드 T. 배리는 한 가지 조건하에 박물관 개조에 50만 달러를 기증하겠다고 제안했다. 그 조건이란 첫번째 로보-매직과 그것의 초기 광고 포스터를 전시하는 것이었다.

그리고 그는 그 전시에서 기계가 동물처럼 진화했지만 그 속도는 훨씬 더 빨랐다는 사실도 보여주길 원했다.

• • •

　나는 화산 같은 개가 뒤에서 곧 폭발할 거라고는 꿈도 꾸지 못한 채 키즐러 저택을 응시했다. 킬고어 트라우트가 더 가까이 다가왔다. 비록 내가 그를 창조한 데 대해 서로 나눠야 할 중대한 이야기들이 있긴 했지만 나는 그의 접근에 거의 무관심했다.

　나는 대신 인디애나주에서 최초로 허가받은 건축가가 되었던 나의 친할아버지를 생각했다. 할아버지는 인디애나주의 촌뜨기 백만장자들을 위해 꿈의 집 몇 채를 디자인해줬다. 그 집들은 이제 영안실과 기타 학교와 지하 저장고와 주차장이 되었다. 나는 외할아버지가 얼마나 부유하고 영향력 있었는지를 알려주기 위해 대공황 시기에 나를 차에 태우고 인디애나폴리스 주변을 돌았던 내 어머니를 생각했다. 어머니는 내게 외할아버지의 양조장과 그가 살던 꿈의 집 몇 채가 있던 곳을 보여줬다. 기념물은 모조리 다 지하 저장고가 되어 있었다.

　킬고어 트라우트는 자신의 창조자에게서 겨우 반 블록 떨어진 곳에 다다라서는 속도를 늦추고 있었다. 나 때문에 걱정이 되었던 것이다.

　나는 텔레파시 메시지를 주고받는 코 안쪽 구멍이 그의 코 안쪽 구멍과 대칭적으로 배열될 수 있게 그를 향해 몸을 돌렸다. 나는 텔레파시로 그에게 계속해서 이렇게 말했다. "좋은 소식이 있어요."

카자크가 휙 뛰어올랐다.

· · ·

나는 오른쪽 눈으로 카자크를 곁눈질했다. 녀석의 눈은 바람 개비처럼 돌아가는 한 쌍의 불꽃이었다. 녀석의 이빨은 흰 단도 였다. 녀석의 군침은 청산가리였다. 녀석의 피는 니트로글리세 린이었다.

녀석은 공중에 여유롭게 뜬 채 체펠린비행선처럼 나를 향해 날아오고 있었다.

내 눈은 녀석에 대한 정보를 정신에 전했다.

내 정신은 시상하부에 메시지를 보내면서 시상하부와 뇌하수 체를 연결하는 짧은 관에 CRF*를 방출하라고 말했다.

CRF는 뇌하수체를 격려해서 혈류에 ACTH**를 와르르 쏟아 내게 했다. 뇌하수체는 이런 경우에 대비해 ACTH를 만들어 저 장하고 있었다. 그리고 체펠린비행선은 점점 더 가까이 다가오 고 있었다.

그리고 혈류 속의 ACTH 일부는 비상시를 대비해 글루코코

---

* 부신피질자극호르몬방출인자.
** 부신피질자극호르몬.

르티코이드를 만들어 저장하고 있던 부신피질에 도달했다. 부신은 혈류에 글루코코르티코이드를 더했다. 그것은 온몸을 돌며 글리코겐을 포도당으로 바꾸었다. 포도당은 근육이 먹는 음식이었다. 그것은 내가 살쾡이처럼 싸우거나 사슴처럼 도망가게 도와줄 것이었다.

그리고 체펠린비행선은 점점 더 가까이 다가오고 있었다.

부신은 내게 아드레날린 주사도 한 대 놓아줬다. 혈압이 급상승하면서 나는 보랏빛으로 변했다. 아드레날린은 심장을 도난 경보기처럼 울리게 만들었다. 머리카락도 곤두서게 만들었다. 그것은 또한 혈류에 지혈제를 쏟아넣어서 내가 부상을 입을 경우 생명 유지에 필요한 액체가 빠져나가지 않게 만들었다.

여기까지 내 몸이 한 일은 전부 인간이라는 기계의 정상적인 작동 절차 범위에 들어가는 것이었다. 하지만 내 몸은 의학사에서 전례가 없었다고 하는 방어 수단을 하나 취했다. 그것은 몇몇 전선이 합선을 일으켰거나 몇몇 개스킷이 날아가버려서 발생한 일인지도 모른다. 어쨌든 나는 비행기의 이착륙 장치를 동체 안으로 집어넣듯이 고환을 복강 안에 쑥 들어가게 했다. 그리고 이제 오직 수술을 통해서만 다시 끄집어낼 수 있다고 한다.

그거야 어쨌든 킬고어 트라우트는 내가 누구인지 모른 채, 카자크와 카자크 때문에 내 몸이 그때까지 무슨 일을 했는지도 모른 채 반 블록 떨어진 곳에서 나를 지켜보고 있었다.

트라우트는 이미 기나긴 하루를 보냈으나 그 하루는 아직 끝난 게 아니었다. 이제 그는 자신의 창조자가 자동차를 완전히 뛰어넘는 모습을 보았다.

• • •

나는 두 손과 두 무릎을 이용해 페어차일드대로 한가운데에 착지했다.

카자크는 울타리에 부딪혀 튕겨 나갔다. 중력은 내게 작용했던 것처럼 녀석에게도 작용했다. 중력은 녀석을 콘크리트 위로 내동댕이쳤다. 카자크는 충격으로 멍해져 있었다.

킬고어 트라우트는 돌아섰다. 그는 불안해하며 다시 병원으로 서둘러 발길을 옮겼다. 나는 그를 소리쳐 불렀지만 그는 오히려 걸음을 재촉할 뿐이었다.

그래서 나는 차에 올라타서 그를 쫓았다. 나는 여전히 아드레날린과 지혈제 등에 완전히 취한 상태였다. 나는 엄청나게 흥분해 고환이 쑥 들어가버렸다는 사실조차 모르고 있었다. 아래쪽에 살짝 불편함을 느꼈을 뿐이다.

내가 옆으로 갔을 때 트라우트는 천천히 달리는 중이었다. 그의 속도를 재보니 시속 11마일이었는데, 그 나이의 남자치고는 훌륭한 편이었다. 그도 이제 아드레날린과 지혈제와 글루코코르티코이드로 가득차 있었다.

나는 내려가 있는 차창 밖으로 그에게 이렇게 외쳤다. "워워! 트라우트 씨! 워워! 트라우트 씨!"

자기 이름을 듣자 그는 속도를 늦췄다.

"워워! 저는 친구예요!" 나는 말했다. 그는 발을 끌며 걷다가 멈추고는 지쳐서 숨을 헐떡이며 제너럴일렉트릭의 전자제품 창고를 둘러싼 울타리에 몸을 기댔다. 흥분한 눈빛의 킬고어 트라우트 뒤쪽으로 보이는 밤하늘에는 그 회사의 모노그램과 모토가 걸려 있었다. 모토는 이랬다.

발선은 우리의
가장 중요한 상품입니다

• • •

"트라우트 씨." 불을 켜지 않은 차 안에서 내가 말했다. "전혀 두려워하실 필요 없습니다. 저는 대단히 기쁜 소식을 전하러 왔어요."

그는 호흡을 가다듬는 데 시간이 걸렸고, 그래서 처음에는 그다지 유창하지 못했다. "다—당신은—아트 페스티벌 쪽—사람인가요?" 그가 말했다. 그는 눈을 굴리고 또 굴렸다.

"저는 모든 것 페스티벌 쪽 사람입니다." 나는 대답했다.

"모든 뭐요?" 그가 말했다.

나는 그가 나를 잘 보도록 해주는 게 좋겠다는 생각이 들어서 차내등을 켜려 했다. 대신 앞유리 워셔가 켜져버렸다. 나는 그것을 다시 껐다. 물방울 때문에 카운티병원의 불빛이 왜곡되어 보였다. 또다른 스위치를 잡아당기자 그것이 내 손에서 사라져버렸다. 그것은 담배 라이터였다. 그래서 나는 어둠 속에서 계속 이야기하는 것 말고는 다른 선택의 여지가 없었다.

"트라우트 씨." 내가 말했다. "저는 소설가이고, 당신은 제가 책에서 사용하기 위해 창조한 인물입니다."

"뭐라고요?" 그가 말했다.

"저는 당신의 창조자입니다." 내가 말했다. "당신은 지금 책의 한가운데에 있습니다―실은 거의 책 끝에 있죠."

"음." 그가 말했다.

"뭐 질문하고 싶으신 게 있나요?"

"뭐라고요?" 그가 말했다.

"뭐든 마음대로 물어보세요―과거나 미래에 대해." 내가 말했다. "당신은 미래에 노벨상을 받을 겁니다."

"노벨 뭐요?"

"노벨의학상이요."

"하." 그가 말했다. 그것은 이도 저도 아닌 소리였다.

"또한 저는 이제부터 당신이 이름 있는 출판사에서 책을 낼 수 있게 처리해뒀습니다. 더는 비버 책에 작품을 발표하지 않아도 돼요."

"음." 그가 말했다.

"만일 제가 당신 입장이라면 분명 질문이 아주 많을 겁니다." 내가 말했다.

"혹시 총을 갖고 있나요?" 그가 말했다.

나는 어둠 속에서 웃음을 터뜨리고는 다시 불을 켜보려 했지만 이번에도 앞유리 워셔를 작동시키고 말았다. "저는 당신을 조종하기 위해 총을 사용할 필요가 없습니다, 트라우트 씨. 그냥 당신에 대해 뭔가를 쓰기만 하면 되거든요."

• • •

"당신 미쳤소?" 그가 말했다.

"아니요." 내가 말했다. 그리고 나는 나를 의심할 수 있는 그의 능력을 산산조각내버렸다. 나는 그를 타지마할로, 그러고는 베네치아로, 그러고는 다르에스살람으로 이동시켰다가 불길이 몸에 닿아도 타버리지 않는 태양의 표면으로 이동시켰다—그러고는 다시 미들랜드시티로 데려다놓았다.

불쌍한 노인은 무릎을 꿇으며 털썩 주저앉았다. 그를 보니 누군가가 사진을 찍으려 할 때마다 나의 어머니와 버니 후버의 어머니가 하던 행동이 떠올랐다.

그가 거기 웅크리고 있는 동안 나는 그를 어린 시절의 버뮤다로 이동시켜서 버뮤다휜꼬리수리의 무정란에 대해 곰곰이 생각하게 했다. 거기서 그를 내 어린 시절의 인디애나폴리스로 데려갔다. 나는 그를 서커스 군중 틈에 세워놓았다. 거기서 그가 보행성 운동 실조증을 앓는 남자와 주키니호박처럼 커다란 갑상선종을 앓는 여자를 보게 했다.

• • •

나는 빌린 차에서 내렸다. 나는 그가 눈으로 보길 꺼리더라도 그의 귀로 자신의 창조자에 대해 많은 것을 알 수 있도록 시끄러운 소리를 내며 차에서 나왔다. 나는 차문을 쾅하고 세게 닫았다. 나는 운전석 쪽에서 그에게 다가가면서 내 발이 신중하면서도 단호한 소리를 내도록 발을 약간 회전시켰다.

나는 내 신발 끝이 그가 내리깐 눈의 좁은 시야 가장자리에 닿았을 때 걸음을 멈췄다. "트라우트 씨, 저는 당신을 사랑합니다." 내가 다정하게 말했다. "저는 당신의 정신을 산산조각내버렸어요. 저는 그것을 온전하게 만들고 싶습니다. 제가 지금까지 당신에게 한 번도 허락하지 않았던 완전함과 내면의 조화를 느끼기를 바랍니다. 저는 당신이 눈을 들어 제 손에 있는 것을 보기를 바랍니다."

내 손에는 아무것도 없었지만 트라우트를 지배하는 나의 힘이 엄청났기에 트라우트는 내가 보여주고 싶은 것은 무엇이든

볼 수 있었다. 이를테면 나는 그에게 키가 겨우 6인치인 트로이의 헬레네를 보여줄 수도 있었다.

"트라우트 씨—킬고어—" 내가 말했다. "제 손에는 완전함과 조화와 자양분의 상징이 들려 있습니다. 그것은 단순함의 측면에서 보자면 동양적인 것이지만, 킬고어, 우리는 중국인이 아니라 미국인입니다. 우리 미국인에게는 선명한 색깔에 삼차원적이며 흥미진진한 상징이 필요합니다. 무엇보다도 우리는 노예제도나 대량 학살이나 범죄적인 태만처럼 우리 나라가 저지른 커다란 죄에, 혹은 겉만 번드레한 상업적 탐욕과 교활함에 오염되시 않은 상싱에 굶수려 있습니다.

고개를 드세요, 트라우트 씨." 나는 이렇게 말하고 참을성 있게 기다렸다. "킬고어—?"

그 노인은 고개를 들었는데, 그는 내 아버지가 홀아비였을 때—아주 늙은 노인이었을 때—의 지친 얼굴을 하고 있었다.

그는 내가 손에 사과를 들고 있는 것을 보았다.

• • •

"저의 쉰번째 생일이 다가오고 있습니다, 트라우트 씨." 내가 말했다. "저는 다가올 아주 다양한 종류의 세월을 위해 저 자신을 씻어내며 갱신하고 있습니다. 비슷한 정신적 상황에서 톨스토이 백작은 자신의 농노를 해방시켜줬지요. 토머스 제퍼슨은 자신의 노예를 해방시켜줬습니다. 저는 제가 작가 생활을 하는 동안 제게 그토록 충성스럽게 봉사한 모든 등장인물을 자유로이 풀어주려 합니다.

저는 당신한테만 이 이야기를 해드리는 겁니다. 다른 이들에게 오늘밤은 다른 밤과 전혀 다를 게 없는 밤이 될 거예요. 일어나세요, 트라우트 씨, 당신은 자유입니다, 당신은 자유예요."

그가 꾸물거리며 일어났다.

나는 그와 악수를 할 수도 있었지만 그의 오른손이 부상당한 상태였기에 우리의 손은 각자의 몸 양옆에서 달랑거리기만 했다.

"즐거운 여행 되시길." 내가 말했다. 그리고 사라졌다.

. . .

나는 안 보이는 존재가 될 때 은신하는 곳인 허공 속에서 여유롭고 유쾌하게 공중제비를 돌았다. 나를 향한 트라우트의 외침은 우리 사이의 거리가 멀어지면서 서서히 사라져갔다.

그의 목소리는 내 아버지의 목소리였다. 나는 아버지의 목소리를 들었다—그리고 나는 허공 속에서 어머니를 보았다. 어머니는 내게 자살이라는 유산을 물려주셨기에 계속 멀리, 멀리 떨어져 계셨다.

작은 손거울 하나가 떠다녔다. 그것은 진줏빛 손잡이와 프레임을 가진 구멍이었다. 나는 그것을 쉽게 붙잡아서 오른쪽 눈앞으로 들어올렸는데, 그것은 이런 모양이었다.

킬고어 트라우트가 내 아버지의 목소리로 내게 외친 말은 이
것이었다. "나를 다시 젊게 해줘, 나를 다시 젊게 해줘, 나를 다시
젊게 해줘!"

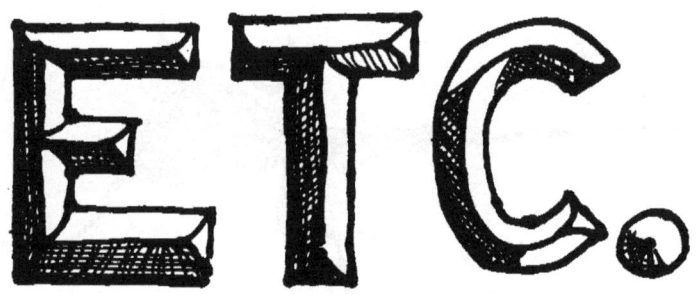

기타 등등

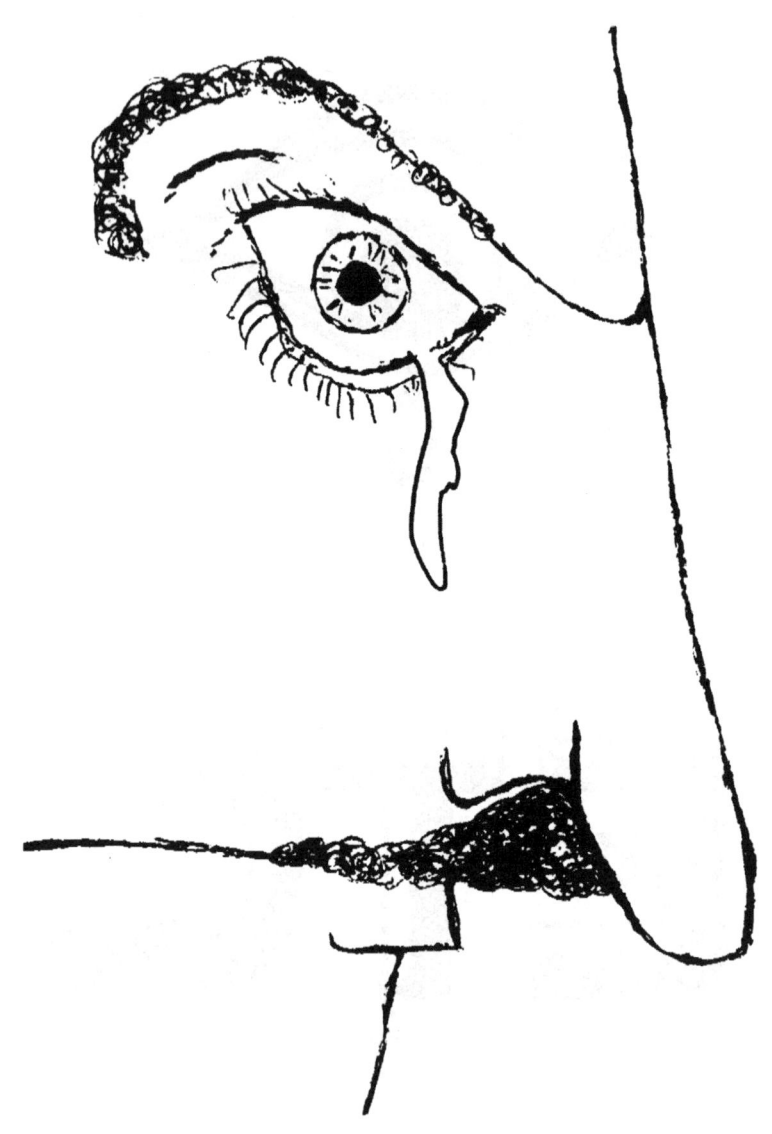

커드 보니깃 주니어는 인디애나폴리스 건축가들의 아들이자 손자다. 그들은 화가이기도 했다. 그의 형제 중 유일하게 살아 있는 사람은 저명한 물리학자로, 그는 특히 요오드화은이 때로 눈이나 비를 내리게 할 수 있다는 사실을 발견한 바 있다. 이 작품은 보니깃 씨의 일곱번째 장편소설이다. 그는 이 작품을 대부분 뉴욕시에서 썼다. 그의 여섯 자녀는 모두 성인이다.

우주의 똥구멍에서 한줄기 빛을 외치다

『챔피언들의 아침식사』는 커트 보니것이 1973년에 발표한 일
곱번째 장편소설로, 대표작 『신의 축복이 있기를, 로즈워터 씨』
(1965)와 『제5도살장』(1969)에 이어 출간된 작품이다. 두 전작
의 인물인 소설가 킬고어 트라우트와 그의 광팬 엘리엇 로즈워
터가 등장한다는 점만으로도 전작들의 연장선상에서 읽을 여지
가 충분한 작품이지만, 그럼에도 보니것의 작품을 통틀어서 가
장 파격적일 만큼 실험적이라는 점에서 전작들과 크게 차별화
되는 모습 또한 보인다.

물론 보니것 자신은 그 실험이 마땅치 않았던지 『종려주일
Palm Sunday』(1981)에서 자신의 작품들을 자평하며 『신의 축
복이 있기를, 로즈워터 씨』와 『제5도살장』에는 각각 'A'와 'A+'

라는 최고의 점수를 준 반면 『챔피언들의 아침식사』에는 'C'라는 낙제점에 가까운 점수를 주었다. 실험적이지만 지나치게 해체적이라는 게 그 이유였다.

우리는 『챔피언들의 아침식사』가 C학점짜리 작품이라는 말을, 커트 보니것의 작품 중 『챔피언들의 아침식사』는 건너뛰고 읽으라는 작가의 경고로 받아들여야 할까? 다행히도 그렇지는 않은 것 같다. 작가들이 자기 작품에 대해 늘 절대적인 감식안을 지닌 존재는 아니라는 사실은 차치하고라도(물론 그는 훗날 저널리스트 찰스 로즈와의 인터뷰에서 자신의 평가가 너무 박했다고 고백하기도 했다), 출간 당시 『챔피언들의 아침식사』의 판매 성적과 평가는 그리 나쁘지 않았기 때문이다. 『챔피언들의 아침식사』는 〈뉴욕 타임스〉 베스트셀러 리스트에 총 56주간 머물렀으며, 〈퍼블리셔스 위클리〉는 "자유분방하고 거칠며 위대하다. (…) 비길 데 없을 만큼 보니것적이다"라고 극찬하기도 했다. '보니것적'인 그 특유의 자유분방함은 이후로도 퇴색되지 않아서 『챔피언들의 아침식사』는 오늘날까지도 보니것의 가장 영향력 있는 작품 가운데 하나로 남아 있다.

『챔피언들의 아침식사』는 앨런 루돌프 감독 연출에 브루스 윌리스 주연으로 영화화되기도 했는데, 흥미롭게도 1999년 개봉 당시 혹평을 받고 흥행에도 참패했던 이 영화가 최근에 재조명되고 있다. 2025년 6월 현재 '로튼 토마토' 신선도 지수는 28%

에 불과하지만, 2024년 11월에 개봉 25주년 기념으로 4K 복원판이 재개봉되면서 평가가 바뀌기 시작한 것이다. 〈뉴요커〉의 영향력 있는 영화평론가 리처드 브로디는 2025년 2월 14일 자 리뷰 '〈챔피언들의 아침식사〉의 미친듯한 뛰어남'에서 "〈챔피언들의 아침식사〉는 결코 예술적 실패작이 아니다. 루돌프 감독은 원작 소설을 대담하게 해석했고, 그의 연출은 완전히 독창적이면서도 원작의 자유분방한 성격에 잘 어울린다. (…) 개봉 후 사반세기가 지난 지금, 이 영화는 당시 만들어진 할리우드 영화 가운데 가장 황홀하다고 할 정도로 독창적인 작품 중 하나이며, 당시 개봉했던 모든 영화와 완전히 다르다"라고 극찬하며 "아마 이 때문에 당시 비평가와 관객의 외면을 받았을 것이다"라고 실패 원인을 진단한다(영화를 본 한 사람으로서 덧붙이자면, 장 콕토의 〈오르페〉에 등장하는 유명한 거울 통과 장면에 대한 오마주인 마지막 장면은 진정으로 감동적인 영화적 순간이자 원작에 대한 멋진 재해석의 순간이 아닐 수 없다. 소설은 "나를 다시 젊게 해줘"라는 킬고어 트라우트의 외침으로 끝나지만, 영화는 트라우트가 거울 속으로 들어가 정말로 소년이 되어 소녀와 손잡고 걸어가는 뒷모습으로 끝난다). 영화가 혹평을 받았던 이유는 원작이 혹평받았던 이유와 놀라울 만큼 닮아 있는데, 영화가 재평가받은 지금 이 시점이야말로 『챔피언들의 아침식사』를 (다시) 읽고 평가하기 가장 좋은 때일지도 모르겠다.

· · ·

　『챔피언들의 아침식사』의 플롯은 단순하면서도 복잡하다. 질서정연한 전통적 서사에 익숙한 독자의 관점에서는 몹시 산만하다고도 할 수 있겠다. 작품은 가상의 도시 미들랜드시티에 사는 폰티액 자동차 딜러 드웨인 후버가 무명이나 다름없는 SF 소설가 킬고어 트라우트를 만나기 전까지의 과정과 만남의 순간, 그리고 그 여파를 다룬다는 점에서 매우 단순한 구조를 지닌다. 하지만 그 사이사이에 트라우트의 소설 내용을 비롯한 온갖 이야기와 인간 군상이 끼어들고, 그에 따라 자유의지, 말의 힘 또는 위험성, 환경오염, 자살, 정신병, 부동산, 인종차별 등 복잡다단한 주제들이 쉴새없이 전개된다.

　어떤 주제들은 요즘 시대에도 유효한 것처럼, 혹은 더 큰 호소력을 지니는 것처럼 보이기도 한다. 이를테면 "모든 것의 평균치를 아주 높게 조작해서 그 행성에 사는 모두가 모든 면에서 열등감을 느끼게 만들어버"린 후 자신들을 "평균 이하의 존재"로 느끼게 된 그들을 아주 손쉽게 개척했다는 지구인의 이야기는 소셜 미디어 속 가상세계에 열등감을 느끼는 요즘 세태를 몇십 년 앞질러 비판한 것처럼 느껴진다. 또한, 등장인물들이 "한 시간 반 동안 줄기차게 먹어"대는 게 전부인 푸드 포르노 영화를 보고 "관객들은 미쳐 날뛰었다"는 이야기는 요즘 썼다고 해도 믿길 만큼 친숙하게 들린다. 작품 내내 날 선 목소리로 말하는 환경오염 비판이야 말할 것도 없고. 이렇듯 주제 면에서 봤을 때, 『챔피언들의 아침식사』는 C학점짜리 소설치고는 스케일이 상당히 큰 작품이라고 할 수 있겠다.

다양한 주제 외에도 작품을 더 복잡하게(혹은 더 산만하게) 만드는 요소가 있으니, 그것은 바로 작품의 메타픽션적 성격과 상호텍스트성이다. 보니것을 이미 읽어온 독자라면 메타픽션적 성격이 이미 친숙하겠지만, 『챔피언들의 아침식사』에서 메타픽션의 특성은 극으로 치닫는다. 작품 말미에서 소설가 트라우트의 창조지인 소설가 커트 보니것이 트라우트에게 말을 걸어 그를 대혼란에 빠뜨리고, 급기야 자신의 다가오는 쉰번째 생일을 기념하기 위해 "자신을 씻어내며 갱신"하고자 그를 해방시켜준다. 자신의 농노를 해방시킨 톨스토이나 자신의 노예를 해방시킨 토머스 제퍼슨을 언급하면서 말이다.

이보다 더 흥미로운 요소는 바로 상호텍스트성이다. 이미 언급했다시피 『챔피언의 아침식사』에는 전작들의 인물인 킬고어 트라우트와 엘리엇 로즈워터가 등장하며, 이후 보니것의 작품세계에서 이정표로 평가받는 걸작 『푸른 수염Bluebeard』 (1987)에서 주인공으로 다시 등장할 화가 라보 카라베키안이 처음 등장하기도 한다. 드웨인 후버의 비서 겸 정부로 등장하는 프랜신 페프코는 『고양이 요람』(1963)에서도 비서로 등장한 바

있으며, 사후에 출간된 『카메라를 보세요』(2009)에 수록된 단편 「푸바」에도 등장한다. 방글라데시 출신 의사로 등장하는 카시드라르 미아스마는 보니것의 데뷔작 『자동 피아노』(1952)에서 통역자로 등장한 인물의 이름이었고, 트라우트를 공격하는 도베르만 카자크는 『타이탄의 세이렌』(1959)과 『갈라파고스』(1985)에서도 다른 종류와 역할의 개로 등장한다. 이외에도 다른 작품에 등장하는 여러 인물이 있을 텐데, 이런 의미에서 『챔피언의 아침식사』는 보니것을 아는 만큼 더 잘 보이는 작품이자 '커트 보니것 유니버스'에서 매우 중요한 위치를 차지하는 작품이라고도 할 수 있겠다.

보니것의 그림이 119점이나 수록되었다는 점 또한 『챔피언들의 아침식사』의 큰 특징이다. 똥구멍, 팬티, 햄버거 등의 다소 유치하고도 귀여운 그림은 작품의 기이한 메타픽션적 분위기를 더하며, 보니것의 유머, 냉소, 독자와의 거리두기를 시각적으로 구현한 장치로 작용하기도 한다. 또다시 리처드 브로디의 말을 빌리자면 "『챔피언들의 아침식사』는 살아 움직이는 만화 같은 소설"이고, 자신의 작품을 싸구려 잡지에 수록된 소설처럼 보이게 만드는 보니것의 전략은 이 그림들로 더욱더 강화된다.

    • • •

『챔피언들의 아침식사』가 가볍고 산만하기만 한 작품은 아닌 이유 중 하나는, 비판의 대상이 되는 문제들에 대한 해법이 다소 추상적이긴 해도 여러 층위에서 제시되고 있기 때문이다.

이를테면 라보 카라베키안은 "우리의 의식은 살아 있는 모든 것이며 어쩌면 우리 모두의 내면에 있는 성스러움일지도 모릅니다. 그것이 없다면 우리는 죽은 기계에 불과합니다"라는 말로 화자 커트 보니것의 삶을 바꿔놓는다. 커트 보니것은 인간이 "고기로 만들어진 기계"라고 생각하지만(그가 살아 있었다면 분명 스마트폰과 하나가 된 기계 인간이 등장하는 소설을 썼을 것이다. 그의 소설에서 로봇으로 등장하는 인간들보다 요즘 우리가 더 로봇 같으니 말이다), 역설적이게도 자신이 만들어낸 인물의 말에 감화되어 삶을 "다시 시작"하게 되는 것이다. 그는 "이 책을 읽는 모든 이의 중심에는 흔들림 없는 빛줄기가 있다"는 흔들림 없는 믿음을 갖게 된다.

또다른 대안은 아프리카계 흑인인 에디 키라는 인물을 통해 제시된다. 그는 "아프리카 가족이 아직도 아프리카에서 하는 일", 즉 "각 세대의 구성원 한 명이 그때까지의 가족사를 의무적으로 암기"하는 일을 했기 때문에 "충만한 과거와 친숙"하고, 다른 인물들에 대해서도 남들보다 "깊고 풍부한 감정을 느낄 수" 있다고 그려진다. "자기 증조부와 증조모가 누구인지도" 모르는 "멈춰 있는 조약돌"에 다름 아닌 우리에 반해, "에디 키는 시간 속을 이리저리 흘러다니는 사람들의 강물에 떠" 있는 두터운 인물이다. 개인주의로 파편화된 인간에 비해 공동체의 역사에 대한 앎을 지닌 인간이 얼마나 더 풍요로운 삶을 살 수 있는지 알려주는 대목이다.

보니것은 『챔피언들의 아침식사』 서문에서 이 책은 "스스로에게 주는 쉰한번째 생일 선물이다. (…) 나는 내 머릿속에 들어찬 모든 쓰레기—똥구멍, 깃발, 빤스—를 없애버리려 애쓰는 중인 것 같다"라고 썼다. 하지만 그의 머릿속에 쓰레기만 들어찬 것은 아니다. 곧이어 그는 말한다. "성스러운 것은 그 어떤 것도 던져버리고 싶지 않다. / 또 뭐가 성스러울까? 아, 『로미오와 줄리엣』 같은 거. / 그리고 모든 음악도."

이 "우주의 똥구멍" 같은 세상에서 우리를 구원해줄 것은 성스러운 것, 그러니까 예술뿐이라고 그는 말하고 있는 듯하다. 트라우트가 로즈워터의 초대에 응해 아트 페스티벌에 참가하기로 마음먹은 이유는 "불행한 실패자야말로 그들이 봐야 하는 사람인지도 모르지"라는 "아주 짜릿한 생각" 때문이었다는 사실을 떠올려보라. 그는 "진리와 미를 찾는 데 평생을 바쳤으나 땡전 한 푼 얻지 못한 수많은 예술가들의 상징"을 몸소 보여주고자 페스티벌이 열리는 미들랜드시티에 가려 한다. 페스티벌이

취소된 후에도 그는 그 사실을 모른 채 발걸음을 옮긴다. 그런 험난하고 무모하고도 숭고한 여정 자체가 세상을 조금이라도 정화해보려는 보니것의 의지로 느껴질 정도다.

작품 마지막에 이르러 트라우트가 보니것의 아버지 목소리를 빌려 "나를 다시 젊게 해줘, 나를 다시 젊게 해줘, 나를 다시 젊게 해줘!"라며 외치는 말은 심금을 울린다. 우리는 다들 다시 젊어지길 바란다. 그간 살아온 세월만큼 머릿속에 쌓인 모든 쓰레기를 없애버리고 성스러운 것만 남긴 채 다시 시작하길 바란다. 그 바람의 무게만큼 그 외침은 처절하게 들릴 수밖에 없다. 자본주의의 노예이자 환경 파괴 로봇인 우리는 앞으로 또 어떻게 살아야 좋단 말인가? 어떻게 하면 해방될 수 있단 말인가? 『챔피언들의 아침식사』는 쉰한번째 생일을 맞이한 커트 보니것이 우주의 똥구멍에서 절절한 목소리로 외치는 한줄기 빛이다.

황유원

1922년   미국 인디애나주 인디애나폴리스에서 독일계 이민자 커
         트 보니것 시니어와 이디스 보니것 사이의 3남매 중 막내
         로 태어남. 본명은 커트 보니것 주니어.

1940년   코넬대학교에 입학해 생화학을 공부함. 〈코넬 데일리 선〉
         편집을 맡음.

1943년   미 육군에 입대해 육군 특별 훈련 프로그램의 일환으로
         카네기공과대학과 테네시대학교에서 기계공학 교육을
         받음.

1944년   어머니 이디스가 자살하고 석 달 후 유럽으로 파견됨. 벌
         지 전투에서 정찰병으로 적후를 살피던 중 독일군에게 포
         로로 잡혀 드레스덴으로 끌려감.

1945년   드레스덴 폭격에서 운좋게 살아남음. 이 경험은 이후 『제
         5도살장 *Slaughterhouse-Five*』의 소재가 됨. 송환 후 소꿉
         친구인 제인 마리 콕스와 결혼함. 시카고대학교 대학원에
         서 인류학을 공부함.

1946년   시카고대학교에서 논문이 통과되지 않아 학위를 받지
         못함.

1947년   아들 마크 출생. 뉴욕주 스케넥터디에서 제너럴 일렉트릭
         사의 홍보 담당자로 일함.

1949년   큰딸 이디스 출생.

1950년	첫 단편 「반하우스 효과에 대한 보고서 *Report on the Barnhouse Effect*」를 비롯, 단편 몇 편을 지면에 발표함.
1951년	제너럴 일렉트릭사를 그만두고 매사추세츠주로 이사함.
1952년	『자동 피아노 *Player Piano*』 출간.
1954년	작은딸 나넷 출생. 고등학교 영어 교사, 광고기획사 카피라이터, 자동차 영업사원 등의 일을 병행함.
1957년	아버지 커트 보니것 시니어 사망.
1958년	매형이 열차 사고로 사망하고 그 직후 누나마저 병으로 죽자, 누나의 세 아이를 양자로 들임.
1959년	『타이탄의 세이렌 *The Sirens of Titan*』 출간.
1961년	『마더 나이트 *Mother Night*』 『고양이 집의 카나리아 *Canary in a Cathouse*』 출간.
1963년	『고양이 요람 *Cat's Cradle*』 출간.
1965년	『신의 축복이 있기를, 로즈워터 씨 *God Bless You, Mr. Rosewater*』 출간.
1967년	드레스덴을 방문함.
1968년	『몽키하우스에 어서 오세요 *Welcome to the Monkey House*』 출간.
1969년	『제5도살장』 출간.
1970년	하버드대학교에서 문예창작 강의를 함. 희곡 〈생일 축하해, 완다 준 *Happy Birthday, Wanda June*〉이 공연됨.
1971년	시카고대학교에서 『고양이 요람』을 논문으로 인정받아 뒤늦게 석사학위를 받음. 제인과 별거하고 뉴욕으로 이사함. 이후 뉴욕에서 사진작가이자 아동소설가인 질 크레멘츠를 만남.

1972년   미국 PEN 부회장에 선출됨. 『제5도살장』이 영화화되어
         그해 칸 국제영화제 심사위원상, 이듬해 휴고상 드라마틱
         프리젠테이션 부문 수상.

1973년   전미예술가협회 회원으로 선출됨. 뉴욕시립대 영문학 석
         좌교수가 됨. 인디애나대학교에서 명예박사학위를 받음.
         『챔피언들의 아침식사 *Breakfast of Champions*』 출간.

1974년   에세이, 여행기 등을 모은 『웜피터, 포마 그리고 그랜펄룬
         Wampeters, Foma and Granfalloons』 출간.

1976년   『슬랩스틱 *Slapstick*』 출간. 이때부터 주니어를 빼고 커트
         보니것이라는 이름으로 책을 출간함.

1979년   『제일버드 *Jailbird*』 출간. 제인 마리 콕스와 정식으로 이
         혼하고 질과 결혼함.

1980년   그림책 『해 달 별 *Sun Moon Star*』 출간.

1981년   연설문, 에세이 등을 모은 『종려주일 *Palm Sunday*』 출간.

1982년   『데드아이 딕 *Deadeye Dick*』 출간.

1984년   자살을 시도했으나 실패함.

1985년   『갈라파고스 *Galápagos*』 출간.

1987년   『푸른 수염 *Bluebeard*』 출간.

1990년   『호커스 포커스 *Hocus Pocus*』 출간.

1991년   에세이 『죽음보다 나쁜 운명 *Fates Worse Than Death*』
         출간.

1996년   『마더 나이트』가 영화화됨. 영화에 커트 보니것 본인도
         카메오로 등장함.

1997년   『타임퀘이크 *Timequake*』 출간. 소설가로서 은퇴를 선
         언함.

1998년   『챔피언들의 아침식사』가 영화화됨.

1999년   미출간 단편들을 모은 단편집『배곰보 코담뱃갑*Bagombo Snuff Box*』, 가상 인터뷰를 모은『신의 축복이 있기를, 닥터 키보키언*God Bless You, Dr. Kevorkian*』출간.

2000년   집에 화재가 나 병원 치료를 받음. 뉴욕주 작가로 지명됨.

2005년   에세이『나라 없는 사람*A Man Without a Country*』출간.

2007년   맨해튼 자택 계단에서 사고로 머리에 큰 상처를 입고 입원, 몇 주 후 사망함.

2008년   미발표 작품집『아마겟돈을 회상하며*Armageddon in Retrospect*』출간.

2009년   미발표 단편집『카메라를 보세요*Look at the Birdie*』출간.

2011년   미발표 단편집『세상이 잠든 동안*While Mortals Sleep*』출간.

2012년   미발표 작품집『멍청이의 포트폴리오*Sucker's Portfolio*』출간.

2013년   졸업식 연설문 모음『그래, 이 맛에 사는 거지*If This Isn't Nice, What Is?*』출간.

BREAKFAST OF CHAMPIONS

옮긴이 **황유원**

서강대학교 종교학과와 철학과를 졸업했고 동국대학교 대학원 인도철학과 박사과정
을 수료했다. 2013년 문학동네신인상으로 등단해 시인이자 번역가로 활동하고 있다.
시집으로 『하얀 사슴 연못』 『초자연적 3D 프린팅』 『세상의 모든 최대화』 등이 있고, 옮
긴 책으로 『모비 딕』 『바닷가에서』 『폭풍의 언덕』 『위대한 개츠비』 『패터슨』 『슬픔에
이름 붙이기』 『에로스, 달콤쌉쌀한』 등이 있다. 김수영문학상, 현대문학상, 김현문학패
등을 수상했다.

챔피언들의 아침식사

초판 인쇄 2025년 6월 16일 | 초판 발행 2025년 6월 30일

지은이 커트 보니것 | 옮긴이 황유원
책임편집 백지선 | 편집 송원경 오동규
디자인 김문비 유현아 | 저작권 박지영 형소진 오서영 조경은
마케팅 정민호 서지화 한민아 이민경 왕지경 정유진 정경주 김수인 김혜원 김예진
　　　나현후 이서진
브랜딩 함유지 박민재 이송이 김희숙 박다솔 조다현 김하연 이준희
제작 강신은 김동욱 이순호 | 제작처 한영문화사

펴낸곳 (주)문학동네 | 펴낸이 김소영
출판등록 1993년 10월 22일 제2003-000045호
주소 10881 경기도 파주시 회동길 210
전자우편 editor@munhak.com | 대표전화 031)955-8888 | 팩스 031)955-8855
문학동네카페 http://cafe.naver.com/mhdn
인스타그램 @munhakdongne | 트위터 @munhakdongne
북클럽문학동네 http://bookclubmunhak.com

ISBN 979-11-416-1083-8 03840

잘못된 책은 구입하신 서점에서 교환해드립니다.
기타 교환 문의 031)955-2661, 3580

www.munhak.com